Claudia Lütje

Unter dem Marulabaum

W0406113

Claudia Lütje

Unter dem Marulabaum

Roman

© 2014
édition el!es
www.elles.de
info@elles.de
Umschlaggestaltung und Satz: graphik.text Antje Küchler
Umschlagfoto: © GIS – Fotolia.com
ISBN 978-3-95609-086-8

1

Die neuen Gäste kommen gleich, Miss Lisa. Die Zimmer sind vorbereitet, und es steht alles für das Willkommensbraai bereit.«

Mit geschlossenen Augen stand Lisa Adler auf der Terrasse ihrer Lodge, das Gesicht der Sonne entgegengewandt. Die noch immer heißen Sonnenstrahlen fühlten sich gut an auf ihrer durch die viele Arbeit an der frischen Luft gebräunten Haut. So selten hatte sie die Zeit, das wunderbare Klima Südafrikas zu genießen. Heute war einer dieser kostbaren Momente, und da ließ sie sich auch nicht durch die sanfte Stimme ihrer Haushälterin in ihrer Meditation stören. Erst die weiche Hand, die sich auf ihren Arm legte, schreckte sie auf.

»Was hast du gesagt, Rosalie?«

Warme und gutmütige, braune Augen sahen sie sanft an. Lisa spürte große Dankbarkeit für die ältere Frau in sich aufsteigen, die ihr nun schon seit so vielen Jahren zur Seite stand. Sie wusste, dass sie sich immer auf sie verlassen konnte.

»Wo sind Sie nur mit Ihren Gedanken, Miss Lisa?«

»Ach, Rosalie, wann hörst du endlich auf, mich Miss Lisa zu nennen?«

»An dem Tag, an dem Sie endlich heiraten und ich Sie in sicheren und guten Händen weiß.« Rosalie grinste sie breit an. Ihre weißen Zähne blitzten in der untergehenden Sonne.

Lisa konnte einen tiefen Seufzer nicht unterdrücken. Wie oft schon hatten sie dieses Gespräch geführt, und jedes Mal hatte sie Rosalies Antwort schon vorher geahnt. Das war der einzige Punkt, an dem sich die beiden Frauen nicht einig waren. Rosalie schleppte immer wieder irgendwelche jungen Männer an, von denen sie annahm, dass sie eine gute Partie für Lisa seien. Und Lisa brachte es einfach nicht übers Herz, ihr zu sagen, dass sie so überhaupt kein Interesse an der männlichen Spezies hatte – von den Tieren in ihrem Naturpark einmal abgesehen.

Um der neuerlichen Diskussion aus dem Weg zu gehen, drehte sich Lisa zur Seite und ließ ihren Blick erneut über das weite Land vor ihr streifen. Im Hintergrund türmten sich die Hügel des Naturreservates. Davor lag ebenes Buschland im Wechsel mit staubiger Steppe und einigen Wasserlöchern, die gegen Ende des Sommers nun immer kleiner wurden. In der Ferne konnte sie eine größer werdende Staubfahne erkennen.

»Sie kommen, Rosalie. Ist alles vorbereitet?«

Rosalie warf ihr einen gekränkten Blick zu. »Sie haben mir gar nicht zugehört, Miss Lisa.« Besorgt trat sie einen Schritt näher. »Ist alles in Ordnung? Haben wir Probleme, von denen ich wissen sollte?«

Mit einem erneuten leisen Seufzer drehte sich Lisa um und nahm die überraschte Frau kurzerhand in die Arme.

»Nein, Rosalie, es ist alles in Ordnung. Ich wünschte nur, dass wir die zahlenden Gäste nicht bräuchten. Aber leider wirft die Farm allein nicht genug ab. Außerdem machen mir die Wilderer Sorge … In der letzten Zeit wurden einfach zu viele Tiere getötet, und Aaron und die Jungs können das allein nicht mehr in den Griff bekommen. Ich muss ein paar Wildhüter extra einstellen. Das kostet mehr Geld, als ich vermutet habe.«

Sie wandte sich wieder dem rasch näher kommenden Bus zu. »Ich bin es einfach leid, hier die Gastgeberin zu spielen«, murmelte sie. »Und nicht nur das. Die letzten Gäste brauchten eher eine Eheberatung und einen Psychologen, aber keine Urlaubssafari. Es kostet unheimlich viel Kraft, da manchmal noch ruhig und nett zu bleiben, wenn ich sehe, mit welchen Vorstellungen die Gäste hier ankommen. ›Wo sind die Löwen?‹ – ›Iih, hier gibt es ja Insekten.‹«

Angesichts von Lisas gekonnter Imitation konnte sich Rosalie das Grinsen nicht mehr verkneifen. Dann wandte sie ein: »Aber sie sind doch nicht alle so, Miss Lisa. Manch einer ist wirklich an den Tieren interessiert und auch an der Natur, und wie wir hier so mit allem im Einklang leben.«

»Das stimmt, Rosalie ... aber es sind immer weniger geworden mit den Jahren, die wirklich Interesse an der Natur haben. Für viele scheint es einfach nur schick zu sein, mal einen Abenteuerurlaub zu verbringen. Dabei haben sie überhaupt keine Ahnung, was es wirklich bedeutet, hier zu leben.«

Rosalie gab keine Antwort, denn inzwischen war der Bus am Eingang zur Lodge angekommen. Die beiden Frauen sahen zu, wie die Gäste ausstiegen.

»Ich kann dir genau sagen, wer wer ist, Rosalie«, sagte Lisa mit gesenkter Stimme und deutete auf die ersten beiden Neuankömmlinge. »Das sind ohne Zweifel Amerikaner. Sie ist viel zu grell angezogen und auch etwas auf der kräftigen Seite. Und er, mit seinen beigefarbenen Shorts, den Socken in den Sandalen und dem Baseballkäppi ... das muss das Ehepaar aus Boston sein. Und hier –«, Lisa nickte mit dem Kopf zu dem zweiten Pärchen, »das sind die Engländer.«

Rosalie sah sie prüfend an. »Woran erkennen Sie die?«

Lisa grinste nun über das ganze Gesicht. »Sie waren auf jeden Fall schon ein paar Tage hier in Südafrika und haben sich entschieden zu viel Sonne zugemutet. Schau nur, wie zwei gekochte Krebse.«

Rosalie gluckste auf und stieß Lisa mit dem Ellbogen in die Seite. »Das ist nicht sehr nett, Miss Lisa.«

Diesmal war es Lisa, die nicht reagierte. Ihr Blick war an einer großgewachsenen, sehr eleganten Frau hängengeblieben, die gerade aus dem Bus ausgestiegen war. Wie aus weiter Ferne drang Rosalies Stimme an ihr Ohr: »Und wer ist das, Miss Lisa?«

Lisa riss sich von dem Anblick los und schüttelte leicht irritiert den Kopf. »Ich habe keine Ahnung. Eigentlich fehlt noch das Pärchen aus Berlin, das hier die Flitterwochen verbringen wollte. Aber wie es aussieht, ist diese Frau allein unterwegs.« Gleich darauf schluckte sie trocken. »Oh, da habe ich mich wohl getäuscht.«

Ein beinahe überirdisch blondes Wesen tippelte affektiert hinter der eleganten Frau her. Wie ein Engel, der das Schweben erst noch lernen muss, dachte Lisa. Ihr Blick glitt zwischen den beiden hin und her.

»Ob das wohl das deutsche Pärchen ist?«, fragte Rosalie leise.

Lisa zuckte mit den Schultern. »Hm. Irgendwie habe ich sie mir anders vorgestellt. Aber das muss natürlich nichts heißen.«

Sie musterte die beiden so verschiedenen Frauen genauer. Der Engel – sie nannte den letzten Neuankömmling mit den langen, goldenen Locken schon automatisch so – war recht leger gekleidet. Die beigefarbene Bluse war unter dem üppigen Busen verknotet, und die schwarzen Hotpants schafften es kaum, die Pobacken zu bedecken. Lisa musste grinsen, als sie die bösen Blicke der beiden Ehefrauen bemerkte und deren eifrige Bemühungen, zwischen dem blonden Engel und ihren Männern zu stehen.

»Oho, Rosalie, ich glaube, das könnte lustig werden«, flüsterte sie, bevor ihr Blick wieder zu der anderen Frau hinüberglitt. Sie war wirklich sehr groß, trug die schwarzen Haare kurz geschnitten und passte so gar nicht hierher in Lisas Welt. Sie wirkte vielmehr, als sei sie gerade einem Modemagazin entstiegen. Vollendet gestylt, perfekt sitzende Kleidung von unauffälligem Schick. Lisa kannte sich mit Mode nicht besonders gut aus, doch konnte selbst sie auf den ersten Blick erkennen, dass die Sachen teuer sein mussten.

Wie von selbst wanderten ihre Augen langsam am Körper der Frau entlang. Von den hohen Wildlederstiefeln, in denen eine enge, schwarze Lederhose steckte, hinauf zu einer beigefarbenen Bluse, die eng an dem schlanken Körper anlag und mehr zu offenbaren schien, als sie bedeckte. Lisas Atem ging schneller, als ihr Blick das geöffnete Dekolleté erreichte und auf makellos erscheinende Haut fiel, die bestimmt weich wie Samt war . . .

Erst als Rosalie ihr erneut, bedeutend härter als zuvor, mit dem Ellbogen in die Rippen stieß, ruckte ihr Kopf nach oben. Ihr war nicht bewusst gewesen, dass die fremde Frau zu ihr herübersah. Harte, stahlgraue Augen blitzten ihr entgegen. Lisa spürte die Röte, die langsam ihren Hals nach oben kroch.

Sie räusperte sich, wandte sich ab und versuchte ihren Puls

wieder unter Kontrolle zu bekommen. Was für eine Frau ... Verwirrt schüttelte sie den Kopf. Was konnte eine solche imposante Erscheinung nur bei ihr in der Wildnis wollen? Und vor allem: Wie sollte sich Lisa ihr gegenüber verhalten, nachdem sie sich gerade so blamiert hatte?

Aber was auch immer die Antworten auf diese Fragen waren – jetzt galt es, Haltung zu bewahren. »Auf in den Kampf, Rosalie«, flüsterte Lisa, warf den Kopf in den Nacken und ging die wenigen Stufen hinunter, um ihre Gäste zu begrüßen.

2

»Willkommen auf der *Mabula Lodge.* Mein Name ist Lisa Adler. Meine Mitarbeiter und ich werden alles tun, damit Sie einen wunderschönen und hoffentlich unvergesslichen Urlaub bei uns verbringen können. Wann immer es etwas gibt, das wir für Sie tun können, dann zögern Sie bitte nicht und sprechen Sie uns an. Wir wollen alle, dass Sie am Ende Ihres Urlaubs auf eine erholsame und auch interessante Zeit zurückblicken und dass Sie uns vielleicht auch weiterempfehlen werden. Aaron ...«, Lisa zeigte auf den Fahrer, der gerade dabei war, die Koffer aus dem Bus auszuladen, »... wird Ihr Gepäck auf Ihre Zimmer bringen. Außerdem ist er der Fahrer für die Ausflüge und wird Ihnen gern bei allen Fragen dazu zur Verfügung stehen. Und Rosalie hier«, damit legte Lisa den Arm um ihre Haushälterin, »Rosalie wird sich um Ihr leibliches Wohl kümmern. Wenn es also etwas gibt, das Sie nicht essen oder das Sie gern einmal essen wollen, dann ist sie die richtige Ansprechpartnerin für Sie.«

»Und worum kümmern Sie sich?«

Lisa drehte sich erstaunt um und sah sich erneut den grauen Augen gegenüber, die sie beinahe abschätzig musterten. Lisa schätzte die Frau auf Ende dreißig. Außer ein paar kleinen Falten um die Augen war ihre Haut tatsächlich glatt und ebenmäßig. Sie war ohne Zweifel eine wunderschöne Frau, doch die Härte in ihrem Blick ließ Lisa erschauern. Die Stimme der Deutschen – an ihrer Herkunft hatte Lisa keinerlei Zweifel, auch wenn die Unterhaltung auf Englisch geführt wurde und sie nur den Hauch eines Akzents erkennen konnte – war tief und rau. Etwas anderes hätte sie von der eindrucksvollen Frau auch nicht erwartet.

Sie seufzte innerlich. Das konnte ja heiter werden, wenn dieser neue Gast gleich zu Anfang schon so auf Konfrontation ging. Unmerklich straffte sie ihren schlanken Körper und zwang sich, die Dame fröhlich anzulächeln. »Ich bin vor allem für das Administrative zuständig, kümmere mich aber jederzeit mit meinen Mitarbeitern zusammen um unsere Gäste. Zudem begleite ich die meisten Ausflüge. Dann kann ich Ihnen alle Fragen über die Flora und Fauna hier beantworten.«

»Alle Fragen? Na, da bin ich ja mal gespannt.« Mit diesen beinahe verächtlich hingeworfenen Worten wandte sich die Deutsche ab und ging zu Aaron, um ihm Hinweise zu geben, wie er am besten ihre schweren Koffer zu tragen hatte. Der blonde Engel blitzte Lisa arrogant an, dann beeilte sie sich, ihr hinterherzutippeln.

Wie ein Hündchen seinem Herrn nachläuft, ging es Lisa durch den Kopf.

»Wer ist das?« Rosalie neben ihr schüttelte missbilligend den Kopf. »Und wo ist ihr Mann? Ich dachte, Sie haben die Flitterwochen-Suite bestellt.«

Lisa zuckte kurz die Achseln, dann grinste sie Rosalie breit an. »Ich bin mir noch nicht so ganz sicher, ob der blonde Engel nicht vielleicht ihre Partnerin ist, aber irgendwie bezweifle ich das. Sie wirken nicht wirklich innig und vertraut. Aber wir werden sicher bald mehr herausfinden.«

Und ich hoffe, dass ich bald mehr über diese wunderschöne Amazone erfahre. Diese Augen … Der Gedanke ließ Lisa zusammenzucken. Sie warf Rosalie einen besorgten Blick zu. Doch zum Glück hatte sie die Worte nicht laut ausgesprochen, und so bedurfte es keiner weiteren Erklärung.

»Auf jeden Fall wird es bestimmt nicht langweilig mit unseren neuen Gästen«, meinte Rosalie. »Am besten frage ich gleich nach den besonderen Wünschen der Herrschaften, bevor es nachher Ärger gibt.« Damit ging sie zu den beiden Pärchen, um den Speiseplan zu besprechen.

Lisa hatte immer noch Mühe, ihre Blicke von der schönen Frau abzuwenden. Doch jetzt war Deeskalation geboten. Sie trat auf die Besucherin zu und streckte ihr die Hand entgegen, wobei sie sich innerlich gegen jede mögliche Reaktion zu wappnen versuchte. »Noch einmal herzlich willkommen hier auf unserer kleinen Safarilodge«, sagte sie freundlich. »Es tut mir leid, dass ich Sie vorhin so angestarrt habe – ich bin nur etwas überrascht gewesen. Es waren drei Pärchen angemeldet, und ...«

»Und nun wollen Sie wissen, warum ich hier mit meiner Assistentin auftauche und nicht mit meinem Ehemann in den Flitterwochen bin. Das ist es doch, was Sie mir zu sagen versuchen, oder?« Die grauen Augen funkelten Lisa böse an.

Die zuckte erschrocken zurück und hob entschuldigend die Hände. »Es tut mir leid, ich wollte Ihnen nicht zu nahe treten«, stammelte sie. »Doch Sie müssen verstehen, dass wir uns um unsere Gäste kümmern, und da gehört auch so etwas mit dazu. Es soll Ihnen hier gutgehen. Und ich hoffe, dass auch Sie am Ende sagen werden, dass es Ihnen gefallen hat.«

Noch immer blitzten die grauen Augen Lisa wütend entgegen, doch dann senkten sich die Schultern leicht nach vorn. »Es tut mir leid, ich bin wirklich gerade etwas gereizt und habe es an Ihnen ausgelassen«, hörte Lisa die Frau zu ihrer Überraschung sagen. »Die Busfahrt war entschieden anstrengender als ich dachte.« Erstaunt bemerkte Lisa, dass das zornige graue Funkeln sich nun auf den blonden Engel richtete. Das junge Ding grinste allerdings nur dümmlich zurück und blieb in sicherer Entfernung stehen.

Die elegante Frau fuhr fort: »Das war nicht die feine Art und entspricht auch nicht meinem normalen Verhalten. Bitte entschuldigen Sie.« Damit streckte nun sie Lisa eine gepflegte und manikürte Hand entgegen, die Lisa automatisch ergriff. Der Händedruck war fest und angenehm, und die Berührung der warmen Finger ließ Lisa einen Schauer über den Rücken rieseln. Ihr Herz begann wie wild zu pochen. Länger, viel länger als es sonst ihre Art war hielt sie die Hand der anderen fest.

»Mein Name ist Angela Wagner«, stellte diese sich vor. »Ich habe beschlossen, die bereits gebuchte Reise zu nutzen, um etwas auszuspannen und abzuschalten, nachdem meine Hochzeit kurz vor dem Termin geplatzt ist.«

Lisa sah sie bestürzt an. »Oh, das tut mir sehr leid.«

»Ach, was soll's.« Angela ließ ein bitteres Lachen hören, bevor sie zu Lisas großem Bedauern ihre Hand mit einem Ruck löste und sich umdrehte. »Ich kann eigentlich froh sein, dass es so gekommen ist. Und Steffi . . .«, ihr Blick glitt zu dem blonden Engel hinüber, ». . . wird mich sicher auch auf andere Gedanken bringen.«

Ihre harte Stimme und der eisige Blick ließen Lisa neuerlich erschauern.

Abschließend setzte Angela hinzu: »Ich möchte jetzt bitte auf mein Zimmer und mich frisch machen. Zeigen Sie mir den Weg.«

»Natürlich. Hier entlang, bitte.« Lisa zeigte mit der Hand den schmalen Steg entlang, der sich zwischen den kleinen Hütten hindurchschlängelte.

»Gehen Sie doch einfach vor, ich folge Ihnen schon.«

Lisa nickte und drückte sich auf dem engen Holzsteg an Angela vorbei. Dabei konnte sie nicht umhin, deren schlanken Körper dicht an ihrem zu spüren. Die kurze Berührung ließ ihren Puls ruckartig ansteigen, und sie hoffte, dass die einsetzende Dämmerung ihre rote Gesichtsfarbe verbarg. Langsam ging sie auf dem engen Steg voran bis zu einer kleinen Hütte, die ein wenig erhöht lag und eine wunderbare Aussicht über einen See bot.

»Das ist die Flitterwochen-Suite, die Sie gebucht haben«, erklärte Lisa. »Falls Sie gern ein anderes Zimmer möchten, dann kann ich Sie auch umquartieren. Hier ist genug Platz für zwei, aber vielleicht möchten Sie lieber, dass Ihre Assistentin woanders schläft.«

Angela sah sie erstaunt an. »Seien Sie nicht albern, das Zimmer ist groß genug für uns beide. Und, um ehrlich zu sein«, sie sah mit großen Augen auf den blauen See hinaus, »der Ausblick ist wunderschön.«

Fast so schön wie du . . . Lisa schluckte heftig bei dem Gedanken und öffnete die Tür, um Angela eintreten zu lassen. Erneut berührten sie sich leicht, und Lisa spürte die Hitze, die von Angelas Körper ausging. Auf einmal bekam sie keine Luft mehr. In ihrem Innersten zog sich alles zusammen. Sie brauchte einen Moment, bis sie ihre Atmung wieder einigermaßen im Griff hatte.

»Geht es Ihnen gut? Sie wirken ein bisschen blass um die Nase.« Spöttisch grinsend sah Angela sie an.

Lisa drehte sich mit einem Ruck um, fiel beinahe über Steffi, die hinter ihr stand und sie wütend beobachtete, und stolperte dann den Holzsteg zurück zum Haupthaus. Hinter sich vernahm sie noch Steffis Keifen: »Was sollte das denn gerade?« Dann war sie außer Hörweite.

In der Küche ließ sie kaltes Wasser über ihre Arme laufen und schöpfte es sich mit beiden Händen ins Gesicht.

»Ist alles in Ordnung, Miss Lisa?«, erklang Rosalies besorgte Stimme hinter ihr. »Sie sehen aus, als hätten Sie ein Gespenst gesehen.«

»Alles okay, Rosalie, keine Sorge. Nur ein bisschen wenig getrunken heute bei der Hitze.« Doch ihre Reaktion auf den neuen Gast hatte Lisa noch nicht ganz überwunden. Unter Rosalies prüfendem Blick wurde ihr schon wieder schwindlig, und mit einem kleinen Seufzer hielt sie sich an der Spüle fest. Dann atmete sie zweimal tief durch, straffte die Schultern und drehte sich um. »Es ist alles gut, Rosalie, wirklich. Ist der Essensplan schon fertig?«

Sogleich war Rosalie abgelenkt und ganz in ihrem Element. »Die Engländer sind einfach, die essen alles. Die Amerikaner sind da schon schwieriger. Sie will vieles nicht, er dafür hauptsächlich Fleisch. Na ja, das kann er haben. Und zu trinken, das wird einfach: Bier, Bier und noch mehr Bier.« Rosalie schüttelte sich, und Lisa registrierte mit großer Erleichterung, dass nicht mehr sie selbst im Mittelpunkt des Interesses stand.

Rosalies nächste Worte ließen sie allerdings wieder leicht zusammenzucken: »Was die beiden Deutschen angeht, weiß ich nicht, was sie wollen oder nicht. Vielleicht können Sie das ja in Erfahrung bringen, Miss Lisa.«

Ohne nachzudenken antwortete Lisa: »Sie heißt Angela Wagner, und ihre Hochzeit ist tatsächlich geplatzt. Der blonde Engel ist ihre Assistentin Steffi, sie wollen die Zeit hier nutzen, um mal auszuspannen.«

Rosalie sah sie scharf an und zuckte nur kurz mit den Schultern. »Das interessiert mich nicht. Ich möchte wissen, was sie essen mögen oder nicht.«

Lisas Gesicht glühte. Möglichst beiläufig sagte sie: »Ich denke, dass wir das gleich herausfinden werden.« Bei dem Gedanken an die stahlgrauen Augen, die sich so intensiv in ihr Gedächtnis gebrannt hatten, beschleunigte sich ihr Puls schon wieder.

In diesem Moment kam Aaron in die Küche – ihre Rettung. Tiefe Falten durchzogen sein gutmütiges Gesicht wie Furchen, und sein Blick war bedeutungsvoll. Lisa konnte ihm ansehen, dass ihm etwas auf der Seele brannte.

»Ist alles in Ordnung, Aaron?«, fragte sie.

Im Nu verwandelten sich die Furchen in Lachfalten, und Aaron platzte laut heraus. Seine tiefe Stimme hallte durch die große Küche und ließ alle Angestellten zusammenlaufen.

»Ihr habt heute echt etwas verpasst«, begann er immer noch lachend zu erzählen. »Ihr habt doch die beiden deutschen Frauen gesehen, oder?«

Überall nickende Köpfe ließen ihn fortfahren.

»Als ich sie am Flugplatz abgeholt habe, da habe ich schon gemerkt, dass die beiden ganz verschiedene Vorstellungen von ihrem Aufenthalt hier haben. Es war auch ganz offensichtlich, dass die anderen Gäste sehr unterschiedlich auf sie reagiert haben. Die Männer mit großen Augen, die Frauen eher mit Vorsicht und Missfallen.«

Wieder bestätigendes Nicken ringsum. Das war schwer zu übersehen gewesen.

»Während der Fahrt dann wurde die Kluft zwischen den beiden Frauen immer deutlicher. Die große Frau saß am Fenster und wollte offensichtlich ihre Ruhe haben. Das junge Ding hingegen ...« Wieder hielt er sich den Bauch vor Lachen. »Sie ist bei jedem Tier am Straßenrand völlig ausgeflippt. Hat alle ganz verrückt damit gemacht. Aber das Beste, das Allerbeste war, als sie ...« Er wischte sich die Tränen aus den Augen und sah sich vielsagend in der Küche um, bevor er erneut herausplatzte: »Als wir eine Kuh am Straßenrand passiert haben.«

Ungläubigkeit malte sich auf den Gesichtern.

Rosalie gab ihm einen kleinen Klaps auf den Arm. »Du machst dich über uns lustig, Aaron.«

»Nein, mach ich nicht. Ich schwöre. Sie hat regelrecht gequiekt. Die andere Frau hat sie ziemlich heftig angefahren, und dann hat sie sich schmollend und maulend in die letzte Bank verzogen. Aber auch da hat sie immer wieder leise Schreie losgelassen, wenn wir an einer Antilope oder so vorbei sind.«

Lisa hatte amüsiert zugehört. Auch sie konnte sich das Lachen nicht mehr verkneifen; Aarons Erzählung war einfach zu anschaulich. Jetzt verstand sie auch Angelas Bemerkung und ihre wütenden Blicke zu Steffi, als sie von der strapaziösen Busfahrt gesprochen hatte.

Sobald Angelas ebenmäßiges Gesicht vor ihrem inneren Auge auftauchte, begann ihr Herz erneut wie wild zu schlagen. Gleichzeitig spürte sie auch wieder den brennenden Wunsch, mehr über diese geheimnisvolle Frau zu wissen. Sie konnte sich nur nicht erklären, warum das so war. Vielleicht lag es ja einfach nur an deren unerklärlichen Stimmungsschwankungen. Einmal war sie freundlich und nett, um dann im nächsten Moment eiskalt und hart zu wirken.

»Ich mach mich mal frisch«, murmelte Lisa leise und ging in ihre kleine Hütte.

Tief in Gedanken stand sie wenig später vor ihrem Schrank und begutachtete ihre Kleidung. Nach langem Zögern entschied sie sich für eine schwarze Stoffhose und eine grüne Bluse, die hervorragend mit ihren ebenfalls grünen Augen harmonierte. Ihre langen, widerspenstigen Locken bürstete sie sorgfältig und band sie dann mit einem Seidentuch nach hinten. Zufrieden betrachtete sie ihr Spiegelbild.

Dann atmete sie mehrmals tief ein und aus, um sich für das Willkommensbraai zu wappnen. Das ›Beschnuppern‹, wie Aaron es immer nannte. Lisa war nicht gerade eine Meisterin des Smalltalk und verbrachte ihre Zeit viel lieber in Gesellschaft von Tieren als von Menschen. Doch hatten die Jahre sie gelehrt, dass gerade der erste Abend wichtig war und die Weichen für die kommenden schönen oder eben auch grauenvollen Tage stellte. Seufzend warf sie noch einen letzten Blick in den Spiegel, dann ging sie die wenigen Schritte von ihrer Hütte zu der großen Terrasse am Haupthaus.

Die Gäste waren alle schon um das Lagerfeuer versammelt und unterhielten sich angeregt mit Aaron, der ihnen über die verschiedenen Ausflüge Auskunft gab. Rosalie brachte die letzten Schüsseln aus der Küche. Als sie Lisa erblickte, blieb sie wie angewurzelt stehen und starrte verblüfft auf Lisas Outfit. Doch Lisa tat einfach so, als habe sie es nicht gemerkt, und begab sich zu den anderen.

Sie klatschte ein paarmal leicht in die Hände. Als alle Gespräche verstummt waren, zeigte sie auf die reich gedeckten Tische hinter sich: »Das Buffet ist eröffnet. Guten Appetit zusammen.«

Damit nahm sie einen Teller und reichte ihn dem Amerikaner, der ihr sofort entgegenstürzte. Die anderen Gäste folgten etwas gesitteter. Als Letzte kam Angela und nahm ihren Teller in Empfang. Ganz kurz berührten sich ihre Fingerspitzen. Ein Kribbeln breitete sich langsam in Lisas ganzem Körper aus wie Ameisen, die sich einen Weg durch ihre Adern bahnten.

Angelas funkelnde Augen glitten über Lisas Körper, und sie nickte anerkennend mit dem Kopf. »Sie haben sich ja richtig schick gemacht, Frau Adler.«

Lisa machte eine abwehrende Geste. »Lisa, bitte, einfach nur Lisa. Wir reden uns hier immer mit den Vornamen an. Ich hoffe, dass das für Sie in Ordnung ist«, fügte sie noch schnell hinzu.

Warum nur brachte diese Frau sie so durcheinander? Und warum sah sie sie so prüfend an? Lisa spürte erneut die Hitze in sich aufsteigen. Vielleicht lag es auch an dem betörenden Parfum, das Angela trug. Oder an den herausfordernden Augen, die tief in ihr Innerstes vorzudringen schienen. Nie zuvor hatte sich Lisa so unsicher und verlegen gefühlt. Wie ein unerfahrener Teenager und nicht wie die kompetente Farmerin und Tourleiterin, die sie schließlich auch war.

Seit Lisa vor fünfzehn Jahren auf die Farm gekommen war, um ihrem Großvater zu helfen, hatte sie ihre Frau stehen müssen. Die Männer hier nahmen Frauen meist nicht wirklich ernst, und sie hatte lange Jahre und harte Kämpfe überstehen müssen, bis sie sich den Respekt erarbeitet hatte, der ihr heute entgegengebracht wurde. Dabei hatte sie in Deutschland zuvor noch viel größere Kämpfe austragen müssen. Einige davon waren genau genommen noch lange nicht ausgestanden, doch Lisa hatte diese alten Probleme inzwischen längst hinter sich gelassen. Ihr Leben war hier und nicht mehr in Deutschland.

Der Tag, an dem ihr Großvater starb, war ihre größte Bewährungsprobe gewesen – und sie hatte sie mit Bravour bestanden. Man hatte versucht, sie von der Farm zu vertreiben, hatte sie mit Worten und sogar mit Waffen bedroht. Doch sie hatte sich zur Wehr gesetzt, und ihre Mitarbeiter hatten ihr zur Seite gestanden. Heute waren sie ein eingespieltes Team, und sie wusste, dass sie sich auf jeden einzelnen von ihnen verlassen konnte.

Und nun stand sie hier mit weichen Knien und versuchte, eine ihr völlig fremde Touristin zu beeindrucken. Was war nur mit ihr los? Lisa konnte nur den Kopf schütteln.

Das Essen verlief überraschend harmonisch. Rosalie hatte sich selbst übertroffen; sogar die verwöhnte Amerikanerin Betty war vollauf zufrieden mit den verschiedenen Speisen. Es floss reichlich Bier, und auch dem Whiskey wurde gut zugesprochen.

Lisa ertappte sich irgendwann dabei, dass sie hauptsächlich Angela beobachtete. Sie bewunderte deren freundliche, einnehmende Art. Angela konnte sich genauso locker und natürlich mit Bob, dem amerikanischen Anwalt, unterhalten, wie sie auch mit Ellie, der englischen Krankenschwester, sprach. Sie zeigte keinerlei Vorurteile oder Berührungsängste ihren Mitreisenden gegenüber.

Steffi dagegen saß lustlos vor einem Teller mit ein paar Salatblättern und ein wenig gekochtem Gemüse und stocherte gelangweilt in ihrem Essen herum. Bisher hatte sie noch kein einziges Wort gesprochen, und so langsam fragte sich Lisa, durch welche Stärken sie sich wohl als Assistentin für eine Frau wie Angela qualifizierte.

Vielleicht war sie ja nur ein wenig schüchtern. So wie Lisa selbst es war. Sie konnte sich einfach nicht daran gewöhnen, mit fremden Menschen belanglose Konversationen führen zu müssen, auch wenn sie allmählich besser darin geworden war. Ihre Welt bestand aus der Farm, den Tieren, den Menschen, die hier mit ihr lebten, und all ihren Problemen. Von der weiten Welt außerhalb ihrer Farm bekam sie kaum etwas mit, und wenn sie ehrlich war, interessierte es sie auch nicht mehr. So saß sie einfach nur zwischen ihren Gästen, wechselte hier und da ein paar Worte und ließ dabei immer wieder ihre Blicke zu Angela hinüberwandern. Erst als die Gespräche auf die geplanten Ausflüge kamen, wurde sie lebendiger und ließ sich gern mit Fragen bombardieren.

»Welche Tiere werden wir hier zu sehen bekommen, und welche gibt es nicht?«

Angelas auf einmal so sanfte Stimme und das freundliche Lächeln befreiten Lisa augenblicklich von der Befangenheit, die in Angelas Gegenwart schon fast zur Gewohnheit geworden war. Bereitwillig gab sie Auskunft über ihren Park: »Wir teilen uns das große Naturschutzgebiet mit fünf anderen Farmen. Jeder hat so seinen Hauptteil, und der Rest gehört einfach allen. Das klappt prima, es gibt auch keinen Stress untereinander, ganz im Gegenteil. Wenn einer heute ein Nashorn sieht, dann gibt er die Info an die anderen weiter, so dass wir alle etwas davon haben.«

»Das heißt, es gibt hier Nashörner?«

Lisa lächelte stolz. »Ja, sogar eine kleine Herde. Wir haben einen Bullen, drei Kühe und momentan sogar ein paar Babys. Allerdings wissen wir noch nicht genau, wie viele Jungtiere, denn noch haben wir sie nicht alle gesichtet.«

»Sind die denn nicht gefährlich?« Die Frage kam von der etwas ängstlich wirkenden Betty.

»Nein.« Lisa schüttelte den Kopf. »Gefährlich sind die Wilderer, die immer wieder versuchen, unsere Tiere zu töten, um an die Hörner zu kommen. Es kostet viel Geld, genug Wildhüter zu beschäftigen, um die Wilderer von unseren Tieren fernzuhalten.« Traurig senkte sie den Kopf.

Eine warme Hand auf ihrem Arm ließ sie wieder aufschauen. Angelas schöne Augen ruhten auf ihr mit so viel Wärme, dass ihr Herz Purzelbäume zu schlagen begann. Die Sanftheit der Berührung ging ihr durch und durch. Für einen Moment vergaß sie, wo sie war und dass sie nicht allein waren. In diesen Augen hätte sie sich verlieren können.

Rosalies Räuspern brachte sie in die Wirklichkeit zurück.

Rasch schaute Lisa von einem ihrer Gäste zum anderen und bemerkte überrascht den hasserfüllten Blick, den Steffi ihr zuwarf. Sie schluckte trocken. Dann konzentrierte sie sich wieder auf die Informationen über die Fauna: »Wir haben aber noch viele andere Tiere hier, die ihr morgen hoffentlich auch alle sehen könnt. Elefanten, Nilpferde, Kudus, Giraffen, Zebras, Wasserbüffel und noch jede Menge anderer Arten.«

»Was sind Kudus?«, fragte Albert, der Engländer, schüchtern.

»Das sind Antilopen. Wir haben recht viele davon. Eine hattet ihr auch zum Abendessen.«

Die ungläubigen Blicke ihrer Gäste brachten Lisa zum Grinsen. »Ihr müsst das verstehen«, beeilte sie sich zu erklären, »wir halten die Tiere im Einklang mit der Natur. Es gibt hier aber wenige natürliche Feinde. Wir haben keine Raubkatzen, das wäre einfach zu gefährlich. Und die paar Krokodile am großen See, die fressen auch nicht genug, so dass wir schnell eine Überbevölkerung hätten. Daher müssen wir die Anzahl in einem normalen Rahmen halten. Da es den anderen Parks hier in Südafrika genauso geht, brauchen wir auch nicht mit denen unsere Tiere zu tauschen. Und Kudufleisch ist eine absolute Delikatesse. Oder hat euch das Kuducarpaccio nicht geschmeckt?« Sie ließ den Blick über die Gruppe streifen, und nach einigen Sekunden nickten schließlich alle mit dem Kopf. Einzig Steffi stocherte weiter lustlos in ihrem Salat.

»Welches ist das gefährlichste Tier?«

Angelas tiefe Stimme ließ Lisas Kopf herumfahren. Lange sahen sich die beiden Frauen in die Augen. Erst dann fand Lisa ihre Sprache wieder.

»Der Mensch ist bei weitem das gefährlichste Tier«, erklärte sie. »Und nicht nur hier in Afrika. Er handelt aus niedrigen Beweggründen – aus Profitgier oder aus Missgunst und Neid. So etwas gibt es bei den Tieren nicht. Tiere töten, um zu fressen oder um nicht selbst getötet zu werden. Wie bereits gesagt, wir sind hier im Park im Einklang mit der Natur. Und das spüren unsere Tiere. Es gab in all den Jahren, in denen ich jetzt hier bin, noch nie einen Unfall oder überhaupt einen Zwischenfall.«

»Wie lange bist du denn schon hier? Ich dachte, du wärst hier geboren.«

Überrascht sah Lisa auf Ellie, die die Frage gestellt hatte. »Nein, geboren wurde ich in Deutschland, in Berlin.« Sie nickte zu Angela hinüber, die ihre gemeinsame Herkunft mit gehobenen Brauen zur Kenntnis nahm. »Ich kam mit fünfzehn Jahren hierher, um meinem Großvater auf der Farm zu helfen, und ich bin geblieben. Die beste Entscheidung meines Lebens«, setzte sie leise hinzu.

»Und deine Eltern, Freunde, dein Leben in Deutschland … Vermisst du das nicht?« Es war Angelas rauchige Stimme, die Lisa erneut in ihren Bann zog.

»Nein, ich vermisse nichts.« Ganz kurz huschte eine dunkle Wolke über ihr Gesicht, doch sofort hellten sich ihre Züge wieder auf. »Freunde habe ich hier, und die Natur und die Tiere geben mir so viel mehr als ich in Deutschland haben könnte. Diese Freiheit ist mein großes Glück.« Sie lächelte strahlend, und ihre Gäste konnten ahnen, dass sie es wirklich so meinte.

Kurz darauf löste sich die kleine Runde auf, und alle zogen sich für die Nachtruhe auf ihre Zimmer zurück.

Lisa wollte Rosalie noch zur Hand gehen, doch die Haushälterin nahm sie energisch am Arm und drückte sie auf einen Stuhl. »Was ist nur mit Ihnen, Miss Lisa? Ich habe Sie noch nie so erlebt. Und …«, mit einem kritischen Blick musterte sie Lisas Garderobe, »… Sie haben sich auch noch nie so für ein Abendessen herausgeputzt. Sind Sie krank oder pleite oder beides?«

Bei der letzten Frage musste Lisa laut lachen. »Ach, Rosalie, gute Seele dieses Hauses. Es ist alles in Ordnung, wirklich, alles gut. Mach dir keine Sorgen.« Damit stand sie auf, drückte der alten Frau einen Kuss auf die Wange und ging zu ihrem Zimmer hinüber.

Müde ließ sie sich auf ihr Bett fallen. Sie ließ den vergangenen Tag noch einmal vor ihrem inneren Auge vorbeiziehen: Die beiden Pärchen waren bedeutend netter, als sie erwartet hatte – zu oft hatte sie böse Überraschungen erlebt und das Ende der Ferienwoche schon am ersten Abend herbeigesehnt. Und dann die beiden deutschen Frauen. Sie wurde aus ihnen nicht schlau. Angela … Lisa seufzte. Was war es nur, dass sie so von ihr fasziniert war? Lisa erkannte sich selbst nicht wieder. Wie ein blutjunges Mädchen hatte sie versucht, vor der fremden Frau besonders gut dazustehen. Hatte sich fein gemacht für das Essen, etwas, das sie tatsächlich seit Jahren nicht mehr getan hatte. Rosalie hatte sie da sofort durchschaut.

Immer wenn sich ihre Blicke getroffen hatten, dann hatte sie ein Kribbeln verspürt, tief in ihrem Innern, wie Schmetterlinge auf Formationsflug in ihrem Bauch, die sich mit heftigem Flattern einen Weg nach außen suchten. Lisa drehte sich zur Seite und klammerte sich an ihr Kissen. Noch immer konnte sie die Wärme spüren, die von der schönen Frau ausgegangen war. Doch genauso erinnerte sie sich an die Härte und Kälte bei ihrer Ankunft. Es dauerte lange, bis Lisa in einen tiefen, traumlosen Schlaf fiel.

Ein lautes Hämmern an ihrer Tür ließ sie aufschrecken. Durch die geöffneten Fenster konnte sie sehen, dass es draußen stockdunkel war.

Erneut klopfte es. Seufzend stand Lisa auf. Wer konnte um diese Zeit etwas von ihr wollen? Müde rieb sie sich die Augen, dann öffnete sie schlaftrunken die Tür – und sah direkt in Angelas wunderschönes Gesicht. In eine Decke gehüllt stand sie vor ihr und sah sie flehentlich an.

»Es tut mir leid, dass ich dich wecken muss. Aber ich möchte heute Nacht nicht oben in der Suite schlafen, und auf der Hollywoodschaukel ist es jetzt einfach zu kalt geworden. Bitte ...«, ihre grauen Augen funkelten Lisa in der Dunkelheit an, »hast du eine andere Schlafmöglichkeit für mich?«

Lisa brachte zunächst kein Wort heraus, fuhr sich nur mit den Händen durch das lange, lockige Haar. Endlich sagte sie krächzend: »Ja, natürlich habe ich noch andere Hütten. Rosalie sorgt auch immer dafür, dass sie fertig gerichtet sind. ›Man weiß ja nie, wann man sie braucht‹, ist ihr Standardspruch.« Was redete sie da eigentlich? Rosalies Sprüche waren in diesem Moment bestimmt das Letzte, was Angela interessierte. Sie schluckte krampfhaft, nahm einen Bund mit Schlüsseln vom Haken und trat zu Angela vor die Tür. »So, dann wollen wir mal ...« Mit wenigen Schritten waren sie bei der Nachbarhütte. Lisa schloss auf und schaltete das Licht an. »Es ist natürlich nicht vergleichbar mit der Flitterwochen-Suite, aber zum Schlafen sollte es auf jeden Fall reichen. Hier im Schrank sind noch ein paar Decken und Kissen, falls dir immer noch kalt ist.« Erschrocken drehte sie sich dann zu Angela um: »Entschuldige, ich hätte dir wenigstens einen Tee oder so anbieten können, damit du dich aufwärmen kannst.«

Angelas Augen begannen seltsam zu glänzen. »Nein, das ist nicht nötig. Du machst schon mehr als genug für mich. Entschuldige, dass ich dich mitten in der Nacht aus dem Bett geholt habe. Und, Lisa ...« Sie trat langsam näher. »Danke, dass du keine Fragen stellst. Das wäre jetzt gerade einfach zu viel gewesen.« Sie hauchte der überrumpelten Lisa einen Kuss auf die Wange. Dann ließ sie sich seufzend auf das Bett fallen, rollte sich in die zwei Decken ein und war innerhalb von Sekunden eingeschlafen.

Wie automatisch trat Lisa zu ihr ans Bett, stopfte ihr die Decke richtig hinter den Rücken, damit sie warm blieb, und strich ihr sanft über das kurze Haar. Die Berührung versetzte ihr einen heftigen Stromstoß, der durch ihren ganzen Körper raste. Ein kräftiges Feuer brach in ihr aus, loderte durch ihre Adern ... Entsetzt zog sie die Finger zurück. Mit raschen, leisen Schritten entfernte sie sich von Angela, knipste das Licht aus und drückte die Tür leise hinter sich ins Schloss.

In ihrer eigenen Hütte setzte sie sich auf ihr Bett und vergrub das Gesicht in den Händen. Was war das nun schon wieder gewesen? Warum löste jede einzelne Berührung solch heftige Reaktionen aus? Noch nie hatte Lisa die Nähe eines Menschen gesucht. Doch diese fremde Frau weckte in ihr ständig den Wunsch, sie zu berühren, zu spüren. Seufzend ließ sie sich nach hinten in die Kissen sinken. Der Gedanke an Angela, an den hauchzarten Kuss, an das Feuer, das in ihrem Inneren gebrannt hatte, all das ließ sie in dieser Nacht nicht los.

3

Am frühen Morgen hatte Rosalie die Frühstücksvorbereitung längst beendet, als Lisa, noch immer müde, in die Küche wankte. Sie ließ sich auf einen Stuhl fallen und nahm dankbar einen Becher mit dampfendem Kaffee entgegen.

»Ach, Rosalie, du bist ein Goldstück, danke. Genau das, was ich jetzt brauche.«

Rosalie schnaubte wütend durch die Nase. Sie schmetterte das Küchentuch in die Ecke und stemmte die Arme in die Seiten. »Was glaubt dieses kleine Stück eigentlich, wer oder was sie ist?«

Verblüfft starrte Lisa sie an. »Um Himmels willen, Rosalie, was ist denn passiert? So habe ich dich ja noch nie gesehen. Und vor allen Dingen, wen meinst du?«

»Diese Assistentin. Diesen blonden Engel, wie Sie sie nennen, Miss Lisa.«

»Was hat sie denn getan?«, fragte Lisa mit mühsam unterdrücktem Grinsen.

»Sie kam hier in meine Küche, um mir zu sagen, dass sie sich rein vegetarisch ernährt und ich doch dafür sorgen soll, dass sie das ganze Fleisch nicht sehen müsste. Davon würde ihr nur schlecht werden. Außerdem verlangt sie eine spezielle Diät, damit sie ja nicht zunimmt.« Rosalie schnaubte erneut. »Am besten isst sie gar nichts, dann nimmt sie auch nicht zu, basta.«

Lisa musste nun laut lachen. Leichtfüßig sprang sie auf und nahm ihre Haushälterin in die Arme. »Ach, Rosalie ... jetzt siehst du einmal, was ich sonst immer mitmache mit unseren Gästen. Aber denk daran, sie bleibt nur ein paar Tage. Das kriegen wir schon hin, oder nicht? Wir haben doch schon weitaus Schlimmeres gemeistert.«

Rosalie seufzte laut auf, dann schnäuzte sie sich geräuschvoll die Nase und lächelte Lisa dankbar an. »Sie haben ja recht, Miss Lisa. Ich bin es halt nicht gewohnt, dass jemand an meinem Essen herumnörgelt. Tut mir leid, ich wollte Sie damit nicht belasten.«

»Na hör mal, Rosalie, du belastest mich doch nicht. Ich bin ja froh, dass wir immer über alles reden können. Außerdem bist du mir seit vielen Jahren meine beste und auch einzige Freundin.« Lisa umarmte die ältere Frau noch einmal und drückte sie an sich. Dabei wischte sie sich verstohlen eine Träne aus dem Auge.

»So«, sagte sie schließlich, nachdem sie den Kloß in ihrem Hals energisch hinuntergeschluckt hatte. »Dann lass uns mal raus in die Höhle des Löwen.« Sie griff nach einer Thermoskanne mit Kaffee und ging schnellen Schrittes auf die Terrasse hinaus.

Fröhliches Geplapper schallte ihr entgegen. Mit großer Freude stellte Lisa fest, dass all ihre Gäste um den runden Tisch versammelt saßen und sich auch schon am reichhaltigen Buffet bedient hatten. Sie räusperte sich und sagte laut: »Guten Morgen. Ich hoffe, ihr habt gut geschlafen und freut euch schon so wie ich auf den gemeinsamen Ausflug heute.«

Fünf Augenpaare richteten sich auf Lisa und sahen ihr mit fröhlicher Erwartung entgegen. Nur aus Steffis Augen blitzte die Wut. Lisa fragte sich erneut, was die junge Frau nur gegen sie hatte. Sie nahm sich eine Schüssel mit Müsli und gab etwas Milch darüber, dann setzte sie sich zwischen Bob und Angela. Doch Steffis hasserfüllten Blick, der sie wie ein Dolch zu durchbohren schien, konnte sie weiterhin spüren.

Beinahe genüsslich lehnte sich Lisa zurück und grinste die junge Frau herausfordernd an. »Ich hoffe, du hast etwas zum Essen gefunden, Steffi. Rosalie hat mir schon erzählt, dass du ein paar Sonderwünsche hattest. Wir werden uns bemühen, dass alles auch zu deiner Zufriedenheit sein wird.«

Angelas Kopf ruckte hoch. »Was meinst du damit, Lisa?«

»Nun – das kann dir Steffi vielleicht besser erklären. Wir waren auf jeden Fall nicht auf ihre Diätwünsche vorbereitet, und Rosalie wird später erst noch ins Dorf fahren müssen, um einzukaufen.«

Angela legte mit lautem Klirren ihr Besteck hin und erklärte: »Das kommt gar nicht in Frage. Wir essen gern, was ihr uns auftischt. Rosalie ist eine hervorragende Köchin, und ich bin sicher, dass auch Steffi etwas zu essen finden wird … nicht wahr?« Ihr eisiger Blick traf ihre Assistentin, die den Kopf schuldbewusst zwischen die Schultern zog und leicht nickte.

Lisa konnte nicht anders, sie musste grinsen. Sie wusste selbst nicht, warum sie sich so über die Zurechtweisung freute, doch genauso wenig konnte sie den Hass verstehen, der ihr so offenkundig aus Steffis Blicken entgegenschlug.

Eine Bewegung an ihrem Bein riss sie aus ihren Überlegungen. Halb unbewusst legte sie die Hand auf ihren Schenkel, um das vermeintliche Insekt zu vertreiben. Ihr Atem stockte, als sie feststellte, dass es kein Tier, sondern Angelas Knie war.

Brennende Wärme breitete sich in ihrem ganzen Körper aus. Die Zartheit der Berührung brachte ihr Blut in Wallung, und sie konnte die Röte spüren, die ihr Gesicht zu überziehen begann. Verlegen stürzte sie ihren Kaffee hinunter, dann rückte sie den Stuhl nach hinten und stand hastig auf.

»Wir wollen in einer halben Stunde aufbrechen«, brachte sie heiser krächzend hervor. »Falls ihr euch also noch einmal frisch machen wollt – Aaron und ich warten dann am Haupteingang auf euch.« Sie wagte noch einen kurzen Blick auf Angela, dann eilte sie davon. Sie hatte Mühe, ihre Atmung wieder unter Kontrolle zu bekommen. An der nächsten Ecke, gerade außer Sichtweite, blieb sie stehen, lehnte sich mit dem Kopf gegen das kühle Holz der Hütte und atmete mehrfach tief ein und aus. Ihr Puls rauschte in ihren Ohren, sie konnte keinen klaren Gedanken fassen. Sie wusste nur, dass ihre gewohnte Welt auf einmal ins Wanken geraten war.

Verdammt, was macht diese Frau nur mit mir? Warum reagiere ich so heftig auf eine banale Berührung?

»Ist alles in Ordnung mit dir?«

Die rauchige Stimme hinter ihr und eine weiche Hand auf ihrem Rücken ließen Lisa herumfahren.

»Du wirkst etwas angespannt«, fuhr Angela in unverändert sanftem Ton fort. »Es tut mir wirklich leid – ich hoffe, Steffi hat dich nicht zu sehr verärgert. Sie ist besessen von ihrem Aussehen und hat panische Angst davor, auch nur ein Gramm zuzunehmen.«

Angelas Hand lag nun warm in Lisas Nacken. Panik stieg langsam in Lisa auf. »Nein«, stammelte sie, »nein, danke. Es ist alles in Ordnung. Rosalie hatte sich geärgert, und ich wollte es wenigstens ansprechen.« Mit aller Macht versuchte sie ihre Stimme ruhig klingen zu lassen. Doch sie ahnte, dass es ein ziemlich armseliger Versuch war. Angelas leicht amüsiertes Lächeln schien das zu bestätigen.

»Ich wollte mich noch bei dir für heute Nacht bedanken«, fügte Angela nach kurzer Pause hinzu. »Und mich zudem noch einmal bei dir entschuldigen, dass ich dich mitten in der Nacht geweckt habe.«

Die Wärme, die plötzlich in ihrer Stimme lag, ließ eine Gänsehaut über Lisas Arme kriechen. Rasch sagte sie: »Ach, das war doch nichts, kein Problem. Was war denn überhaupt los?« Erschrocken beeilte sie sich zu ergänzen: »Wenn ich fragen darf.«

Angela seufzte leicht. Noch immer lagen ihre warmen Finger in Lisas Nacken, spielten leicht mit den braunen Locken. »Ich glaube, wenn ich noch länger mit Steffi in einem Raum verbracht hätte, dann hätte ich sie erwürgt«, murmelte sie. »Sie kann einem wirklich auf die Nerven gehen. Sie hierher mitzunehmen, war überhaupt ein Riesenfehler. Aber was soll's.«

Ihr samtiges, jetzt ein wenig trauriges Lachen jagte Lisa einen Schauer über den Rücken.

»Du hast mich auf alle Fälle vor dem Erfrieren gerettet, und dafür danke ich dir sehr.« Damit beugte sich Angela ein wenig zu Lisa und gab ihr einen sanften Kuss auf die Wange.

Lisa wandte sich ein wenig zur Seite, um sich von Angelas Hand in ihrem Nacken zu lösen. Sie hatte das Gefühl, die Berührung keinen Moment länger zu ertragen. Ihr Herz klopfte, als müsse es jeden Moment zerplatzen. Ihr Gesicht glühte, und ihre Knie schienen plötzlich aus Pudding zu bestehen. Kurz bevor sie unter ihr nachgeben konnten, gewann sie zum Glück die Kontrolle über sich zurück. Sie nickte Angela kurz zu und wisperte: »Wir müssen gleich los, ich seh dich dann am Jeep.«

Dann hastete sie davon. Sie konnte Angelas Blicke in ihrem Rücken spüren und war froh, als sie endlich um die Ecke biegen konnte. Heftig atmend rannte sie in ihr Bad und ließ kaltes Wasser über ihr erhitztes Gesicht laufen.

Noch immer spürte sie den zarten Kuss auf ihrer Wange, genauso wie den der vergangenen Nacht. Warum nur versetzten diese sanften und unschuldigen Berührungen ihr Innerstes jedes Mal derart in Aufruhr? Verwandelten sie in einen bedröppelten Teenager, der nicht einmal die einfachsten Benimmregeln beherrschte? Noch einmal schöpfte sie sich kaltes Wasser ins Gesicht. Dann trocknete sie sich schnell ab und eilte zum Jeep, wo bereits alle außer Angela und Steffi warteten.

Während sich die Gäste ihre Plätze in dem geräumigen, offenen Jeep suchten, kamen Angela und Steffi um die Ecke gelaufen. Es war offensichtlich, dass sie sich stritten. Der leichte Wind trug Steffis keifende Stimme weit über die Steppe: »Wo warst du letzte Nacht? Sag schon, du warst bei ihr, gib es doch einfach zu.«

Sie versuchte Angela am Ärmel festzuhalten, doch die riss sich von ihr los, drehte sich wütend zu ihr um und fauchte sie an – deutlich leiser als Steffis Zetern gewesen war, aber dennoch hörbar: »Was glaubst du eigentlich, wer du bist? Hier so einen Aufstand zu wagen. Du bist gerade entschieden zu weit gegangen, und das wird Konsequenzen haben. Ich denke, es ist für alle das Beste, wenn du heute Abend wieder nach Deutschland fliegst. Der Urlaub hier mit dir war definitiv ein Fehler.«

Steffi öffnete den Mund, um zu antworten, doch Angela hob die Hand. »Verschon mich mit deinen Ausflüchten – und vor allem verschon mich mit deiner albernen Schnappatmung. Damit kommst du bei mir nicht weiter, das solltest du eigentlich wissen. Pack deine Sachen. Wenn wir vom Ausflug zurückkommen, wird dich jemand an den Flugplatz fahren.« Ohne ein weiteres Wort und ohne Steffi noch eines Blickes zu würdigen, stieg Angela in den Jeep, setzte sich neben Lisa und warf ihrer Assistentin noch einen vernichtenden Blick zu.

Lisa wartete eine Weile, die ihr angemessen erschien. »Wenn ich das richtig verstanden habe, kommt Steffi nicht mit?«, fragte sie dann und hatte Mühe, ihre Freude zu verbergen. Andererseits konnte sie den Grund nicht verstehen. Sie ahnte, dass Steffis Anschuldigungen auf sie selbst abzielten, doch warum sollte Angela bei ihr geschlafen haben? Hatte Angela ihr denn nichts von der anderen Hütte gesagt? Aber ihre Verwirrung beschäftigte sie nicht lange. Zu sehr freute sie sich darüber, dass Angela neben ihr saß – und vor allem, dass Steffi nicht dabei war. Mit ihrer schlechten Laune hätte sie noch allen den Ausflug verdorben.

»Nein«, bestätigte Angela, »sie kommt nicht mit. Und ich wäre dir und Aaron sehr dankbar, wenn er sie heute Abend zum Flugplatz fahren könnte.«

»Oh ...« Lisas Grinsen wurde noch eine Spur breiter. »Ich hoffe, es geht ihr gut. Liegt es etwa an unserem Essen hier?« Innerlich jubelte sie vor Schadenfreude, doch gleichzeitig schalt sie sich in Gedanken dafür. *Komm, Lisa, reiß dich zusammen, was soll sie denn jetzt von dir denken? Du benimmst dich wirklich wie ein bescheuerter Teenager. Das ist sicher das Letzte, was sie jetzt braucht.*

Angela ließ ein verächtliches Schnauben hören. »Nein, es ist alles in Ordnung. Wir haben uns beide nur etwas anderes von dieser Reise versprochen, und es ist besser, wenn sie jetzt geht. Alles prima.«

Instinktiv, ohne die Bewegung bewusst zu planen, legte Lisa Angela die Hand auf den Arm. Die Berührung schien ihr selbst einen elektrischen Schlag zu versetzen. Sie schluckte kurz und sagte halblaut: »Es tut mir leid, Angela, wirklich. Falls du darüber reden möchtest, dann bin ich gern für dich da. Ich kann gut zuhören.«

Angelas graue Augen fingen ihren Blick ein, hielten ihn für einen Moment fest. Ihre warme Hand legte sich über Lisas Finger und drückte sie leicht. »Danke, Lisa. Aber es ist wirklich alles in Ordnung. Und jetzt möchte ich nicht mehr über meine Assistentin reden, sondern gern die schöne Tierwelt beobachten, die du uns versprochen hast.« Damit drehte sie sich zur Seite und ließ ihre Blicke über die weite, buschbestandene Savanne streifen.

Lisa seufzte leise auf, als ihre Hand durch Angelas Bewegung von deren Arm rutschte. Wie weich und warm sie sich immer anfühlte. Wenn sie sie doch nur weiter berühren könnte, ihre Haut, ihr Haar, ihren Körper erforschen könnte ...

Erschrocken und irritiert von diesem überwältigend starken Wunsch brauchte Lisa einige Minuten, bis sie sich auf die Gespräche ihrer Gäste konzentrieren konnte. Zum Glück war Aaron ein erfahrener Guide und konnte ebenfalls alle Fragen ausführlich beantworten. Immer wieder hielt er den Jeep an und ließ die Gäste die Tiere ausfindig machen, die er selbst schon längst erspäht hatte.

So erreichten sie schließlich das große Wasserloch, an dem sie ihre Mittagspause geplant hatten. Hier führte vom Parkplatz aus ein breiter Holzsteg erst zum See und dann auch ein Stück in den See hinaus zu einer kleinen Hütte.

Lisa nahm die freudigen Ausrufe ihrer Gäste mit Freude zur Kenntnis: »Es ist wunderschön hier.« »Welch perfekter Ort für ein Picknick.«

Aaron verteilte die Ferngläser, und gemeinsam mit ihm erklärte Lisa der Gruppe, wie sie zu benutzen waren und in welcher Richtung sie welche Tiere sehen konnten. »Hier rechts trinken gerade ein paar Kudus. Und noch weiter rechts seht ihr die Nilpferde.«

Lisa war hinter Angela getreten und umfasste sie leicht von hinten, um sie in die richtige Richtung zu drehen. Tief atmete sie den aromatischen Duft von Angelas Parfum ein. Das betörende Aroma ließ ihren Atem stocken. Sie spürte die Wärme von Angelas Körper, der sich kaum merklich gegen sie drückte. Es war verwirrend . . . verwirrend angenehm.

»Stimmt es, dass Nilpferde gefährlich sind?«

Die leise gestellte Frage von Ellie riss Lisa aus ihrer Versunkenheit. Hastig zog sie ihre Arme zurück und trat einen Schritt von Angela weg. Sie nickte Ellie zu. »Ja, und wie. Sie sind sogar die gefährlichsten Tiere in Afrika. Durch sie sterben jährlich mehr Menschen als zum Beispiel durch Krokodile.«

Überrascht drehten sich nun alle zu ihr um. »Wie kann das sein?«, fragte Betty verblüfft. »Ich dachte, Nilpferde wären Vegetarier.«

Lisa lächelte sie freundlich an. »Das stimmt auch. Doch sie verteidigen vehement ihr Territorium und sind noch aggressiver als sonst, wenn sie Nachwuchs haben. So wie im Moment. Da sollte man sich ihnen nicht nähern.«

Bob lachte laut auf: »Aber wie soll so ein behäbiges Tier gefährlich sein? Da kann doch jeder einfach davonlaufen.« Auch Albert grinste über beide Backen und stieß Bob gutmütig in die Seite.

Abschätzend musterte Lisa die beiden Männer. »Wie schnell kannst du laufen, Bob? Oder du, Albert?«

»Ich weiß nicht … aber doch sicher schneller als so ein Nilpferd.« Beide nickten mit den Köpfen und schlugen einander fröhlich auf die Schultern.

Grinsend schüttelte Lisa den Kopf. »Also, so ein Nilpferd ist kein Langstreckenläufer, das ist schon klar. Doch auf kurze Distanz können die Tiere locker an die fünfzig Kilometer pro Stunde erreichen. Das, meine Lieben, das schafft kaum ein Mensch. Daher ist Davonlaufen nicht ganz so einfach, wie ihr vielleicht denkt.«

»Fünfzig …? Du machst Witze.« Entsetzt starrten die Männer zu den riesigen Nilpferden hinüber.

»Nein, keine Witze«, bekräftigte Lisa. »Sie werden immer wieder unterschätzt, und daher sterben auch so viele Menschen jedes Jahr durch ihre Angriffe. Wenn man ihnen nicht zu nahe kommt, dann sind es friedliebende Tiere, die nur sich und ihre Familien schützen. Es gibt viele Beispiele, wie fürsorglich Nilpferde sein können – nicht nur ihrer eigenen Art gegenüber. Doch sobald sie sich bedroht fühlen, legen sie los.«

»Was meintest du mit ›nicht nur ihrer Art gegenüber‹?«, fragte Betty gespannt.

Lisa war in ihrem Element. Mit Geduld, Einfühlungsvermögen und ihren umfassenden Kenntnissen die Fragen ihrer Gäste zu beantworten, das war ihre Welt. Hier fühlte sie sich wohl, kannte sich aus. Dabei glitt ihr Blick immer wieder zu Angela, die ihr, wie alle anderen auch, aufmerksam zuhörte.

»Es gibt einen berühmten Tierfilm«, begann sie, »da sieht man eine junge Antilope, die an so einem Wasserloch trinkt. Dabei wird sie von einem Krokodil angegriffen und in das tiefere Wasser gezogen. Ein Nilpferd eilt der Antilope zu Hilfe, und mit einem gewaltigen Hieb seiner Schnauze zerteilt es das Krokodil in zwei Hälften. Und dann nimmt es die junge Antilope ganz vorsichtig ins Maul und bringt sie ans Ufer. Die Antilope hat die Attacke leider nicht überlebt, aber die ganze Aktion zeigt, wie fürsorglich Nilpferde sein können.«

Überrascht bemerkte Lisa, dass sich sowohl Ellie als auch Betty verstohlen eine Träne aus dem Augenwinkel wischten.

Verständnisvoll, aber sachlich fügte sie hinzu: »Das ist die Natur. Das Krokodil muss auch überleben, dafür muss es fressen. Hier geht es einfach um das tägliche Überleben und nicht um Zukunft, Profit, Neid oder sonstige, hausgemachte Probleme … Das kennen die Tiere zum Glück nicht. So, und nun Schluss mit dem Gerede – lasst uns etwas essen, und dann fahren wir weiter. Wir wollen ja noch die Nashörner und die Elefanten sehen.«

Aaron verteilte die Teller, und Lisa sah zufrieden lächelnd zu, wie sich alle über die Salate und die belegten Brote hermachten.

Angela hatte sich neben Lisa auf die Bank gesetzt. Diese bemerkte es erst, als die inzwischen schon vertraute, rauchige Stimme dicht neben ihr erklang: »Du bist glücklich hier, das sieht man, Lisa. Aber fehlt dir nicht doch manchmal etwas?« Die schlanken Beine übereinander gekreuzt, sah Angela sie forschend an.

»Was meinst du? Was soll mir fehlen?« Lisas Blick glitt über den See, dann sah sie Angela direkt in die grauen Augen. Sie schimmerten in einer Farbe, die dem See ähnelte. Für einen Moment verlor sich Lisa völlig darin. Ihr Herz pochte so laut, dass sie sicher war, Angela müsse es hören können. Ihr Blut rauschte nur so durch ihre Adern.

Nach einer gefühlten Ewigkeit riss sie sich von Angelas Augen los und senkte die Lider. »Nein, ich habe alles, was ich brauche. Es gibt nichts, das ich vermisse oder das mir fehlen könnte.«

»Bist du denn nicht manchmal einsam?« Aus den Augenwinkeln erkannte Lisa Angelas sanftes Lächeln. »Ich meine, vermisst du nicht die eine, die wichtigste Person, mit der du all dies teilen kannst? Bei der du dich anlehnen kannst, dich sicher und geborgen fühlen … oder dieses Gefühl selbst weitergeben kannst?«

Verdutzt lehnte Lisa sich zurück. Warum in aller Welt interessierte sich Angela so für ihre privaten Sehnsüchte? Dann schüttelte sie überzeugt den Kopf. »Nein, ich vermisse nichts. Ich habe noch nie einen Menschen getroffen, von dem ich sagen könnte, das ist er, mit dem möchte ich alt werden oder so. Nein …« Erneut schüttelte sie den Kopf. »Ich habe meine Freunde, Rosalie und Aaron sind meine Familie, und ich habe meine Tiere. Sonst brauche ich nichts und niemanden.«

Angela sah sie lange an, dann stand sie mit einem kleinen Seufzer auf. »Es gibt wenige Menschen, die so glücklich und zufrieden sind. Ich beneide dich, Lisa, ich beneide dich sehr.« Damit ging sie langsam davon.

Lisa blieb nachdenklich zurück. Noch immer spürte sie Angelas Nähe, konnte ihren zarten Duft riechen. Allein die Erinnerung reichte aus, um ihren Puls noch schneller pochen zu lassen. Aber auch Angelas Worte beschäftigten sie. Vermisste sie wirklich nichts? Lisa spürte, wie sich ihr Innerstes zusammenzog und der Boden unter ihr zu wanken schien.

Was geschah nur mit ihr? Was hatte Angela nur an sich, das sie so sehr aus dem Gleichgewicht brachte? Lisa saß noch einige Zeit still da und versuchte in sich hineinzuhören, doch eine Antwort fand sie nicht.

Den Rest des Tages verbrachten sie damit, nach Elefanten und Nashörnern Ausschau zu halten. Es dauerte einige Zeit, in der sie viele Giraffen, Zebras und noch viel mehr Antilopen zu Gesicht bekamen, bis Angela schließlich zur Seite deutete: »Da vorn, Aaron, da links bei den Bäumen.«

Aaron stoppte den Jeep, und alle hoben gebannt die Ferngläser an die Augen und blickten zu einer Baumgruppe, die sich in einiger Entfernung aus der flachen, buschbewachsenen Savanne erhob.

»Gut gemacht, Miss Angela!« Aaron war voll des Lobes. »Das sind die drei Nashornkühe mit ihrem Nachwuchs. Endlich können wir einmal sehen, wie viele Babys sie bekommen haben.«

Voller Freude und Aufregung klammerte sich Lisa an Angelas Arm fest. »Ich zähle fünf Jungtiere«, rief sie begeistert, »was seht ihr?«

»Ja, die sehe ich auch.«

Strahlend vor Glück drehte sich Lisa zu Angela herum und gab der überraschten Frau einen Kuss auf die Wange.

»Wow, wofür war der denn?« Angela sprach ganz leise, ihre Finger strichen sanft über ihre Wange.

Lisa strahlte sie weiter an. »Dafür, dass du die Tiere gesehen hast.« Sie spürte wieder einmal Röte aufsteigen. »Und weil ich es gerade wollte«, murmelte sie leise hinterher. Nur gut, dass die tief stehende Sonne ihnen ins Gesicht schien, so dass Angela ihre Verlegenheit hoffentlich nicht bemerkte.

»Können wir noch näher an die Babys heranfahren?«, fragte jemand.

Aaron und Lisa schüttelten beide energisch den Kopf. »Das wäre keine gute Idee«, erklärte Lisa mit Nachdruck. »Mit dem Jeep sind wir für die Nashörner ein Störfaktor. Und gerade jetzt mit den Jungtieren sind sie besonders vorsichtig und würden uns sehr wahrscheinlich angreifen. Das wollen wir auf keinen Fall.«

»Weil es für uns zu gefährlich ist?«, hakte Bob nach und rutschte aufgeregt auf seiner Sitzbank hin und her.

Lisa lächelte ihn freundlich an. »Ja, auch, aber nicht nur. Für uns ist wichtig, dass die Nashörner uns nicht als Gefahr sehen. Nicht heute und auch nicht morgen. Wir wollen sie beobachten, uns an ihnen erfreuen. Aber wenn wir sie mit unnötigen Aktionen verängstigen oder wütend machen, dann ziehen sie sich in Gegenden zurück, an denen wir sie vielleicht nicht mehr so einfach finden können. Und das wäre doch sehr schade.«

Ihr Blick glitt zurück zu den wunderschönen Tieren, und ihr Herz hüpfte vor Glück. Lachend wandte sie sich an ihre Gäste: »Jetzt fehlen nur noch die Elefanten für heute, oder was meint ihr?«

Allgemeine Zustimmung brachte Aaron dazu, den Jeep in Richtung des Waldgebietes zu steuern, das sie bisher umfahren hatten. Außer Lisa bemerkte niemand, dass sie sich dadurch auch wieder der Lodge näherten.

Noch immer konnte Lisa ihr Glück kaum fassen. Die anderen hatten also tatsächlich recht gehabt, als sie von den fünf Jungtieren erzählt hatten. Sie war so tief in die Erinnerung an den unvergesslichen Anblick versunken, dass sie nicht bemerkte, wie Aaron den Jeep erneut anhielt und alle sich zu ihrer Seite drehten. Erst als sich eine Reihe Fingernägel schmerzhaft in ihren Arm bohrte, schreckte Lisa aus ihren Gedanken auf. »Autsch«, machte sie.

»Entschuldige bitte, aber schau doch nur, da neben uns«, stammelte Angela aufgeregt.

Langsam drehte Lisa den Kopf – und sah direkt in die Augen

des Elefantenbullen, keine fünf Meter entfernt.

»Himmel«, rutschte es ihr heraus, »so nah habe ich mir das aber nicht vorgestellt.«

»Oh my God«, flüsterten die Amerikaner und Engländer zugleich.

Aaron beobachtete konzentriert die Reaktion des Bullen, doch er schien sie gar nicht wirklich wahrzunehmen. Seine Aufmerksamkeit galt einem Busch am Straßenrand, von dem er bedächtig mit dem Rüssel Früchte abpflückte, um sie sich ins Maul zu schieben.

»Was für ein majestätischer Anblick.« Angelas Finger krallten sich noch immer in Lisas Arm.

Nur mit Mühe konnte Lisa einen Schmerzensschrei unterdrücken. »Angela, du tust mir weh ... lass locker, bitte.«

Entsetzt zog Angela ihre Hand zurück und starrte auf die roten Striemen, die ihre manikürten Fingernägel in Lisas Arm hinterlassen hatten. »Es tut mir so leid – oh, Lisa, bitte entschuldige, ich wollte dir nicht wehtun. Oh Himmel, das wollte ich doch nicht«, stammelte sie.

Lisa legte ihr beruhigend den Arm um die Schulter. »Ist schon in Ordnung, nichts passiert, wirklich. Alles gut.« Schon füllte der berauschende Duft von Angelas Parfum wieder ihre Nase. Sie konnte Angelas feste Brust an ihrer Seite spüren. Wie gern hätte sie jetzt die Zeit angehalten ... Noch immer hielt sie Angela mit dem Arm umfangen, und ihr Herz wurde ganz weit, als Angela ihr noch ein wenig näher kam und sich in ihre Umarmung hineinfallen ließ.

Sachte, beinahe zärtlich strich sie mit ihren rot lackierten Fingernägeln über Lisas Arm. »Es tut mir wirklich leid, Lisa, das ist mir sehr unangenehm. Ich war nur so überrascht von dem Elefanten. So nah habe ich so ein riesiges Tier noch nie gesehen – und ich muss gestehen, es hat mir schon Angst eingejagt.«

»Keine Sorge, alles ist gut«, wiederholte Lisa sanft. »Und du brauchst keine Angst zu haben. Auch für den Elefanten stellen wir keine Gefahr da. Es geht den Tieren hier wirklich gut, und deshalb fühlen sie sich von uns nicht bedroht. Aber natürlich darf man niemals leichtsinnig sein. Sie sind noch immer Wildtiere und damit unberechenbar. Für den Fall der Fälle hat Aaron ein Gewehr dabei. Wir werden nicht zulassen, dass einem von euch etwas passiert.«

Und ich lass nicht zu, dass dir etwas passiert … Wieder einmal war Lisa überrascht von ihren eigenen Gedanken. Aber mit noch größerer Überraschung stellte sie fest, dass sie es ernst meinte. Noch nie hatte sie sich einem Menschen so nahe gefühlt wie gerade in diesem magischen Moment.

Dumm nur, dass der Elefant eben diese Sekunde nutzte, um die Straße vor ihnen zu überqueren und dann im Dickicht zu verschwinden. Enttäuschte Ausrufe wurden laut.

Lisa gab sich einen Ruck und hob die Stimme ein wenig: »Ich denke, wir haben genug gesehen für heute. Lasst uns nach Hause fahren. Rosalie bereitet sicher schon das Abendessen vor. Aaron, können wir?«

Langsam fuhren sie über die engen Waldwege zurück zur Lodge.

Nachdem alle ausgestiegen waren, wandte Lisa sich wieder an die Gruppe: »Macht euch in Ruhe frisch, das Essen gibt es in einer Stunde auf der großen Terrasse. Bis nachher.« Damit wollte sie sich davonstehlen. Nach so einem Tag mit einer Gruppe brauchte sie immer ein paar Minuten für sich.

Doch Angela trat ihr in den Weg. Ihre grauen Augen musterten sie und ließen schon wieder eine glühende Hitze durch Lisa hindurchströmen. Ihre eigenen Augen weiteten sich vor Angst, als Angela dicht an sie herantrat, sie fest in die Arme nahm und ihr einen sanften Kuss auf die Wange gab.

»Danke, Lisa«, flüsterte sie. »Danke für diesen wunderschönen Tag, und danke, dass du mich an deiner Welt teilhaben lässt. Das war ein unvergessliches Erlebnis. Ich kann so langsam verstehen, warum du hier so glücklich bist. Auch wenn …« Sie löste sich von Lisa und sah ihr erneut tief in die Augen, bevor sie fortfuhr: »Auch wenn ich noch immer denke, dass da jemand an deiner Seite fehlt. Dass man einfach jemanden haben muss, mit dem man sein Leben teilt – aber auch nur, weil man es möchte.«

Lisas Wange brannte von Angelas Kuss, sie spürte die zarte Berührung der weichen Lippen im ganzen Körper. Ihr Herzschlag dröhnte in ihren Ohren. Die Nähe und Wärme dieser wunderschönen Frau ließen ihr schwindlig werden, und sie verlor sich einmal mehr in diesen wundervollen Augen, während in ihrem Bauch Schmetterlinge tanzten.

Sie wusste nicht, wie lange sie so dastanden, sich so tief in die Augen sahen. Sie wusste nur, dass sie sich wünschte, dieser Moment möge ewig dauern.

Da zerschnitt ein wütender Schrei die friedliche Idylle.

»Hab ich es mir doch gedacht. Seit wir hier auf dieser ekelhaften, staubigen Farm angekommen sind, hast du ja eh nur noch Augen für diesen Naturfreak gehabt. Was findest du nur an der? Sie hat ja noch nicht einmal eine Figur, geschweige denn Klasse oder Stil.« Wie eine Furie war Steffi herbeigerannt, hatte sich Angelas Arm gegriffen und sie von Lisa weggezogen. »Ich war dir gut genug, um dich über Nicki hinwegzutrösten, aber jetzt, jetzt machst du dich geradezu lächerlich. Was willst du denn mit so einem Landei? Mit der kannst du dich doch nirgends sehen lassen. Du wärst die absolute Lachnummer der Gesellschaft. Angela Wagner, Herausgeberin der berühmtesten Modezeitschrift Deutschlands, zusammen mit einer Kampflesbe – ja, ich seh schon die Schlagzeilen. Ein gefundenes Fressen für die Boulevardpresse. Über deine geplatzte Hochzeit haben die sich ja eh schon so ihre Gedanken gemacht. Den Skandal würde ich dir echt gönnen.«

Lisas Entsetzen wuchs mit jedem weiteren Wort, das so voller Hass aus Steffis aufgespritzten Lippen zischte. Sie wusste nicht, was sie sagen sollte, konnte Angela nur fragend anstarren. Angelas Augen, die sie voller Wärme und Zuneigung ansahen, sandten ihr eine klare Botschaft: *Vertrau mir, bitte.*

Lisa wurden die Knie weich. Die Intensität von Angelas Blick ging ihr bis ins Mark. Instinktiv wusste sie, dass sie ihr vertrauen konnte und dass sie es auch wollte – ganz egal, wie viel Gift Steffi auch verspritzen mochte

Ohne ein Wort nickte sie Angela zu, drehte sich um und wollte gerade davongehen, als Steffis Finger sich in ihren Arm krallten und sie festhielten.

»Willst du dich nicht wenigstens verteidigen, du Landei?«

»Steffi, lass sie los. Sofort.« Angelas frostige Stimme ließ sowohl Steffi als auch Lisa erstarren.

Beide Frauen drehten sich zu Angela um. Der kalte Blick aus den gerade noch so sanften Augen jagte Lisa einen Schauer über den Rücken. Und auch Steffi schien beeindruckt. Zumindest löste sie ganz schnell ihre Finger von Lisas Arm.

Dann glitt Angelas Blick wieder zu Lisa, und sogleich wurde ihr Gesichtsausdruck ganz weich. Alle Härte verschwand aus ihren Augen. Sie lächelte sogar ein wenig.

Steffi schien dieser Stimmungswechsel nicht entgangen zu sein. Sie holte tief Luft und holte offenbar zu einer neuen Tirade aus. Doch da drehte sich Angela zu ihr zurück und hob leicht die Hand. Die Bewegung war kaum mehr als angedeutet, doch Steffi zuckte zurück.

»Oh nein.« Angelas Stimme war noch um einige Grade eisiger geworden. »Denkst du etwa, ich würde dich schlagen? Ich habe nicht vor, mir die Hände schmutzig zu machen.« Sie machte eine bedeutungsschwere Pause, dann fuhr sie leise fort: »Ich möchte, dass du deine Koffer holst und dich dann zum Flugplatz fahren lässt. Jetzt sofort. Ich möchte dich keine Minute länger hier sehen.«

Steffi wollte nicht so einfach aufgeben. »Aber ...«

»Ich gebe dir einen gutgemeinten Rat«, schnitt Angela ihr das Wort ab. »Sag jetzt nichts mehr und fahr einfach. Du kannst deine Situation nur noch verschlimmern. Ich werde Petra anweisen, dir ein anständiges Zeugnis zu schreiben. Also, wenn du in der Modebranche noch eine Chance haben willst, dann fahr los und hol dir dein Zeugnis ab, bevor ich es mir anders überlege.«

Nun verlegte sich Steffi aufs Betteln. Sie ließ ihre langen Wimpern klimpern. »Bitte, Angela ... überleg es dir doch noch einmal. Wir passen so gut zusammen. Du und ich ...« Ihre manikürten Fingernägel legten sich auf Angelas gebräunten Arm.

Doch Angela wischte ihre Hand weg wie ein lästiges Insekt. »Wir haben nie zusammengepasst«, sagte sie hart, »und werden es auch nie. Das war dein Wunschgedanke, nicht meiner. Und ich möchte jetzt, dass du nach Hause fährst.«

Damit drehte sie sich um und ging mit schnellen Schritten davon. Müde nickte sie Aaron zu, der ihr gerade entgegenkam:

»Bitte sorge dafür, dass Steffi den Flieger heute noch nimmt. Ich möchte nicht, dass sie noch eine Nacht länger hier bei uns ist, und in den Busch jagen kann ich sie ja wohl kaum, oder?« Ihr leichtes Grinsen schien anzudeuten, dass ihr dieser Gedanke gar nicht so schlecht vorkam.

»Natürlich, Miss Angela, ich kümmere mich darum.«

Lisa hatte die ganze Szene mit wachsender Verwirrung verfolgt. Sprachlos sah sie Steffi nach, die mit hängenden Schultern zur Suite hinaufschlich und wenig später mit Gepäck beladen zurückkam. Aaron nahm ihr die Koffer ab, und wortlos folgte sie ihm um das Gebäude herum zum Jeep.

Erst jetzt, da alle fort waren, kam auch wieder Leben in Lisa. Sie rannte zu ihrer kleinen Hütte, warf sich dort auf ihr Bett und vergrub den Kopf in den Kissen. Tränen sickerten in den Stoff. Was für eine Szene! Noch nie war sie mit so viel Hass bedacht worden. Und sie hatte schon mehr als genug hier in Afrika erlebt – Anfeindungen, Respektlosigkeit, Missachtung –, bevor sie sich Respekt erkämpft hatte.

Diesem abgrundtiefen Hass jedoch, den Steffi ihr gegenüber an den Tag legte, hatte sie nichts entgegenzusetzen. Sie wusste ja noch nicht einmal, wo er herkam und was die Streitereien zwischen Angela und ihrer Assistentin mit ihr zu tun hatten. Von all den heftigen Worten hatte sie nur die Hälfte verstanden. Erneut lief das Gespräch in ihrer Erinnerung ab: *Gut genug, dich über Nicki hinwegzutrösten ... Du wärst die Lachnummer der Gesellschaft ... zusammen mit einer Kampflesbe ...* Was hatte Steffi damit nur gemeint? Und Angela – für einen Moment hatte Lisa wirklich gedacht, sie könnte Steffi etwas antun. So viel Wut war in ihren Augen zu sehen gewesen. Doch dann hatte sie nur einen kurzen Blick auf sie, Lisa, geworfen, und all die Wut war verraucht und Angelas sanfte Seite wieder zum Vorschein gekommen.

Lisa schluchzte leise auf: Was wusste sie denn eigentlich von Angela? Überhaupt nichts. Nach diesem Schlagabtausch, dessen Zeugin sie gerade geworden war, weniger denn je.

Sie wollte hier ihre Flitterwochen verbringen. Wie Lisa vermutete, mit ihrem Mann. Doch wer war dann Nicki? Und wie nahe standen sich Angela und Steffi?

Und wo stand sie, Lisa, in all dem Chaos?

Selten zuvor war Lisa so aufgewühlt gewesen. Übermüdet weinte sie sich schließlich in einen unruhigen Schlaf.

4

Als sie zwei Stunden später erwachte, war es draußen schon dunkel. Die Feuer auf der Terrasse brannten noch, und sie konnte die fröhlichen Stimmen ihrer Gäste hören, die sich mit Rosalie über den heutigen Tag austauschten. Angestrengt lauschte Lisa, doch Angelas rauchige Stimme konnte sie nicht ausmachen.

Auf einmal zuckte sie hoch: Was, wenn Angela mit Steffi abgereist war? Wenn sie fortgegangen war, ohne ihr Bescheid zu geben? Sie hatte tief geschlafen, vielleicht hatte sie es einfach nicht mitbekommen.

In Panik lief Lisa zur Tür hinaus und rannte den engen Holzsteg entlang, zur Flitterwochen-Suite.

Hektisch klopfte sie an die Tür. »Angela? Angela, bist du da? Bitte, Angela.«

Tränen lösten sich aus ihren Augen, als keine Antwort kam. Schluchzend sackte sie vor der Tür auf den Boden. Mit beiden Armen umschlang sie ihre Knie und wiegte sich hin und her. »Angela ...« Immer wieder flüsterte sie den Namen.

»Hey, Kleines, was machst du denn hier am Boden? Und warum weinst du? Lisa, was ist denn mit dir?«

Verblüfft starrte Lisa auf die Hände, die sich weich und warm auf ihre Arme gelegt hatten. Langsam glitt ihr Blick nach oben und traf auf die wundervollsten, strahlendsten grauen Augen der Welt. Noch immer schluchzend, ließ sie sich von Angela nach oben ziehen und fiel der verdutzten Frau um den Hals.

»Du bist hier.«

»Natürlich bin ich hier. Wo sollte ich denn hin sein?« Angela hielt sie sanft von sich weg. Mit dem Finger wischte sie Lisa die Tränen aus dem Gesicht. »Hast du wirklich gedacht, dass ich weggehen könnte, ohne mich von dir zu verabschieden?«

Lisas erneutes Schluchzen veranlasste Angela dazu, sie fest in die Arme zu schließen. »Ach, Kleines … ich glaube, wir müssen uns über einiges unterhalten. Komm, Lisa, wir setzen uns auf meine Terrasse. Trinkst du ein Glas Wein mit mir?«

Ohne Lisas Antwort abzuwarten, bugsierte Angela sie auf die Hollywoodschaukel, legte ihr eine warme Decke über die Beine und ging in die Hütte hinein, um kurz darauf mit zwei Gläsern Rotwein zurückzukommen. Sie setzte sich neben die noch immer zitternde Lisa und reichte ihr eines der Gläser.

»Rosalie meinte, dass dies der beste Wein wäre und dass du den besonders gern trinken würdest. Da wollte ich ihn gern versuchen.« Ihre Stimme wurde leiser. »Ich wollte gern sehen, was dir gefällt und schmeckt. Wollte dich dadurch näher kennenlernen.«

Lisa warf ihr einen überraschten Blick zu. »Aber warum fragst du dann Rosalie und nicht mich?«

Angelas heiseres Lachen hallte über die kleine Terrasse. »Ach, Kleines. Du bist so süß – und so unschuldig.« Sie nahm einen tiefen Schluck, kostete den Wein auf ihrer Zunge und rollte ihn genüsslich im Mund, bis sie ihn langsam hinunterschluckte. »Weich und samtig. Dazu reich an fruchtigen Aromen. Köstlich. So wie du.«

Lisas Herz schlug einmal mehr bis zum Hals. Ihr Blut begann zu kochen, und sie hatte das Gefühl, innerlich zu verbrennen. In ihrem Bauch begann es zu ziehen. Sie konnte spüren, dass es zwischen ihren Beinen feucht wurde. Völlig überfordert von dem, was hier gerade geschah, vermied sie es, Angela anzusehen.

Doch die legte ihr einen Finger unters Kinn und drehte so ihren Kopf zu sich herum. »Du bist wunderschön, meine kleine Lisa. Wunderschön, natürlich, ehrlich …«

Lisa unterbrach sie mit einem bitteren Lachen: »Du meinst wohl, ich bin ein Landei, ein Freak, ohne Figur, Klasse und Stil. Du hast es doch gehört, oder etwa nicht?« Erneut senkte sie den Kopf. Still kullerten ein paar Tränen ihre Wangen hinab. »Und was bitte ist eine Kampflesbe?«

»Lisa, sieh mich an. Bitte.«

Angelas weiche Stimme brachte Lisa dazu, den Kopf wieder zu heben.

»Du bist alles andere als ein Freak. Und du bist kein Landei. Dass du mehr Klasse und Stil hast als Steffi jemals erreichen wird, auch das solltest du eigentlich wissen. Und deine Figur ...« Angela hielt inne, so dass Lisa sie halb schüchtern, halb neugierig ansah.

»Kleines, du bist wunderschön. Du ...« Abermals brach Angela ab. Sie nahm einen Schluck Wein, dann stellte sie das Glas auf den kleinen Tisch neben sich und nahm Lisas Hand in ihre. »Steffi war eifersüchtig«, sagte sie mit fester Stimme. »Sie hat Dinge gesagt, die unter die Gürtellinie gingen, und sie muss nun mit den Konsequenzen leben. Sie hatte kein Recht, irgendetwas zu sagen, aber was sie gesagt hat, das entsprang einzig und allein ihrer Wut und Eifersucht. Sie hatte sich mehr von dieser Reise versprochen. Und als sie merkte, dass sie sich getäuscht hatte, da ist sie ausgeflippt. Das soll jetzt keine Entschuldigung sein, denn für die Dinge, die sie gesagt hat, gibt es keine Entschuldigung. Aber ich möchte, dass du das weißt: Was sie gesagt hat, das war nicht gegen dich gerichtet, sondern gegen mich. Sie hat dich nur benutzt, um mich zu treffen. Und ... das hat sie auch geschafft.«

Angelas Augen hielten Lisas Blick gefangen. Sanft strich sie Lisa eine Haarlocke aus dem Gesicht. »Sie wollte mir wehtun«, fuhr sie leise fort, »und das hat sie, indem sie dir wehgetan hat. Und sie hätte mich beinahe dazu gebracht, Dinge zu tun und zu sagen, die ich mir nie hätte vorstellen können und die ich wahrscheinlich später bereut hätte. Aber ...« Ein bitteres kleines Lachen. »Es ist nie zu spät, neue Erfahrungen zu machen, nicht wahr?«

Noch immer hielt sie Lisas Hand fest in ihrer eigenen. Mit der anderen Hand strich sie sanft, beinahe gedankenverloren über Lisas Wange.

»Es tut mir leid«, flüsterte Lisa.

Angelas Augen weiteten sich überrascht. »Was meinst du?«

Lisa hob ein wenig die Schultern. »Du bist eine starke, talentierte Frau, und du hast augenscheinlich einiges in deinem Leben erreicht. Ich weiß nur wenig von dir, aber ich wollte dich nicht in Schwierigkeiten bringen. Du solltest einen schönen Urlaub hier haben und keinen extra Stress. Vor allem nicht, nachdem deine Hochzeit geplatzt ist.«

Angela griff sich das Weinglas vom Tisch, leerte es in einem Zug und ging hinein, um es aufzufüllen.

Lisa spürte, dass sie einen wunden Punkt getroffen hatte. Nur welchen genau? Als Angela zurückkam und sich erneut neben ihr niederließ, nahm sie allen Mut zusammen und fragte leise: »Möchtest du darüber reden? Ich kann wirklich gut zuhören.«

Angela seufzte leise. »Was möchtest du denn wissen?«

»Alles. Ich weiß ja kaum etwas über dich. Erzähl alles, was du mit mir teilen magst. Was du von Beruf machst, was ich mir darunter vorstellen kann, wer ist Nicki ...«

Lisa ließ die letzte Frage offen im Raum stehen. Sie konnte spüren, wie sich Angela neben ihr verkrampfte, und plötzlich wurde ihr ganz kalt. Hoffentlich war sie nicht zu weit gegangen.

Angela schwieg einen Moment und drehte das Weinglas zwischen ihren Fingern hin und her – endlose Sekunden, in denen Lisa am liebsten im Erdboden versunken wäre. Aber schließlich begann sie doch zu sprechen: »Mein Beruf, das ist einfach. Ich bin in der Modebranche. Habe mich nach vielen Jahren mit einem eigenen Magazin und Mitarbeitern selbständig gemacht und dafür hart und lange gearbeitet und gekämpft. Es gab keinen Urlaub, kein Wochenende, kein Privatleben. Aber es war mein Leben, mein Baby, wenn du so willst. Ich habe alles in dieses Magazin gesteckt, und endlich hat es angezogen. Ich habe mir einen Namen gemacht ... Auf einmal konnte ich mit den Großen der Branche mitreden, und man hat mich gesucht, wenn es um Neuerungen ging. Ich bin ganz oben, Lisa. Ganz oben ist es schön. Da hochzukommen war mein Ziel, mein Traum, dafür habe ich alles gegeben. Auch mein Privatleben.«

Lisa saß stumm da und hörte gebannt zu. Sie konnte sehen, wie angespannt Angela war. Ihre Fingerknöchel traten weiß hervor, so fest umklammerte sie das Glas. Bis es mit einem lauten Knall in tausend Scherben zerbarst.

Beide Frauen schraken hoch.

»Zeig her ...« Lisa griff nach Angelas Hand und zog sie vorsichtig zu sich heran, um sie näher in Augenschein zu nehmen.

Angela versuchte die Hand zurückzuziehen. »Ach, das ist nichts. Alles okay.«

Doch Lisa ließ nicht los. »Halt still«, sagte sie energisch. »Du blutest, und ich will sehen, ob du Scherben in deiner Hand stecken hast.« Ganz vorsichtig strich sie mit den Fingern die Handfläche ab. Mehrfach konnte sie Splitter spüren, die sich in die Haut eingegraben hatten.

Angela zuckte leicht zusammen.

Lisa nahm eine der Stoffservietten vom Tisch und wickelte sie ganz leicht um die blutende Hand. »Halte das so fest ... aber nicht drücken, sonst drückst du die Splitter tiefer hinein. Ich hol schnell meinen Koffer, ich brauche eine Pinzette und auch etwas zum Desinfizieren. Ich bin gleich wieder da.« Ganz kurz strich sie Angela über die kurzen Haare. Dann stand sie auf und rannte mit schnellen Schritten zu ihrer Hütte, erfüllt von einem überwältigenden, nie gekannten Prickeln. Angela brauchte sie. Und sie konnte ihr helfen, sie würde ihr helfen – sie würde alles für sie tun.

Als sie Minuten später mit ihrem Erste-Hilfe-Koffer zurückkam, saß Angela noch immer so da, wie sie sie verlassen hatte.

»Komm mit ins Bad, Angela«, bat Lisa sanft, »da habe ich besseres Licht. Hier draußen sehe ich leider nicht genug.«

Gemeinsam gingen sie hinein, und Lisa wickelte vorsichtig die blutgetränkte Serviette ab. »Oh je«, murmelte sie. »Das sieht böse aus, ich muss einige Splitter herausziehen. Ich hoffe, ich tu dir nicht weh.«

Angela schüttelte nur den Kopf. »Mach einfach. Danke, dass du mir überhaupt hilfst.«

»Na, hör mal ...« Lisa hob den Kopf und sah sie entrüstet an. »Das ist ja wohl selbstverständlich. Und jetzt halt still. Das könnte etwas ziehen.«

Behutsam zog sie Splitter für Splitter aus Angelas Handfläche. Immer wieder fuhr sie mit ihren Fingern sanft darüber, um nachzufühlen, ob sie einen übersehen hatte. Schließlich ließ sie die Desinfektionsflüssigkeit über die Hand laufen und wickelte anschließend einen Verband darum.

»So, das müsste reichen. Kannst du deine Finger bewegen? Ich möchte nicht, dass der Verband zu fest sitzt. Er soll ja nur das Blut stoppen.«

Angela wackelte ein wenig mit den Fingern. »Nein, das ist gut so. Danke, Doktor Lisa.« Dankbar lächelte sie Lisa an. »Du hast so sanfte Hände ... Überhaupt, an dir ist alles so sanft.« Noch immer lächelnd nahm sie Lisas Hand in ihre, führte sie an ihre Lippen und hauchte einen zarten Kuss darauf.

Angelas Blick und, mehr noch, die nur angedeutete Berührung gingen Lisa durch und durch. Sie spürte, wie sie weiche Knie bekam, und hörte ihr Blut in den Ohren rauschen wie einen Orkan.

»Du bist wunderschön, Lisa«, flüsterte Angela. »Ich würde dich gern küssen ... darf ich?«

Die sanften Worte bewirkten, dass Lisa sich endgültig in einem Wirbelsturm der Gefühle verlor. Panik drohte sich breitzumachen. Aber auch etwas anderes brach sich Bahn, etwas, das ihr völlig neu war: Verlangen. Verlangen nach den weichen Lippen, danach, Angela zu spüren, sie zu küssen, ihr ganz nah zu sein. Unfähig, eine Antwort zu geben oder auch nur sich zu bewegen, stand Lisa einfach nur da.

Angelas Augen waren abwartend und prüfend auf sie gerichtet. Sie schien zu ahnen, was in Lisa vor sich ging, schien den Wirbelsturm zu spüren. Langsam beugte sie sich zu ihr heran. Unendlich sanft berührte sie Lisas Lippen mit ihren eigenen. Ihre gesunde Hand legte sich in Lisas Nacken und zog sie näher. Mit der Zungenspitze glitt sie vorsichtig über Lisas noch geschlossene Lippen, drang dann ganz langsam dazwischen, verlangte Einlass. Lisa wusste nicht, wie ihr geschah. Doch nach einer gefühlten Ewigkeit ließ sie sich mit einem tiefen Seufzer in Angelas Arme sinken.

Das Kribbeln in ihr, das sich bei jeder noch so unschuldigen Berührung schon bemerkbar gemacht hatte, wuchs ins Unermessliche. Ihr ganzer Körper stand in Flammen. Es gab nur noch Angela und sie, wie miteinander verschmolzen. Ihre Lippen, ihre Zungen, die Hände, die über ihre Körper strichen. Noch nie hatte Lisa so etwas empfunden, noch nie solch intensive Nähe erlebt, und noch nie hatte sie sich einfach fallen lassen.

Sie konnte spüren, dass Angela sie gegen die Tür drückte, sie dann vorsichtig ins Schlafzimmer schob und schließlich mit ihr auf das große Bett sank. Ihr Körper entwickelte ein Eigenleben, das Lisa niemals für möglich gehalten hätte. Sie hatte davon gelesen, es in Liebesfilmen gesehen, doch sie hatte es immer als reine Phantasie abgetan. Ein Märchen, einen romantisch verklärten Wunschtraum. Doch hier und jetzt wurde dieser Traum Wirklichkeit.

»Kleines, du bist so wunder-wunderschön.« Angelas raue Stimme drang wie durch Watte zu Lisa hindurch, während ihre Hände sanft über Lisas Körper glitten. Doch mit einem Mal versteifte sich Lisa.

Sofort hielt Angela inne, zog sich ein wenig zurück und sah sie liebevoll an. »Vertrau mir, Lisa«, bat sie mit leiser Stimme. »Ich werde dir nicht wehtun, und wann immer es dir zu viel wird, dann sag es, und ich höre sofort auf. Aber ...«, hier stahl sich unverhohlenes Begehren in ihren Blick, »... ich möchte dich küssen, streicheln, dich berühren, dich lieben. Bitte, Lisa. Vertrau mir.«

Ihre weichen Hände begannen von neuem, an Lisas Körper entlangzufahren, erst ganz zart, dann allmählich fordernder. Sanft und doch bestimmend zog sie Lisa das T-Shirt über den Kopf. Ihre funkelnden Augen ruhten auf Lisas kleinen Brüsten. »So schön«, murmelte sie heiser, bevor sie fortfuhr, Lisa zu liebkosen. Ihre Lippen gesellten sich zu ihren Händen, und sie bedeckte Lisas Hals, Bauch und Brüste mit zärtlichen Küssen.

Jede Berührung entfachte einen weiteren Sturm in Lisa. Deutlich spürte sie die Nässe, die sich zwischen ihren Beinen sammelte. Ihre gesamten Körpersäfte schienen an diesem einen Punkt zusammenzuströmen.

Ihr Stöhnen, das plötzlich durch den Raum drang, brachte Lisa unvermittelt wieder zur Besinnung. Entsetzt starrte sie auf Angela, die halb auf ihr lag, sie mit den Händen sanft streichelte und mit den Lippen an ihren Knospen knabberte. Sie spürte, dass sie kurz davor war, vollends die Kontrolle über sich zu verlieren. Aber konnte sie das zulassen? Wollte sie es? Noch nie hatte sie so intensiv gespürt, sich so brennend nach Berührungen und Liebkosungen gesehnt. Was würde passieren, wenn sie diesem Sehnen nachgab? Von Panik erfasst, versuchte sie Angela von sich zu schieben.

Die sah überrascht auf. »Was ist mit dir, Lisa? Habe ich etwas falsch gemacht?« Ihre Hände glitten sanft über Lisas Brüste, streichelten über die hoch aufgerichteten Brustwarzen.

Die Berührung ließ Lisa erstarren.

Angela stützte sich auf ihre Ellbogen ab und sah sie an, forschend und liebevoll zugleich. »Es ist alles in Ordnung, Lisa. Wenn du möchtest, dann höre ich auf. Jederzeit.« Ihr Blick war dunkel und ernst. »Ich werde dir niemals wehtun. Vertrau mir, Kleines.«

Die sanften Worte ließen Lisa in Tränen ausbrechen.

»Schatz, was ist los?« Angelas Stimme klang zusehends alarmiert. »Sprich mit mir. Soll ich aufhören? Bitte, sag etwas.«

Doch Lisa war nicht in der Lage, auch nur ein Wort hervorzubringen. Sie schüttelte den Kopf, dann klammerte sie sich wie eine Ertrinkende an Angela und begann sie wild zu küssen.

»Langsam, Kleines, langsam.« Atemlos löste sich Angela von ihr und schob sie ein kleines Stück von sich weg. »Wir haben alle Zeit der Welt. Schsch, Kleines. Beruhige dich erst einmal wieder, und sieh mich an, bitte.«

Lisa gehorchte. Sie konnte förmlich spüren, wie die Angst, die sie empfand, Angela aus ihren Augen entgegenstrahlen musste.

»Wovor hast du Angst, Lisa?«, fragte Angela, sehr leise und behutsam. »Habe ich dir wehgetan, habe ich etwas falsch gemacht?«

»Nein, du hast nichts falsch gemacht. Es ist ...« Lisa brach ab und begann von neuem zu schluchzen.

Zärtlich nahm Angela sie in die Arme und hielt sie fest. »Es ist alles gut, Kleines«, wisperte sie Lisa ins Ohr. »Schsch ... alles ist gut.« Sanft strich sie ihr über die langen Haare, und nach einigen Minuten wich die Spannung aus Lisas Gliedern. Ehe sie sich versah, war sie in Angelas Armen eingeschlafen.

Ein fremdes Geräusch weckte Lisa Stunden später aus ihrem traumlosen Schlaf. Für einen Moment war sie orientierungslos. Wo war sie nur? Es war auf jeden Fall nicht ihr Zimmer, nicht ihr Bett. Das Geräusch drang erneut an ihr Ohr. Verschreckt drehte sich Lisa vorsichtig um und sah direkt in Angelas sanfte, graue Augen.

»Guten Morgen, Kleines.«

Lisa schluckte trocken. Sie musste kurz die Augen schließen, ihre Gedanken sammeln. Sie lag mit Angela in einem Bett … aber wie in aller Welt war sie hierhergekommen?

Angela strich ihr sachte mit einem Finger über die Wange. »Ist alles in Ordnung, Kleines? Hast du gut geschlafen?«

»Ich …«, stammelte Lisa leise. »Ich kann mich nicht erinnern. Angela, was habe ich getan?«

Angela zog eine Augenbraue hoch und richtete sich auf. »Machst du dich über mich lustig? Das kann doch nicht dein Ernst sein.«

Lisa konnte ihre Blicke kaum von dem makellosen, halb entblößten Körper direkt neben ihr abwenden. »Ich würde es nie wagen, mich über dich lustig zu machen«, versicherte sie hastig. »Aber … ich habe einen Filmriss. Ich weiß gerade wirklich nicht, was gestern passiert ist. Nur dass wir Wein getrunken haben … Es tut mir leid, ich vertrage den Rotwein nicht so gut.«

Angela schüttelte den Kopf, ungläubig und offenbar auch etwas ärgerlich. »Aber Rosalie meinte doch, dass das dein Lieblingswein ist.«

»Na ja, sie hat vielleicht vergessen zu erwähnen, dass ich seit zehn Jahren fast nichts getrunken habe und daher auch nichts mehr vertrage.« Lisa warf einen scheuen Blick auf Angela, dann schlug sie die Hände vors Gesicht. »Oh, Angela, was habe ich getan? Habe ich mich höllisch blamiert? Oder dir was angetan? Was immer es war, es tut mir so leid. Bitte sei nicht böse mit mir, ich wollte …«

Irritiert brach sie mitten im Satz ab, als Angela laut herausplatzte. Sie warf sich in die Kissen zurück und lachte und lachte.

Lisas Verwirrung wuchs. Lauter als zuvor rief sie: »Warum lachst du, Angela? Das ist nicht fair! Sag schon, was habe ich angestellt?«

Aber Angela prustete immer lauter und so ansteckend, dass Lisa schließlich gar nicht anders konnte, als in das Lachen einzufallen. Sie nahm eines der vielen Kissen und schlug es leicht gegen Angelas Kopf. Die ließ sich nicht lange bitten und erwiderte die Nettigkeit. Innerhalb von Sekunden war eine wilde Kissenschlacht im Gang.

Es war Angela, die sich nach Luft ringend in die Kissen zurückfallen ließ. »Ich ergebe mich«, rief sie mit erhobenen Händen, »ich kann nicht mehr!«

Lisa lehnte sich auf einen Arm und ließ ihre Blicke einmal mehr über Angelas Körper gleiten. »Du bist wunderschön«, flüsterte sie errötend. Mit einem Finger zog sie vorsichtig die Konturen von Angelas Gesicht nach. Die Augenbrauen, die Nase, die wohlgeformten Wangen und schließlich die Lippen.

Angela war bei der ersten Berührung leicht zusammengezuckt, dann hatte sie die Augen geschlossen und schien die sanften Liebkosungen zu genießen. Als Lisas Finger über ihre Lippen strich, öffnete sie diese ein wenig.

Impulsiv, ohne darüber nachzudenken, lehnte sich Lisa nach vorn und bedeckte Angelas Mund mit ihrem. Ihre Zungenspitzen trafen aufeinander, und beiden Frauen kam ein tiefer Seufzer über die Lippen. Lisas Hände wanderten langsam an Angelas Körper entlang. Berührten sachte die festen Brüste, umfassten sie, massierten sie erst langsam, dann mit wachsender Leidenschaft.

Angela stöhnte leise auf. Mit einem Ruck richtete sie sich auf und hielt Lisas Hand fest.

»Lisa, ich weiß nicht, ob das so eine gute Idee ist.«

Lisa stockte mitten in der Bewegung. »Tut mir leid, ich dachte ...« Sie verstummte, schluckte einmal kräftig, dann sah sie Angela mit leuchtenden Augen an. »Ich möchte dich gern berühren. Ist das schlimm?« Neuerlich wurde sie rot und ließ ihre Blicke durch das große Zimmer streifen, bevor sie an sich und Angela hinuntersah. »Vielleicht ... vielleicht solltest du mir sagen, was gestern Abend passiert ist. Wir sind in deinem Zimmer und beide nicht mehr komplett bekleidet. Was immer es war und wo immer wir es beendet haben – es kann nicht so katastrophal gewesen sein, dass du mich jetzt hasst, denn dann – «, und damit lächelte sie Angela verschmitzt an, »– dann hättest du mich spätestens nach dem Aufwachen hier rausgeschmissen. Also bitte, Angela, was habe ich getan gestern Abend?«

Angela erwiderte ihren Blick lange, ohne etwas zu sagen, als suche sie nach den richtigen Worten. Mit leiser Stimme begann sie schließlich: »Wir haben uns geküsst, und ich habe dich gestreichelt. Es war wunderschön. Ich dachte, dass es dir auch gefallen würde.« Sie stockte und senkte die Lider. Lisa stupste sie vorsichtig an, damit sie weitersprach.

»Aber irgendwann bist du völlig steif geworden«, fuhr Angela schließlich fort, »hast mich von dir weggeschoben und auch nicht mehr mit mir gesprochen. Ich wusste nicht, ob ich dir etwas getan hatte. Dann bist du in Tränen ausgebrochen und irgendwann in meinen Armen eingeschlafen. Ich wollte dir niemals wehtun und werde es auch nicht, wenn du mir die Chance gibst, es dir zu beweisen. Aber dafür sollte ich auch wissen, wovor du gestern auf einmal so viel Angst gehabt hast.«

Die sanften Worte und der zärtliche Tonfall trafen Lisa tief ins Herz. Krampfhaft versuchte sie ihre Tränen unter Kontrolle zu halten. Sie musste mehrmals schlucken, bevor ihre Stimme ihr gehorchte.

»Ich weiß nicht, was ich sagen soll, Angela ... Ich kann mich wirklich nur sehr unzureichend an den Abend erinnern, und das tut mir unendlich leid. Aber was ich dir sagen kann, ist dies: Ich vertraue dir und habe keine Angst vor dir.«

»Aber Kleines, was ist es dann?«, fragte Angela so liebevoll, dass Lisa erneut schluckte. »Es muss doch etwas geben, das dich so erschreckt hat.«

Den Blick gesenkt, murmelte Lisa kaum hörbar: »Ich bin noch Jungfrau.«

»Und? Das ist doch nicht schlimm, ganz im Gegenteil.« Angelas Stimme hatte nichts von ihrer Sanftheit verloren. Behutsam legte sie einen Finger unter Lisas Kinn. »Ach, Lisa, meine süße, kleine Lisa, sieh mich doch bitte an. Hattest du deshalb Angst, dass ich dir wehtun könnte? Oder ist da noch mehr?«

Lisa seufzte auf. »Rosalie versucht mich dauernd mit irgendwelchen Söhnen von anderen Farmern zu verheiraten, doch bisher konnte ich mich standhaft weigern. Allein der Gedanke, von einem von ihnen angefasst zu werden, macht mich krank.«

Angela runzelte die Stirn. »War das gestern Abend auch so? Macht dich der Gedanke, von mir berührt zu werden, krank?« Sie machte eine Bewegung zum Bettrand hin, als wolle sie aufstehen.

Hastig legte ihr Lisa die Hand auf den Arm. »Nein, absolut

nicht. Es war wunderschön, von dir berührt zu werden, geküsst zu werden. Ich habe noch nie so viel Liebe und Zuneigung erfahren, aber ... es tut mir leid, ich weiß nicht, wie ich es erklären soll.« Resignierend schüttelte sie den Kopf. Halb an sich selbst gewandt fügte sie hinzu: »Ich sollte mich wohl besser vor die Krokodile werfen, das wäre einfacher.«

Angelas heiseres Lachen ließ sie aufschauen.

»Du musst dich nicht vor die wilden Tiere schmeißen.« Sanft strich Angela ihr durch die Locken. »Aber ich denke, dass wir nichts überstürzen sollten und uns einfach mehr Zeit geben sollten.« Damit stieg sie aus dem Bett und ging, ohne noch einmal zu Lisa zurückzusehen, ins Bad.

Lisa sah ihr verdattert hinterher. In ihrem Körper tobten Gefühle, die sie noch nie empfunden hatte, die sie nicht kannte, die sie mehr und mehr verwirrten. Sie konnte Angelas Hände und Lippen noch auf ihrer nackten Haut spüren, die Wärme und die Leidenschaft, die sie beide vorhin gepackt hatte. Und doch saß sie jetzt allein hier auf Angelas Bett. Irritiert starrte sie auf die geschlossene Badezimmertür. Warum hatte Angela sie einfach hier zurückgelassen? Und vor allem, was sollte Lisa jetzt tun – auf Angela warten, ihr folgen oder einfach gehen? Seufzend stand sie schließlich auf, zog sich rasch an und ging in ihre kleine Hütte.

Als Lisa unter der Dusche stand, überkamen sie auf einmal die Tränen. Was in den letzten paar Tagen passiert war, war einfach zu viel. Noch nie hatte sie sich so sehr nach Nähe, nach Zärtlichkeiten gesehnt, doch nun war sie tatsächlich auf dem besten Weg, sich heftig zu verlieben. Sie hatte nie für möglich gehalten, dass sie die eine besondere Person in ihrem Leben finden könnte – dass sie überhaupt fähig war zu lieben. Dass es eine Frau war, die diese überwältigenden Gefühle auslöste, spielte dabei gar keine Rolle. Ihre Jugend in Deutschland und vor allem die harte Zeit auf der Straße hatten Lisa gelehrt, dass Vorurteile sinnlos waren. Die verrücktesten Menschen waren meist am nettesten zu ihr gewesen und hatten ihr am bereitwilligsten geholfen, ohne Fragen zu stellen oder Gegenleistungen einzufordern.

Mit einem Seufzer hob sie den Kopf und ließ das Wasser über ihr Gesicht strömen. Was erwartete sie? Das war die entscheidende Frage. Was erwartete sie von sich selbst und auch von Angela? Sie lebte hier in ihrer Welt, und sie konnte sich nicht vorstellen, wie sich das ändern könnte. Sie war hier glücklich und würde es bleiben, mit oder ohne Angela. Vielleicht war es wirklich besser, sich nicht zu sehr auf diese Frau einzulassen. Egal wie schön sie war, wie sanft sie Lisa ansah und wie himmlisch weich sich ihre Haut anfühlte.

Erneut seufzte Lisa tief auf. Sie hatte sich ihre Antwort gerade selbst gegeben. Die Vernunft machte es so einfach. Ob ihre Gefühle dieser Weisung folgen würden, darüber wollte sie lieber nicht nachdenken.

Die Stimmung beim Frühstück war locker und angenehm. Die Gäste freuten sich auf den geplanten Wildwasserausflug und bombardierten Aaron mit Fragen dazu.

Lisa saß stumm daneben. Immer wieder suchte ihr Blick Angela, doch die schien sie mit einem Mal völlig zu ignorieren.

Mit jedem weiteren ebenso verstohlenen wie vergeblichen Blick in Angelas Richtung sank Lisas Herz tiefer. Es war also doch ihre Schuld, ihre Reaktionen letzte Nacht hatten Angela verletzt. Wenn sie doch nur wüsste, was genau sie falsch gemacht hatte.

Nach dem Frühstück kam Angela auf sie zu. Lisas Herz begann wild zu klopfen, doch bevor sie etwas sagen konnte, fragte Angela schon: »Gibt es hier die Möglichkeit, das Internet zu nutzen? Ich muss mit meiner Geschäftspartnerin ein paar Dinge besprechen, und mit dem Handy komm ich nicht ins Netz.«

Lisa schluckte kurz. »Ja«, sagte sie in so sachlichem Ton wie möglich, »du kannst dich an den Computer in meinem Büro setzen, wenn du willst. Komm mit, ich stell ihn dir ein. Nutzt du Skype oder einen anderen Internettelefondienst?«

Noch ehe sie die Frage ganz ausgesprochen hatte, sah sie, dass Angelas Augen von einem dunklen Schleier überzogen waren. Sie sah müde aus. Lisa konnte gerade noch rechtzeitig den Impuls unterdrücken, sie in den Arm zu nehmen.

»Skype ist okay, damit komme ich klar, danke«, sagte Angela, jetzt sehr leise. Stumm folgte sie Lisa ins Büro.

Dort startete Lisa ihren PC, richtete die Verbindung ein und zeigte auf den gemütlichen Bürosessel. »Setz dich. Die Verbindung braucht einen kleinen Moment, aber dann kannst du dich bei Skype anmelden und loslegen. Ruf mich einfach, wenn du etwas brauchst oder wenn du fertig bist.« Damit nickte sie Angela zu und ging langsam in die Küche, um Rosalie beim Abwasch zur Hand zu gehen. Die mechanische Tätigkeit half, ihre Gedanken auf etwas anderes als Angela zu fokussieren.

Nach einer halben Stunde war es Zeit, sich für die Tour umzuziehen. Auf dem Weg zurück in ihre Hütte riskierte Lisa einen Blick in ihr Büro. Zu ihrer großen Überraschung war der Raum leer.

»Angela?«, fragte Lisa leise, doch es kam keine Antwort. Sie trat einen Schritt in das Zimmer und sah sich suchend um.

Ein lautes Rascheln ließ sie herumfahren, doch hinter ihr war nichts. Ihr Herz hämmerte. Ein neuerliches Geräusch ertönte, und nun stellte Lisa fest, dass es aus der Richtung ihres PC kam. Ihr Kopf ruckte zum Bildschirm. Eine fremde Frau war darauf zu sehen, die ihr beinahe genervt entgegensah. Nun, da Lisa hinschaute, bedeutete die Frau ihr mit Handzeichen, sich den Kopfhörer aufzusetzen.

Lisa folgte der Anweisung. »Hallo«, sprach sie ins Mikrofon. »Wer sind Sie, und was machen Sie auf meinem PC?« Sie gab sich keine Mühe, die Verwirrung in ihrer Stimme zu verbergen.

Kühle, blaue Augen glitten über Lisa hinweg mit einem Ausdruck, der ähnlich abschätzig war wie der erste Blick, mit dem Angela sie bei ihrer Ankunft gemustert hatte. »Ich bin Petra, Angelas Partnerin«, ließ sich die Fremde schließlich vernehmen. »Sie hat mich hier einfach sitzen lassen.« Ihre Stimme klang ebenso hart wie ihr Blick und ließ Lisa leicht erschauern.

Trotzdem wagte sie eine kleine Spitze: »Nun, für mich sieht es eher so aus, als hätten Sie die Gelegenheit genutzt, um sich hier etwas umzusehen.« Warum sonst hatte die Frau die Verbindung nicht einfach getrennt, wenn nicht aus Neugier?

In gespieltem Schock hob Petra die Hände. »Erwischt!« Ihr Lachen klang künstlich. »Ich hatte gehofft, dass ich Sie einmal zu Gesicht bekomme«, fuhr sie dann fort, »nachdem Angela mir gerade so viel von Ihnen erzählt hat.«

Angela hatte von ihr erzählt? Lisa blieb für einen Moment der Mund offen stehen. »Was ... hat sie Ihnen denn so erzählt?«, hakte sie dann nach.

»Wenn ich Ihnen das sage, dann bringt mich Angela um. Und ich hänge an meinem Leben.« Wieder hallte das gekünstelte Lachen aus dem Kopfhörer. Dann sah Petra Lisa ernst an. »Sie sollten sich keine Hoffnungen machen – das sage ich Ihnen in Ihrem eigenen Interesse. Angela wird nicht bei Ihnen bleiben. Sie wird zurück nach Deutschland gehen und sich um ihr Magazin kümmern, alles andere hat in ihrem Leben gar keinen Platz.«

Lisa spürte die Röte über ihren Hals nach oben kriechen, bis unter den Haaransatz. Damit hatte sie nun auf keinen Fall gerechnet. Entsetzt starrte sie in das überheblich wirkende Grinsen der Frau auf dem Monitor.

Ein Hupen von draußen ließ sie zusammenfahren. »Ich muss los«, flüsterte sie atemlos. Mit dem Daumen drückte sie die Austaste und fuhr den PC herunter. Dann rannte sie zu ihrer Hütte, zog sich rasch um und kam abgehetzt zum Bus gelaufen.

Angela saß bereits am Fenster und starrte hinaus.

Lisa ließ sich neben ihr nieder. »Ich hoffe, es hat alles geklappt mit dem Computer.« Die Erinnerung an die herablassenden Worte von Angelas Freundin ließ ihre Stimme ein winziges bisschen zittern.

»Ja, danke«, antwortete Angela ausdruckslos. »Ich wollte nur sehen, ob alles läuft zu Hause, in der Firma.«

»Und, alles gut?«

»Ja, alles prima.« Damit verstummte Angela und sah weiterhin starr zum Fenster hinaus.

Lisa schwieg ebenfalls, in Gedanken versunken. Sie ging das Gespräch mit Petra noch einmal durch, aber ohne schlauer daraus zu werden. Angela hatte Petra von ihr erzählt, so viel war klar. Doch warum? Und was meinte Petra damit, dass sie nicht bei ihr bleiben würde? Von so etwas hatten sie selbst noch gar nicht gesprochen. Überhaupt – außer einigen, zugegebenermaßen leidenschaftlichen, Küssen war nichts zwischen ihnen geschehen, das irgendeine Zukunftsperspektive böte. Innerlich seufzte Lisa tief und versuchte die unerfreuliche Unterhaltung aus ihren Gedanken zu verbannen.

Der Kleinbus brachte die Gruppe zur Wildwasserstation. Dort bekamen sie ihre Schwimmwesten und Helme ausgehändigt, und der Tourguide gab ihnen eine kurze Einweisung in das sichere Verhalten auf dem Boot. Währenddessen beobachtete Lisa ihre Gäste genau. Die beiden Männer alberten ein wenig herum, während die Frauen, einschließlich Angela, eher etwas angespannt daneben standen.

Die ersten Minuten der Bootstour verliefen mehr als harmlos. Mit ruhigen Paddelschlägen hielten sie das große Schlauchboot in der Mitte des Flusses und vollführten unter den genauen Anweisungen des Tourguides einige kleinere Manöver, um ein Gefühl für das schwere Boot zu bekommen. So begannen sich alle allmählich zu entspannen und konnten die wundervolle Vegetation um sich herum genauer in Augenschein nehmen. Dichte, blühende Büsche und Sträucher wuchsen am Rand des Flusses, der durch einen felsigen Canyon strömte. Je höher hinauf sie an den Uferhängen blickten, um so karger allerdings wurde die Landschaft. Ganz oben lösten grüne, saftige Kakteen die Sträucher ab und präsentierten ihre roten Blütenkegel.

Die lebhaften Farben ließen Lisa die unbehagliche Stimmung vom Morgen fast vergessen. Gelb und orange leuchteten die Strelitzien, auch Paradiesvogelblumen genannt, die in großen Mengen das Ufer säumten. Dazwischen wetteiferten andere Blumen in Weiß und unterschiedlichsten Rottönen um Aufmerksamkeit.

»Was sind das dort für Pflanzen?«, fragte Angela, die neben ihr saß, halblaut. Mit dem Finger zeigte sie auf eine Ansammlung tellergroßer, runder Blütenkelche, die in Rosarot, Purpur und Weiß vom Felshang grüßten.

Lisa lächelte, und ihr Herz wurde leichter. Ganz gleich, was zwischen ihr und Angela vorgefallen war – sie würde nach wie vor alles tun, um Angela die Schönheit und die Geheimnisse ihrer Welt nahezubringen. Und vielleicht würde das auch sie beide einander wieder näherbringen, so nah wie gestern Nacht ... »Das sind die Königsproteas«, gab sie Auskunft. »Das ist die Wappenblume Südafrikas. Auch Zuckerbusch genannt, falls dir das etwas sagt.«

»Nein, die kenne ich nicht. Überhaupt ...« Angela blickte sich strahlend um. »Die ganzen Blumen hier – damit habe ich nicht gerechnet. Ich dachte, hier wäre alles karg und trocken. So viele verschiedene und vor allem so viele blühende Pflanzen hatte ich nicht erwartet.« Nun wandte sie sich Lisa direkt zu. Das Strahlen wich nicht aus ihrem Gesicht.

»Wir haben hier auch viel Glück«, sagte Lisa, und ihr war, als gehe in ihrem Innern die Sonne auf. »Es gibt genug Wasser ringsherum. Nur zum Ende des Sommers, und auch nur wenn er wirklich heiß war, dann kann es auch bei uns eng werden mit dem Wasser. Dann werden die Wasserlöcher für die Tiere kleiner, und wir erleben große Wanderungen der Herden, damit sie an das kostbare Nass gelangen. Aber das ist bei uns hier sehr selten. In anderen Gebieten Südafrikas und natürlich in anderen afrikanischen Ländern sieht das ganz anders aus. Da ist es wirklich so, wie du dir das vorgestellt hast: karg, trocken, staubig. Dort gibt es dann Dürre und viel mehr Armut und Hunger als hier bei uns.« Mit einer weit ausgreifenden Bewegung wies sie auf die farbenprächtigen Büsche am Flussrand. »Noch gibt es genug Nahrung und genug Wasser für alle.«

Angela sagte nichts mehr, sondern ließ ihre Blicke wieder über die üppige Pflanzenvielfalt schweifen. Doch Lisa schien es, als leuchteten die bunten Blüten jetzt doppelt so prachtvoll.

Dann kamen die ersten kleinen Stromschnellen. Mit den präzisen Instruktionen des Tourguides brachten sie diese erfolgreich hinter sich, und der Guide spendete begeisterten Beifall. Lisa, die alle Mitglieder der Gruppe während des Manövers sorgsam im Blick behalten hatte, wandte sich leise an Angela: »Du musst das Paddel locker halten, sonst verlierst du es noch.«

Die einzige Antwort war ein leicht panischer Blick.

»Spielst du Tennis oder Golf?«, hakte Lisa vorsichtig nach, um

Angela ja nicht noch nervöser zu machen.

Die schüttelte den Kopf. »Ich verbringe die ganze Zeit bei der Arbeit. Mein einziges Hobby war früher Reiten, aber selbst dafür habe ich keine Zeit mehr.«

»Versuch einfach, dich zu entspannen. Stell dir vor, das Boot ist ein bockiges Pferd, und du hältst die Zügel in der Hand. Wenn du locker bleibst, kannst du ganz weich mit den Bewegungen mitgehen.«

»Das sagt sich so einfach ...« Angela warf Lisa einen weiteren gequälten Blick zu.

Lisa spürte längst, dass Angela völlig verkrampft war. Entgegen ihrer sonst so souveränen Art wirkte sie unsicher und ängstlich. Als Lisa nun Angelas gepeinigten Blick auffing, ging ihr das Herz auf. In diesem Moment wusste sie mit nie gekannter Klarheit, dass sie sich verliebt hatte.

Die Erkenntnis ließ sie ganz starr werden. Überwältigt hörte sie weiter in sich hinein. Es stimmte: Noch nie hatte sie solche Gefühle empfunden, nie war sie sich so sicher gewesen. Sie hatte keinen größeren Wunsch, als Angela nahe zu sein, sie zu berühren, ihre Wärme zu spüren ...

Rasch rief sie sich in die Wirklichkeit zurück, räusperte sich und gab Angela einige weitere Tipps. Zufrieden stellte sie fest, dass deren Anspannung allmählich wich.

»Wenn wir um die nächste Biegung kommen, dann gehen die Stromschnellen richtig los«, verkündete sie vergnügt.

Angela sah sie entsetzt an.

Beruhigend lächelte Lisa ihr zu: »Keine Angst, es kann nichts passieren. Das ist immer noch der ruhigste Teil der Strecke, und die starken Schnellen gibt es erst auf der nächsten Tour. Bleib einfach locker, so wie gerade. Du wirst sehen, dass es unheimlich Spaß macht.«

»Achtung«, ertönte in diesem Moment die laute Stimme des Guides. »Los geht's! Nach rechts. Jetzt nach links, mehr nach links. Geradeaus, und wieder rechts. Schneller.«

Automatisch befolgten sie alle die gebrüllten Anweisungen, und das Boot schoss zwischen den Felsen hindurch. Als sie wieder ruhigeres Gewässer erreichten, wurden ein paar enttäuschte Ausrufe laut. Wenig später steuerten sie das Ufer an und stiegen aus dem Boot.

»Das war super.« – »Einfach genial!« – »Wann fahren wir wieder?« Alle sprachen und schrien durcheinander auf Lisa ein.

Die brauchte eine Weile, um sich lachend Gehör zu verschaffen: »Wir haben das für nächste Woche geplant, wenn ihr Lust dazu habt.« Mit strahlenden Augen sah sie dann Angela an. »Du hast dich super geschlagen, ich bin stolz auf dich.«

Überrascht nahm sie zur Kenntnis, dass Angelas Augen zu schimmern begannen. Doch bevor sie noch etwas sagen konnte, hatte Angela sich umgedreht und lief zum Bus, den Aaron in der Zwischenzeit hierher gefahren hatte.

Die Rückfahrt verlief zumeist schweigend. Alle waren müde von der ungewohnten Anstrengung und freuten sich auf eine Dusche und das leckere Abendessen.

In der Tat hatte Rosalie sich einmal mehr selbst übertroffen. Hungrig griffen alle mehrfach zu und lobten das saftige Fleisch und die aromatischen Beilagen, vor allem das Kürbisgemüse und den cremigen Spinat, in den höchsten Tönen. Nach dem Essen ließen sie den Tag um das Lagerfeuer herum gemütlich ausklingen.

Lisa ergriff das Wort: »Es ist hier Tradition, nach einem ausgedehnten Mahl noch einen Schlummertrunk zu nehmen. Dazu bieten wir euch einen ›Don Pedro‹ an.« Sie zeigte auf das kleine Tablett mit den Gläsern, das Rosalie soeben auf die Terrasse gebracht hatte. Auf die fragenden Blicke der anderen hin erklärte sie schmunzelnd: »Das ist ein Milchshake mit Schuss. Und ihr dürft gern selbst aussuchen, was ihr darin haben möchtet.«

»Was ist denn üblich?«, fragte Bob.

»Entweder Whiskey ...« Grinsend sah Lisa, wie Bob und Albert sofort die Hände hoben. »... Oder Kahlua oder, mein heimlicher Favorit, Amarula.«

»Ich kenne beides nicht.« Betty sah sie fragend an.

»Kahlua ist ein Kaffeelikör. Und Amarula ist ähnlich wie Baileys, nur viel besser. Er wird aus einheimischen Früchten hergestellt. Vielleicht habt ihr ja schon einmal davon gehört – der Marulabaum.«

Allgemeines Kopfschütteln war die Antwort.

Lisa erklärte: »Es gibt einen Film, da sieht man, wie die Tiere die reifen Früchte des Marulabaumes essen und dann ziemlich betrunken durch den Busch wanken.«

»Im Ernst?«

»Oh ja, im Ernst. Die Tiere lieben den Geschmack der Früchte und unterschätzen den Alkoholgehalt. Da gab es einige tolle Aufnahmen, wie die Affen vom Baum kullern oder der Elefant sich an den Baumstamm lehnt, weil er nicht mehr geradeaus gehen kann.«

Lisas Blick schweifte über ihre Gäste, die ihr aufmerksam zuhörten. Ihr Blick blieb an Angela haften, und diese sah lächelnd zurück.

Erleichterung machte sich in Lisa breit. Nachdem Angela vorhin wortlos zum Bus gelaufen war, hatten sie nicht mehr miteinander gesprochen. Lisa hatte sich schon zu fragen begonnen, ob die Unstimmigkeit zwischen ihnen doch ernster war, als es am Vormittag im Boot den Anschein gemacht hatte. Aber Angela gab ihr ja keine Chance, herauszufinden, was genau das Problem war. Ob sie Angela verletzt hatte, und wodurch ... Die Ungewissheit hatte ihr den Appetit verschlagen. Doch nun sah sie in diese wundervollen, strahlenden Augen, und alles, was sie spürte, waren heftiges Kribbeln im Bauch und der starke Impuls, zu Angela hinüberzugehen, sie in den Arm zu nehmen und zu küssen.

Fast gewaltsam zwang sie sich dazu, sitzen zu bleiben. Sie hielt nur stumm Angelas Blick fest, eine gefühlte Ewigkeit lang. Das warme Lächeln in den grauen Augen ging ihr unter die Haut und schien sich tief in ihr Herz zu graben.

Schließlich riss sie sich los und verabschiedete sich für die Nacht. Doch sie konnte lange keinen Schlaf finden. Immer wieder sah sie Angelas graue Augen vor sich, die so liebevoll auf sie gerichtet waren. Wohin sollte das nur führen? Und was sollte sie tun? Ihren Entschluss revidieren und den Gefühlen einfach freien Lauf lassen? Aber würde das nicht zwangsläufig nur in Schmerzen enden?

Völlig gerädert wachte sie am nächsten Morgen auf. Eine Antwort hatte ihr die schlaflose Nacht nicht gebracht.

6

Noch vor dem Frühstück sorgte Lisa dafür, dass sie Angela ohne die anderen erwischte. »Ich habe eine kleine Überraschung für dich«, verkündete sie zur Begrüßung. »Hast du bequeme Hosen, die du zum Reiten anziehen kannst, und anständige Schuhe?«

Angela runzelte nachdenklich die Stirn, sie schien in Gedanken den Inhalt ihres Koffers durchzugehen. Dann nickte sie. »Ja, habe ich. Warum, was hast du vor?«

Lisa lächelte vielsagend. »Dann zieh dich mal um. Gleich nach dem Frühstück geht's los.« Und damit verschwand sie um die Ecke.

Als sich die Gruppe nach dem kurzen Frühstück wieder auf dem Hof versammelte, trat Lisa in die Mitte. »Für heute ist eine kleine Reitsafari geplant. Da die meisten von euch angegeben haben, dass ihr nicht reiten möchtet, wird Aaron mit euch in der Kutsche fahren. Angela und ich«, damit fiel ihr prüfender Blick auf Angelas Kleidung, »wir werden zu Pferde aufbrechen und euch dann an meinem Lieblingsplatz treffen, wo es ein kleines Picknick geben wird.«

Strahlende Gesichter zeigten ihr, dass sie ihre Gäste richtig eingeschätzt hatte.

»Bist du fertig?« Lisa sah fragend zu Angela. »Wir haben den etwas längeren Weg als Aaron mit der Kutsche, daher sollten wir bald aufbrechen. Wenn du möchtest, heißt das.«

Angelas Wangen begannen förmlich zu glühen. Das reichte Lisa als Antwort. Lächelnd hakte sie sich bei ihr ein und ging mit ihr zum Stall. Fröhliche Rufe begleiteten die beiden: »Lasst uns aber nicht zu lange warten, sonst ist das Picknick aufgegessen!«

»Wie lange ist es her, dass du geritten bist?«, erkundigte sich Lisa, als sie den Stall betraten.

Angela dachte kurz nach. »Mindestens zehn Jahre, eher noch etwas mehr. Ist das ein Problem?«

»Nein, gar nicht. Thunder ist ein wirklich zahmes Pferd. Er wird dir keine Schwierigkeiten machen und immer den Schritt gehen, den wir ihm vorgeben. Wenn du später einmal galoppieren möchtest, dann können wir das tun, aber vielleicht am besten erst auf dem Rückweg.« Sie führte Angela an Thunders Box heran. »Du kannst den Westernsattel ausprobieren«, sagte sie dabei, »der ist besonders bequem. Dabei hältst du die Zügel nur mit einer Hand, die andere kannst du locker auf den Knauf legen.«

Sie zäumte Thunder geschickt auf und gab Angela noch ein paar weitere kurze Erläuterungen, dann ließ sie sie Thunder ein paar Runden über den Hof führen. Die beiden schienen sich wohl miteinander zu fühlen. So konnten sie Minuten später guten Gewissens losreiten.

Angelas fröhliches Lachen, als sie das Farmgelände verließen, brachte Lisas Herz zum Hüpfen. Ihre Überraschung hatte offensichtlich ins Schwarze getroffen. Sie grinste selbst über das ganze Gesicht, während sie im gemächlichen Schritt nebeneinander her ritten.

»Was macht man denn so bei einer Reitsafari?«, fragte Angela irgendwann. »Was ist anders als bei einer Safari im Jeep?«

Lisa lächelte ihr zu. »Das ist schnell gesagt. Mit den Pferden kommen wir noch näher an die Tiere als mit dem Jeep. Auch wenn die Tiere uns vertrauen, der Jeep ist laut und für sie störend. Mit den Pferden sind wir wie sie: Tiere, keine Maschinen. Der Geruch der Pferde überdeckt auch unseren Geruch, so dass sie uns eigentlich kaum wahrnehmen. Und damit können wir sogar zwischen ihnen durchreiten, und sie stören sich nicht daran.«

Angela sah sie überrascht an. »Im Ernst? Mitten durch eine Herde?«

»Ich hoffe, dass wir die Nashörner finden«, sagte Lisa vergnügt. »Peter meinte, dass sie bei uns in der Gegend sein müssten. Dann könnten wir uns die Jungtiere endlich in Ruhe ansehen.« Sie warf Angela einen kurzen Blick zu und bemerkte, dass diese sich versteift hatte.

»Bist du sicher, dass das nicht gefährlich ist?«, fragte Angela, deutlich leiser als zuvor.

Lisa lachte gutmütig. »Ganz sicher. Ich werde dich doch nicht in Gefahr bringen.« Erleichtert sah sie, dass Angela wieder etwas lockerer im Sattel saß. Ihr wurde ganz warm ums Herz.

Mit plötzlich ernster Stimme fügte sie hinzu: »Ich passe auf dich auf, das verspreche ich dir.«

Sie ritten lange durch die schöne Savanne, zwischen immergrünen Hartlaubgewächsen mit ihren nadelähnlichen Blättern hindurch. Erneut sahen sie vielerorts die großen, runden Blütenkelche der Proteapflanzen. Nur vereinzelt gab es Bäume, die ihnen etwas Schatten spenden konnten gegen die hoch stehende und immer heißer brennende Sonne.

Lisa bemerkte, dass Angela jeden Baum, an dem sie vorbeiritten, wie eine besondere Sehenswürdigkeit musterte. »Es gibt nur noch wenige einheimische Bäume«, bemerkte sie.

Überrascht wandte Angela sich zu ihr um. »Kannst du Gedanken lesen?«

»Nicht wirklich. Nur gut beobachten.« Lisa lachte, wurde aber gleich wieder ernst. »Es ist schon eine Ironie der Menschheit. Die einheimischen Bäume wurden abgeholzt und verarbeitet, damit man dann für teures Geld exklusive Bäume aus dem Ausland hierherbringen konnte. Dummerweise wurde dabei nicht bedacht, dass diese Bäume nicht geeignet sind für diese Landschaft und die Gegebenheiten unseres Landes. Die importierten Bäume saugen das ganze Grundwasser in sich auf, und in den Städten sieht man keine andere Möglichkeit, als sie entweder wieder abzuholzen oder sie ständig zu bewässern. Wir können von Glück sagen, dass man unseren Marulabaum nicht auch noch vernichtet hat.«

Angela runzelte zu Lisas Ausführungen betroffen die Stirn. Die nächsten paar Bäume, die sie passierten, begutachtete sie noch nachdenklicher.

Auch Tiere sahen sie auf ihrem gemächlichen Ritt: viele verschiedene Antilopenarten, Zebras, Giraffen und etwas entfernt auch wieder den Elefantenbullen. Wie Lisa vorhergesagt hatte, empfanden die Tiere sie keineswegs als Bedrohung, nahmen sie überhaupt kaum zur Kenntnis. Langsam spürte Lisa, wie sich Angela entspannte. Ihre Haltung im Sattel war immer weniger verkrampft, ihr Lächeln ungezwungen, und sie schien den schönen Tag endlich genauso zu genießen wie Lisa selbst.

Nach einigen Stunden kamen sie an einen Teich, an dem die Pferde etwas Wasser trinken konnten. Lisa, die wusste, welche

Gefahren im Wasser lauern konnten, beobachtete die ruhige Oberfläche vor ihnen mit Argusaugen. Und gerade als Angela sich zu ihr umdrehte und sie glücklich lächelnd ansah, gerade in diesem Moment ging alles ganz schnell.

Lisa beugte sich zu Angela hinüber, griff Thunders Zügel und rief knapp: »Halt dich fest!« Dann presste sie ihrem Pferd die Schenkel in die Seiten. Ehe Angela reagieren konnte, galoppierten die Tiere los.

»Um Himmels willen, was ist denn los?«, keuchte Angela atemlos.

Ohne eine Antwort zu geben, drehte sich Lisa in ihrem Sattel um und sah mit Sorge auf das riesige Nilpferd, das aus dem Wasser geschossen war und ihnen nachgerannt kam. Für einen Moment kam es ihnen bedenklich nahe. Doch dann erwiesen sich die Kraft und die Ausdauer der Pferde als überlegen, und als sie erneut nach hinten blickte, war von dem Nilpferd nichts mehr zu sehen.

Lisa stieß einen erleichterten Seufzer aus. Trotzdem ließ sie die Pferde noch einen Moment galoppieren, nur um ganz sicher zu sein, dass ihnen keine Gefahr mehr drohte. Schließlich zügelte sie die Pferde und ließ sie wieder in den Schritt zurückfallen.

Ängstlich sah sie zu Angela hinüber. »Bist du okay?«

Einen Augenblick lang dachte sie, dass Angela sie wütend anbrüllen würde, doch dann gewann offenbar deren Humor die Oberhand. Lachend warf sie den Kopf in den Nacken. »Wow, das war einfach unglaublich. Das Nilpferd hat versucht, uns anzugreifen, oder?«

Lisa nickte verschämt mit dem Kopf. »Er hat nur gewartet, bis beide Pferde getrunken haben, dann kam er angestürmt.«

Angela lachte immer noch. »Wahnsinn ... ich hätte niemals gedacht, dass so ein schwerer Koloss so schnell sein kann. Wirklich unglaublich.« Damit beugte sie sich zur Seite, packte die überraschte Lisa am Arm und drückte ihn. »Danke.«

»W...wofür denn?«, stotterte Lisa verdutzt. »Ich meine, bist du denn nicht böse mit mir? Immerhin habe ich dich in Gefahr gebracht.«

Angela machte eine abwehrende Geste. »Quatsch, in Gefahr waren wir nicht wirklich. Du hast ja genau gewusst, was er tun würde, und richtig reagiert. Für mich als Großstadtfrau war das ein Erlebnis, das mir kein Mensch je glauben wird. Einfach Wahnsinn.«

»Du bist wunderschön«, murmelte Lisa. Gleich darauf wurde ihr ganz heiß. Ungefragt hatten die Worte ihren Mund verlassen.

Verblüfft sah Angela auf. »Was hast du gesagt?«

Feuerrot im Gesicht erwiderte Lisa ihren Blick. »Ich habe gesagt, dass du mich immer wieder überraschst. Ich dachte wirklich, dass du böse sein würdest.« Dann reichte sie Angela Thunders Zügel: »Jetzt kannst du wieder selbst lenken.« Bevor Angela antworten konnte, wendete sie schon ihr eigenes Pferd und setzte sich eilig in Bewegung.

Doch Angela holte sie schnell wieder ein, und sie ritten weiter durch die Büsche, über kleine Bäche hinweg. Auf dem Weg sahen sie Schildkröten, ein paar Wasserschlangen und sonstiges Kleingetier, das sich aber eher in den Büschen versteckte als sich in der Wildnis zu präsentieren. Auf Großwild stießen sie nicht mehr.

Als sie gegen Mittag eine Lichtung im dichten Buschwerk erreichten, hörten sie schon aus der Ferne das fröhliche Gelächter der anderen Gäste. Unter einem riesigen Baum hatte Aaron das Picknick vorbereitet. Decken lagen am Boden, die leckeren Speisen waren darauf ausgebreitet, und für die Pferde gab es ein paar Grasbüschel, die sie sich teilen konnten, ohne sich so sehr vollzufressen, dass sie später nicht mehr zu gebrauchen waren. Angela und Lisa stießen unter großem Hallo dazu und mussten die Geschichte mit dem Nilpferd gleich mehrmals erzählen. Vor allem die Männer wollten einfach nicht glauben, dass das riesige Tier tatsächlich so schnell sein konnte.

Als alle gesättigt waren und sich auf den Decken ausstreckten, zeigte Lisa mit der Hand nach oben. »Wisst ihr eigentlich, was das für ein Baum ist?«

Verwunderte und ratlose Blicke trafen sie.

»Keiner?«

Allgemeines Kopfschütteln.

»Das ist ein Marulabaum.«

Ehrfürchtig blickten alle auf den riesigen Baum, in dessen

Schatten sie es sich gemütlich gemacht hatten. Nun fielen ihnen auch die goldgelben, golfballgroßen Früchte auf, die an den Ästen hingen.

»Ach ja, der Baum, der die Tiere besoffen macht.« – »Lasst uns doch gleich mal ein paar von den Früchten pflücken.« Lachend erinnerten sich die Gäste an Lisas Erklärungen vom Vorabend, und Lisa lächelte. Es waren diese kleinen Erfolgserlebnisse, die ihre Arbeit als Gastgeberin zu einer lohnenswerten und nicht nur notwendigen Tätigkeit machten.

Und neben ihr auf der großen Decke lag Angela ... Sie hatte sich mit geschlossenen Augen auf den Rücken gedreht, und ihre Gesichtszüge waren völlig entspannt. Lisa stützte sich auf einem Ellbogen auf, um sie besser betrachten zu können. Sie musste sich sehr zusammenreißen, um sie nicht einfach zu küssen.

»Du weißt wirklich sehr viel«, murmelte Angela, die Augen weiter geschlossen. »Ich bin beeindruckt.« Ihre Stimme klang merkwürdig belegt.

Lisa strahlte sie an, auch wenn Angela es nicht sah. »Danke. Von dir bedeutet mir dieses Kompliment besonders viel.«

Da öffneten sich Angelas Augen. Für einen Moment versanken sie ineinander, und Lisa wünschte sich, sie könne die Welt um sich herum einfach vergessen.

Nach der ausgedehnten Ruhepause war die Stimmung gelöst und locker. Alle halfen gemeinsam, das Geschirr und die Decken wieder einzupacken, und stellten auch sicher, dass sie nirgendwo Abfall hinterlassen hatten. Nichts sollte die Natur stören.

»Dann sehen wir uns später wieder auf der Farm«, verabschiedete sich Lisa von ihren Gästen. »Viel Spaß noch.«

»Euch auch, und verlauft euch nicht.« Gutmütiges Gelächter hallte noch einige Zeit durch die Bäume, dann war die Kutsche mit Aaron und den anderen zwischen den Büschen verschwunden.

Die beiden Pferde grasten noch immer ruhig in der Nähe des großen Baumes. Lisa zog gewissenhaft die Sattelgurte fest, die sie nach der Ankunft gelockert hatte. Anschließend saßen sie auf und machten sich langsam auf den Weg nach Hause. Dieses Mal achtete Lisa darauf, zum Nilpferdteich eine sichere Distanz zu wahren, damit der Koloss nicht wieder auf dumme Gedanken kam.

Nach einiger Zeit hielt Lisa ihr Pferd an. Angela schloss mit fragender Miene zu ihr auf.

Lisa legte den Finger an die Lippen und zeigte schräg nach rechts. Angela folgte der Geste, und sofort weiteten sich ihre Augen vor Freude. Vor ihnen am Rande eines großen Buschfeldes standen die Nashörner mit den Jungtieren, keine hundert Meter entfernt. Eines der Muttertiere sah auf und beobachtete sie eine Weile, entschied dann aber offenbar, dass die beiden Reiterinnen keine Gefahr darstellten, und widmete sich wieder dem Grasen.

Lisa warf Angela einen Einverständnis heischenden Blick zu. Als Angela nickte, lenkte sie vorsichtig ihr Pferd zu der kleinen Herde. Genau wie sie es Angela auf dem Hinweg erklärt hatte, nahmen die Nashörner auch weiterhin kaum Notiz von ihnen. Sie konnten mitten durch die kleine Herde reiten, wenige Meter an den grauen Riesen vorbei, und dabei die fünf Jungtiere in Augenschein nehmen.

Lisa strahlte vor Glück. Sie hatte nicht zu hoffen gewagt, dass ihnen tatsächlich ein solch hautnahes Naturerlebnis vergönnt sein würde, und nun war ihr zumute wie einem kleinen Kind an Weihnachten. Der Nachwuchs sah prächtig aus, was ihre Begeisterung noch steigerte. Vorsichtig machte sie ein paar Fotos mit einer kleinen Digitalkamera. Dann ritten sie ruhig weiter und ließen die Nashörner hinter sich.

Erst als sie einige Minuten geritten waren, brach Angela das Schweigen. »Wahnsinn ...« Ihre Stimme zitterte vor Ehrfurcht. »Das ist einfach Wahnsinn, das so zu erleben. Ich war schon oft im Zoo, aber so, in der freien Wildbahn, das ist unglaublich. Und dann auch noch so nah. Einfach fantastisch ... danke, Lisa.«

Lisa wandte Angela ihr immer noch strahlendes Gesicht zu. »Ich danke *dir.* Nicht viele hätten sich getraut, da hindurchzureiten. Du ahnst gar nicht, wie glücklich ich bin. Die Jungtiere haben sich großartig gemacht, es scheint auch keinerlei Ärger mit den Müttern zu geben.«

»Was meinst du damit?«

»Manchmal werden Jungtiere nach der Geburt von ihren Müttern nicht angenommen«, erklärte Lisa. »Dann muss entweder eine der anderen Mütter einspringen, oder aber das Tier wird von der Gruppe verstoßen. Wenn wir es dann rechtzeitig finden, können wir es mit der Flasche aufziehen ... wenn nicht, dann ist es dem Tod geweiht.« Auf Angelas entsetzten Blick hin zuckte sie mit den Schultern und fügte hinzu: »Das ist das Gesetz der Natur, und dem müssen wir uns beugen. Entweder wir arbeiten mit der Natur zusammen oder gegen sie. Ich habe mich für die Zusammenarbeit entschieden, auch wenn es nicht immer leichtfällt.«

Sie hielt Angela die Hand hin. »Komm, lass uns nach Hause reiten, wir wollen die anderen nicht zu lange warten lassen.«

In diesem Moment nahm sie aus den Augenwinkeln eine Bewegung am Boden wahr. Bevor sie reagieren konnte, war ihr Pferd schon laut wiehernd auf die Hinterbeine gestiegen und warf sie in hohem Bogen von seinem Rücken. Ihre Hüfte prallte hart auf eine Wurzel, die aus dem von Dornen übersäten Boden ragte. Der Schmerz nahm Lisa den Atem und fast auch die Besinnung. Regungslos blieb sie auf dem dornigen Boden liegen.

»Lisa?« Angelas entsetzter Schrei drang wie durch Watte an ihr Ohr. Vage nahm sie wahr, dass Angela von ihrem Pferd sprang, zu ihr herübergerannt kam und neben ihr in die Hocke ging. »Oh Lisa, geht es dir gut? Sag etwas ... bist du verletzt? Lisa, bitte sprich mit mir. Lisa.«

Im nächsten Moment spürte Lisa Angelas warme Hände, die vorsichtig über ihren Körper glitten und sie nach verdächtigen Schwellungen abtasteten. »Bitte, Lisa, oh Göttin, bitte ...«

Die sanften Berührungen taten unsagbar gut und ließen sie den Schmerz für einen Moment fast vergessen. Doch dann erwischte Angela den Punkt an ihrem Becken, der auf die Wurzel geknallt war, und sie stieß einen lauten Schmerzensschrei aus.

»Oh Lisa, es tut mir so leid, ich wollte dir nicht wehtun.«

»Schon gut, nicht deine Schuld«, stöhnte Lisa gequält. »Kannst du mir beim Aufstehen helfen, bitte?«

Angela sah unschlüssig und besorgt auf sie herab. »Ich weiß

nicht, ob das so eine gute Idee ist ... du könntest dir einige Knochen gebrochen haben. Bleib erst einmal ruhig liegen.«

Langsam bewegte Lisa ihre Arme und Beine. Der Schmerz wurde zumindest nicht schlimmer. »Nein«, sagte sie, »ich denke, gebrochen ist nichts. Ich werde einige blaue Flecken haben und eine Woche brauchen, bis ich die Dornen aus der Hand habe, aber sonst ist mir nichts passiert. Du kannst mir also ruhig hochhelfen.«

Angela setzte erneut zum Protest an, doch Lisas bestimmter Blick ließ sie verstummen. Vorsichtig half sie ihr auf die Beine.

»Was ist überhaupt passiert?«, fragte Angela, nachdem sie sich vergewissert hatte, dass Lisa sicher stand und nicht gleich wieder umfiel. »Ich habe nur eine Bewegung am Wegrand gesehen, aber nicht, was es war.«

Lisa stützte sich auf Angelas Arm und unterdrückte ein Stöhnen. »Es kann eigentlich nur eine Schlange gewesen sein. Sonst gibt es nichts, das Lightning zum Steigen bringt. Äh ... könntest du mir auf das Pferd helfen? Allein schaffe ich das jetzt nicht.«

»Natürlich, komm her.« Bereitwillig hielt Angela ihre verschränkten Hände hin. Als Lisa vorsichtig einen Fuß daraufsetzte, hob Angela sie flink nach oben auf den Rücken des geduldig wartenden Pferdes.

Müde und erschöpft erreichten sie schließlich die Farm, wo Wally, Aarons Sohn, ihnen die Pferde abnahm.

»Kannst du mich bitte bei den anderen entschuldigen?«, bat Lisa Angela leise. »Ich glaube, ich brauche jetzt eine Dusche, und dann möchte ich schlafen. Ich fühle mich ein wenig angeschlagen.«

»Natürlich mach ich das.« Angela musterte Lisa, und die Besorgnis in ihren Augen war nicht zu übersehen. »Bist du sicher, dass du nicht zum Arzt möchtest?«

Lisa schüttelte den Kopf. »Ganz sicher. Keine Sorge, es ist alles in Ordnung. Ich muss mich nur ein wenig ausruhen. Ist ja nicht das erste Mal, dass ich vom Pferd falle.« Damit wankte sie davon.

In ihrer Hütte ging sie sogleich ins Bad und suchte ihre Pinzette. In ihrer Handfläche steckten jede Menge Dornen, und sie wusste, dass sie die so schnell wie möglich entfernen musste, um sich keine Blutvergiftung zuzuziehen. Aber selbst Stehen war so schmerzhaft, dass sie sich vor dem Spiegel nur mühsam aufrecht halten konnte. Auf einmal wurde ihr schwarz vor Augen, und sie sackte ohnmächtig auf dem Boden zusammen.

»Lisa, wo bist du? Bist du da?« Die angelehnte Tür der Hütte wurde aufgeschoben, und Angela schaute besorgt herein. »Darf ich hereinkommen? Ich habe geklopft, aber du hast mich nicht gehört.«

Lisa saß mit geschlossenen Augen auf dem Boden. Dicke Schweißperlen standen ihr auf der Stirn. Sie war zu schwach, um auch nur die Lider zu heben.

Mit zwei Schritten war Angela bei ihr. »Kleines, ist alles in Ordnung? Soll ich Aaron holen, dass wir dich in ein Krankenhaus fahren?«

Mit großer Mühe öffnete Lisa nun doch die Augen. »Nein, bitte nicht ... will nicht ...«, brachte sie heraus, so leise, dass Angela das Ohr dicht an ihren Mund halten musste.

Behutsam, aber nachdrücklich schob Angela eine Hand unter Lisas Arm. »Komm, Kleines, ich helf dir hoch und bring dich wenigstens ins Bett. Du kannst doch nicht hier auf dem Boden sitzen bleiben.«

»Kannst du mir eine Pinzette geben?«, presste Lisa hervor und deutete mit den Augen auf den Arztkoffer, der neben ihrem Bett stand. »Ich muss die Dornen rausmachen.«

»Zeig her.« Angela nahm Lisas Hand in ihre. Entsetzt betrachtete sie die vielen spitzen Dornen, die in der Handfläche steckten. Sie suchte im Arztkoffer nach einer Pinzette und begann dann vorsichtig, einen nach dem anderen herauszuziehen.

Lisa hatte die Augen schon wieder geschlossen. Sie bekam nur die wunderbare Wärme und den sanften Druck von Angelas Hand mit, die sie den scharfen Schmerz beim Entfernen der Dornen kaum spüren ließen. Schließlich säuberte Angela die kleinen Wunden gründlich mit einem Waschhandschuh.

»Danke«, murmelte Lisa. Sie öffnete die Augen und versuchte ein Lächeln.

»Lisa …« In Angelas Stimme klang deutlich ihre Sorge mit. »Lisa, ich glaube, du musst wirklich zum Arzt. Ich habe Angst um dich. Bitte.«

»Nicht … nur müde … bitte, schlafen. Bleibst du bei mir … bitte … nicht allein sein.«

Angela strich ihr sanft übers Haar. »Natürlich bleibe ich bei dir, wenn du das möchtest. Komm, du solltest aus den dreckigen Klamotten raus. Ich helfe dir.«

Widerstandslos ließ Lisa sich von Angela die Jeans von den Beinen ziehen. Als sie ihr das T- Shirt über den Kopf streifte, zogen beide scharf die Luft ein – Lisa vor Schmerzen und Angela beim Anblick des riesigen blauen Flecks, der an Lisas Seite prangte.

Vorsichtig fuhr sie mit dem Finger darüber. Obwohl es nur der Hauch einer Berührung war, zuckte Lisa vor Schmerzen zusammen.

Angela fuhr zurück. »Es tut mir leid, Lisa, ich wollte dir nicht wehtun. Kleines, das sieht richtig böse aus. Bist du sicher, dass du nicht zum Arzt willst?«

»Kein Arzt … brauch ich nicht.« Mühsam versuchte sich Lisa ihr Schlafshirt über den Kopf zu ziehen, und Angela half ihr dabei. Innerhalb von Sekunden hatte Lisa sich auf dem Bett zusammengerollt und schlief tief und fest.

Sie spürte nicht, dass Angela sich neben ihr auf das Bett setzte und sie lange und sorgenvoll betrachtete. Als sie im Schlaf aufstöhnte, legte Angela ihr beruhigend die Hand auf den Arm.

»Schsch, Kleines, ich bin da, alles ist gut.«

»Halt mich fest …« Lisas Murmeln war kaum zu hören. »Bitte. Halt mich, bleib bei mir.«

Nach kurzem Zögern zog Angela sich die Jeans aus und legte sich vorsichtig neben Lisa auf das Bett. Sie hielt ein wenig Abstand, um Lisa nicht noch mehr Schmerzen zuzufügen. Doch im Halbschlaf spürte Lisa ihre Anwesenheit, rutschte näher an Angela heran und drückte sich mit dem Rücken gegen ihren Bauch. Das sanfte Streicheln von Angelas Fingern in ihren Haaren war unglaublich wohltuend und ließ sie sogleich wieder einschlafen.

Heftiges Klopfen an der Tür weckte sie. Es kam ihr vor, als

habe sie nur wenige Minuten geschlafen, so zerschlagen fühlte sie sich.

Leises Murmeln drang von der Tür her an ihr Ohr, und Lisa versuchte krampfhaft, den dicken Schleier der Müdigkeit zu durchbrechen. Sie konnte Angelas und Rosalies Stimmen ausmachen, aber die einzelnen Worte nicht verstehen. Rasch versank sie wieder in ihrem erholsamen Schlaf.

Diesmal dauerte es wirklich nur Minuten, bis Angelas Stimme sie erneut weckte: »Lisa, Kleines, möchtest du etwas essen?«

»Hm«, grummelte Lisa unter der Decke hervor.

»Rosalie hat mir eine Salbe für dich gegeben. Ich würde dich gern damit einreiben. Lisa, hörst du mich?«

Erneut brachte Lisa nur ein undefinierbares Brummen hervor, doch dann zwang sie sich, die Augen zu öffnen. Sogleich fiel ihr Blick auf Angela, deren graue Augen warm und fürsorglich auf ihr ruhten.

»Möchtest du etwas essen?«, wiederholte Angela sanft. »Rosalie hat etwas für uns gebracht.« Sie öffnete den Korb, der neben dem Bett stand, und in Sekunden füllte ein aromatischer Duft die kleine Hütte.

Ein paar Lebensgeister erwachten, aber das Aufrichten fiel Lisa doch noch schwer. »Autsch.« Ihr Gesicht verzerrte sich vor Schmerz.

»Warte, ich helfe dir ...« Angela beeilte sich, Lisa unter die Arme zu greifen und sie vorsichtig aufzusetzen. »Geht es so?«

»Ja, passt schon. Danke.« Lisa lächelte sie an, nur um sich eine Sekunde später stöhnend gegen sie sinken zu lassen. »Entschuldige, bin noch nicht ganz fit, glaube ich.«

»Das ist ja auch kein Wunder. Nach deinem Abflug und den Prellungen zu urteilen, wird das auch noch eine ganze Weile dauern.« Angela lächelte zärtlich, dann wies sie Lisa an: »Komm, iss etwas, und dann kümmere ich mich um deine Prellungen. Was auch immer das für eine Salbe ist – schaden kann sie auf jeden Fall nicht, oder?« Fragend hob sie die Augenbrauen.

Mit gequältem Lächeln versicherte Lisa: »Nein, schaden sicher nicht. Rosalie schwört auf die Naturheilkräuter. Sie hat für alles und für jeden die passende Salbe.«

Schweigend aßen sie die leckeren Speisen, die Rosalie gebracht hatte. Dann räumte Angela die Teller fort, nahm den Tiegel mit der Salbe in die Hand und öffnete ihn.

»Hmpf …« Leicht angewidert verzog sie das Gesicht. »Riechen tut es etwas streng. Was ist denn da drin?«

Lisa zuckte grinsend die Schultern. »Als wenn Rosalie mir ihre Geheimnisse anvertrauen würde.«

Die Salbe in der Hand, stand Angela weiter vor ihr, augenscheinlich etwas verlegen. »Also …«, begann sie gedehnt. »Es wäre besser, wenn du dein T-Shirt ausziehen würdest. Dann kann ich dich überall einreiben und mach nicht alles dreckig mit der Salbe.« Zögernd setzte sie sich wieder zu Lisa aufs Bett.

»Wenn du mir hilfst …« Lisa sah sie entschuldigend an. »Ich bekomm die Arme nicht so gut hoch im Moment.«

Mit größter Vorsicht half Angela ihr, das T-Shirt über den Kopf zu ziehen. Trotzdem zuckte Lisa neuerlich vor Schmerzen zusammen.

Angela stieß einen Schreckenslaut aus, als sie den riesigen und inzwischen beinahe schwarzen Fleck an Lisas Seite sah. »Oh Lisa, das muss höllisch wehtun.« Sie tauchte die Finger ihrer rechten Hand in Rosalies Salbe und begann die Creme behutsam auf dem Fleck zu verteilen. »Geht das?« Beinahe ängstlich wartete sie Lisas Reaktion ab.

Lisa warf ihr über die Schulter einen dankbaren Blick zu. »Es ist erträglich, und die Salbe kühlt. Danke.«

»Gern«, murmelte Angela.

Erstaunt bemerkte Lisa, dass Angelas Stimme eigenartig belegt klang. Und auch ihre eigene Stimme bebte, als sie nachfragte: »Ist alles in Ordnung, Angela?«

Angela ging nicht darauf ein, sondern sagte nur sanft: »Du solltest dich hinlegen, dann kann ich dich besser eincremen, Kleines.« Sachte, beinahe zärtlich strichen ihre Fingerspitzen über Lisas Haut. »Vorsichtig, ich helfe dir.«

Stöhnend drehte Lisa sich auf dem Bett und streckte sich auf dem Bauch aus. Angelas Finger auf ihrer Haut entfachten ein immer stärkeres Kribbeln in ihrem Magen. Wo immer sie sie berührte, da brannte die Haut wie Feuer. Doch es war ein angenehmes, prickelndes Brennen.

»Das ist schön«, flüsterte sie leise.

»Du bist schön«, kam die ebenso leise Antwort zurück. Angela setzte sich rittlings über Lisas Po und rutschte vorsichtig noch ein kleines Stück tiefer, damit sie der Prellung nicht zu nahe kam. »Geht das, oder tue ich dir weh?«

»Alles gut so«, murmelte Lisa.

Mit sanften Fingern begann Angela über Lisas Rücken zu streichen, knetete ihre verspannten Schultern und löste langsam die dicken Knoten in der Rückenmuskulatur. Sehr behutsam bearbeitete sie die Prellung an Lisas Seite.

Lisa gab sich ganz den zarten Fingern hin. Ihr Blut begann langsam zu kochen, und ihr Puls dröhnte so laut in ihren Ohren, dass sie kaum noch etwas anderes hören konnte. Vergeblich versuchte sie das Ziehen in ihrem Bauch zu ignorieren. Die feinen Härchen auf ihren Armen richteten sich auf.

Sie spürte Angelas überraschtes Zögern.

»Ist dir kalt, Lisa? Soll ich aufhören?«

»Nein, nicht ... das ist schön und tut so gut«, schnurrte Lisa.

Angela nickte und setzte die Massage fort. Den Nacken, die Schultern, die Wirbelsäule entlang, über die Seiten zurück nach oben. Immer darauf bedacht, Lisa nicht weh zu tun, und doch immer eindringlicher. Fast schien sie selbst in den Berührungen aufzugehen. Sie rutschte noch ein Stück tiefer und begann nun Lisas Schenkel zu massieren.

»Du hast wundervolle Beine, definierte Muskeln«, murmelte sie, »man sieht und spürt, dass du sehr sportlich bist.«

Lisa hob den Kopf und wandte sich halb erfreut, halb verwirrt zu ihr um. »Danke für das Kompliment. Und, Angela ...«

»Ja, Kleines?«

»Danke, dass du dich so um mich kümmerst und mich nicht allein gelassen hast.« Damit vergrub Lisa ihr Gesicht wieder in den Kissen und seufzte wohlig unter dem sanften, aber festen Druck von Angelas Fingern.

Sie konnte das Lächeln in Angelas Stimme hören, als diese erwiderte: »Gern, Kleines.« Dabei unterbrach sie die Massage nicht, ihre manikürten Finger glitten weiter über Lisas Schenkel, streichelten, drückten, liebkosten.

Lisa lag in den Kissen und genoss es, so verwöhnt zu werden.

An Schultern und Nacken spürte sie, wie sich ihre Verkrampfungen lösten, doch als Angela mit den Fingerspitzen über ihre Seiten strich und dabei leicht ihre Brüste streifte, überzog eine Gänsehaut ihren Körper. Eine Ameisenarmee schien durch sie hindurchzuwandern. Das Blut schoss ihr in den Kopf, alle übrigen Flüssigkeiten dagegen sammelten sich an einer ganz anderen Stelle. Verlegen drehte sie sich zu Angela um. Sie wollte etwas sagen, sich ein weiteres Mal für Angelas Fürsorge bedanken, doch der schimmernde Glanz in Angelas grauen Augen spiegelte ihre eigenen Gefühle so deutlich wider, dass ihr die Stimme versagte. Sie schluckte, streckte sich wieder aus und überließ sich erneut den zärtlichen Berührungen.

Als Angelas Finger ganz langsam begannen, sich zu den Innenseiten ihrer Schenkel vorzutasten, musste Lisa den Kopf fest in ihr Kissen drücken, um ihr Stöhnen zu dämpfen. Wie von selbst öffneten sich ihre Beine ein Stück und gewährten Angela freien Zugang zu ihrer pulsierenden Mitte. Sie spürte die Nässe, die sich dort ansammelte und langsam in ihren Slip rann, die Hitze, die ihren ganzen Körper einnahm und sie zu verbrennen schien.

Angelas Fingerspitzen strichen sanft über ihren Slip und brachten Lisa fast um den Verstand. Ihre Erregung übernahm das Kommando und ließ sie ihre Beine noch weiter öffnen. Sie betete, dass Angela ihre stille Einladung annehmen würde, dass sie ihre Reaktionen richtig deuten würde – und doch hatte sie gleichzeitig große Angst davor. Was sollte sie tun, was erwartete Angela von ihr? Könnte sie notfalls noch einen Rückzieher machen?

Nein, den Punkt hatte sie längst verpasst. Das wurde ihr mehr als klar, als Angelas Fingerspitzen sich nur einen Millimeter unter ihren Slip drängten und sie förmlich explodieren ließen.

»Kleines ...« Angelas Stimme war heiser und tief. »Ich möchte dich so gern berühren, überall. Aber du musst es auch wollen. Würdest du dich umdrehen? Bitte, Kleines.«

Lisa stöhnte leise auf – vor Schmerzen, aber noch viel mehr vor mühsam unterdrückter Erregung. Als Angela ihr vorsichtig dabei half, sich auf dem Bett umzudrehen, war es ihr schier unerträglich, dass es so langsam gehen musste.

»Oh Göttin, du bist so wunderschön ...« Mit einem Finger

strich Angela über Lisas Augen, fuhr die Linien ihrer Wangen nach, streichelte sanft die geschlossenen Lippen. Sie beugte sich vor und ließ ihre Zungenspitze ganz sacht über Lisas Lippen gleiten. Ihre Hand strich zärtlich an Lisas Körper entlang, umfasste eine der kleinen Brüste und begann sie sanft zu massieren.

Lisa stand nun vollends in Flammen. Nicht einmal in ihren kühnsten Träumen hätte sie sich solch intensive Empfindungen vorstellen können. Angela brachte sie an den Rand des Wahnsinns, nahm ihr jegliche Kontrolle über sich und ihren Körper. Als Angelas Hand ihre Brust umschloss, stöhnte Lisa laut auf und gewährte dadurch Angelas Zunge Einlass. Ihre Zungen trafen sich, umspielten einander, begannen einen sinnlichen, schnell leidenschaftlicher werdenden Tanz.

Angelas Hand massierte weiter Lisas Brust. Mit Daumen und Zeigefinger rollte sie die kleine Perle, ließ sie anwachsen, härter werden. Währenddessen steigerte sich der innige Kuss weiter, bis sie beide nach Luft schnappen mussten und sich für einen Moment voneinander lösten.

»Du bist so schön, so wunder-wunderschön, Lisa«, flüsterte Angela und sah voller Zärtlichkeit auf Lisa hinab.

Lisa ging das Herz auf bei diesen süßen Worten. Ohne etwas zu erwidern, legte sie eine Hand in Angelas Nacken und zog sie zu sich hinunter, um sie erneut leidenschaftlich zu küssen.

Nach einer kleinen Ewigkeit löste sich Angela von Lisas Mund, küsste über ihren Hals, hinterließ eine heiße Spur auf dem Weg zu Lisas Brüsten. Noch immer hielt sie eine der kleinen Früchte mit der Hand umklammert und begann nun die andere mit ihren Lippen und der Zunge zu verwöhnen.

Lisa stöhnte immer lauter. Sie wand sich unter Angela hin und her, um deren Liebkosungen an die richtigen Stellen zu lenken.

Sanft pustete Angela über Lisas Brust und brachte sie damit zum Zittern. Ihre Zungenspitze leckte sachte über die harte Brustwarze, während ihre Hand die zweite Brust weiter massierte und streichelte.

Dicke Schweißperlen hatten sich auf Lisas Stirn gebildet, tropften über ihr Gesicht nach unten, liefen den Hals entlang und rannen zwischen ihren Brüsten hindurch. »Bitte, Angela«, wimmerte sie flehend, »ich brauche ... bitte ...«

»Was, Kleines? Was brauchst du, was soll ich tun?«

Angelas heisere Stimme fachte Lisas Erregung nur noch mehr an. Gierig griff sie nach Angelas Hand und schob sie sich zwischen die Beine, legte sie auf ihren Slip und drückte sie fest gegen ihre Mitte.

»Das brauche ich ... bitte, Angela, liebe mich, berühre mich, erlöse mich, bitte, ich kann nicht mehr.« Undeutlich spürte sie, wie ihr Tränen aus den Augen rannen.

Angela hielt inne. »Bist du sicher, Lisa? Ich verspreche dir, ich werde alles tun, was du willst. Aber du musst dir sicher sein.«

Lisa konnte keinen klaren Gedanken mehr fassen, hatte das Gefühl, dass sie sterben würde, wenn Angela ihr Flehen nicht bald erhörte. »Ich bin sicher. Bitte, Angela, ganz sicher ... lass mich nicht weiter bitten. Angela!« Laut schrie sie den Namen heraus, als Angelas Finger in ihren Slip fuhren und durch die heiße Nässe glitten.

Unter unzähligen Küssen schob sich Angela über Lisas Körper nach unten. Lisa drückte ihren Unterleib hoch, und Angela streifte ihr den Slip herunter.

Dann fühlte Lisa Angelas heißen Atem an ihrer Scham. Mit der Zunge strich Angela durch die Falten, suchte und fand die kleine Perle, die schnell anwuchs. Lisas Stöhnen wurde immer lauter. Ihr war kaum bewusst, was sie tat, als sie mit einer Hand Angela Kopf tiefer drückte und gegen ihre pulsierende Mitte zog. Die andere Hand krallte sich in Angelas Schulter, wo sie tiefe rote Striemen hinterließ. Doch in ihrer Leidenschaft bemerkten beide nichts davon.

Angelas Finger tanzte am Eingang zu Lisas Grotte herum, fuhr immer wieder durch die Nässe, verteilte sie nach außen. Mit beiden Händen öffnete Angela schließlich Lisas Pracht und ließ ihre Zunge kurz in sie hineingleiten, was Lisa einen heiseren Schrei entlockte. Sanft drückte Angela einen Finger zwischen Lisas Schamlippen. Doch sie stoppte sofort, als sie den leichten Widerstand spürte, und hob den Kopf.

»Kleines«, sagte sie sanft, »wenn ich jetzt weitermache, dann wird es kurz wehtun. Ich verspreche, dass es danach sehr schön sein wird. Aber den kurzen Schmerz kann ich dir nicht ersparen, wenn ich weitermachen soll. Lisa, soll ich aufhören?«

Lisas Antwort war ein Seufzer, der ganz tief aus ihrem Innern zu kommen schien. »Nicht aufhören, bloß nicht. Du machst mich verrückt ... oh Himmel, was machst du mit mir. Bitte ... weiter.«

Angela nickte ihr liebevoll zu, bevor sie mit einem kurzen Ruck das dünne Häutchen durchbrach, das ihrem Finger den Einlass verwehrt hatte.

Lisa zuckte nur kurz zusammen und begann dann aus tiefster Seele zu stöhnen. Angela suchte und fand schnell ihren empfindlichsten Punkt und ließ den Finger in ihr kreisen. Gleichzeitig saugte sie mit den Lippen an Lisas Lustperle. Die vielfältigen, nie gekannten Empfindungen brachten Lisa an den Rand einer Ohnmacht. Sie spürte nur noch Angela in ihr, auf ihr, verlor sich in ihren intensiven Liebkosungen. Ihr Körper stand in lodernden Flammen, ihr Blut rollte lavagleich durch ihre Adern, ihre Körperflüssigkeiten sammelten sich zwischen ihren Beinen und flossen unkontrolliert nach außen. Dann überkam es sie wie eine Welle, baute sich langsam auf, ließ ihren Unterleib nach oben zucken – und sie stieß einen lauten Schrei aus, als der Orgasmus die ersehnte Erlösung brachte. Doch schon rollte die nächste Welle heran. Woge um Woge brach über ihr zusammen, trieb sie zu nie geahnten Höhen, ließ sie in tiefe Täler gleiten, um sie dann erneut nach oben zu katapultieren.

Angela ließ sich und Lisa unendlich viel Zeit. Mit Fingern und Zunge brachte sie Lisa immer wieder von neuem zum Gipfel der Lust, als bestehe der Sinn ihres Aufenthalts hier, ja ihres ganzen Daseins nur darin, Lisa zu befriedigen.

Erst als Lisa völlig erschöpft in die Kissen zurücksank, ließ Angela von ihr ab. Mit sanften Küssen schob sie sich an Lisa nach oben und nahm sie fest in die Arme. Augenblicke später schliefen sie beide ein.

Mit einem nie gekannten Glücksgefühl wachte Lisa nach einigen Stunden auf. Ihre Seite brannte wie Feuer, doch ihr ganzer Körper schien so unter Strom zu stehen, dass sie den Schmerz kaum spürte.

Sie lag in Angelas Armen, den Kopf an ihrer Brust gebettet, ihren gleichmäßigen Herzschlag im Ohr. Und die Erinnerung an das, was dazu geführt hatte, dass sie hier so lagen, ließ ihr ganz heiß werden.

Zärtlich ließ Lisa eine Hand über Angelas Brust gleiten, umfasste den weichen Hügel und bewegte die zarte Warze zwischen den Fingern hin und her. Ihre Lippen umfingen die hart gewordene Perle und begannen daran zu saugen.

Noch im Schlaf fing Angela an zu stöhnen. Dann öffnete sie die Augen, orientierungslos, ihr Blick beinahe angsterfüllt.

Lisa spürte, wie Angelas Herzschlag zu rasen begann. »Schsch«, flüsterte sie, »alles ist gut, Schatz. Ganz ruhig ... ich wollte dich nicht erschrecken.«

Ihre sanfte Stimme brachte Angela offenbar zurück in die Realität. Ganz eng zog sie Lisa in die Arme und drückte sie fest an sich, als wolle sie sie niemals mehr loslassen.

Vorsichtig löste sich Lisa von ihr und richtete sich auf einem Ellbogen auf, um Angela zärtlich durch die kurzen Haare zu streichen. »Du bist wunderschön, ich bekomme nicht genug davon, dich anzusehen. Aber ich möchte dich auch so gern berühren, streicheln, lieben ... ich kann gar nicht erwarten, dir das Glück zurückzugeben, das du mir gestern Abend geschenkt hast. Ist das okay?«

Angela nickte leicht. Ihre grauen Augen strahlten mit so viel Liebe, dass es Lisa beinahe schmerzte.

Erneut strich sie mit den Fingern über Angelas Brust. Umfasste den großen Hügel mit ihrer ganzen Hand, küsste die harte Perle. Dann ließ sie die Hand tiefer wandern, über den weichen Bauch, den dünnen Stoff des Höschens, um die Finger dann vorsichtig an der Seite hineinzuschieben. Sie spürte den rasierten Schamhügel, tastete sich weiter, drang zwischen die Schamlippen und schließlich tief in Angelas heiße Höhle. Angela zog scharf die Luft ein und begann dann heftig zu atmen.

Auch Lisa keuchte vor Erregung. »Oh Göttin, du fühlst dich unglaublich an ... du bist so nass.«

Angela seufzte tief auf. »Das machst du mit mir, Kleines. Ich reagier nur auf deine Berührungen, so wie du auf mich reagiert hast. Und das war wunderschön ... dich zu spüren war wunderschön. Du bist fantastisch.«

»Ich würde dich gern küssen ...«, flüsterte Lisa und strich

erneut mit dem Finger über Angelas Schamhügel, fast erstaunt von ihrer eigenen Courage. »Hier ... Darf ich?«

Angela lächelte sie glücklich an. »Natürlich darfst du, Kleines. Du darfst alles, was du möchtest ... aber du musst nichts tun, das weißt du. Es ist alles okay, was wir beide wollen.«

Lisas gab das Strahlen zurück. Sie konnte fast spüren, wie ihr das Glück, das sie empfand, aus den Augen leuchtete. »Ja, alles, was wir wollen – und ich will dich«, sagte sie mit fester Stimme.

Damit glitt sie tief zwischen Angelas Beine, legte ihr die Hände unter das Becken, hob sie ein Stückchen an und zog ihr mit einer Hand den dünnen Slip nach unten. Sie verharrte in dieser Position, eine Hand unter Angelas Po, mit der anderen sanft über den glatten Hügel streichelnd. Wie wunderschön Angela war – auch aus dieser Perspektive.

Angelas Atem ging schneller. Sie versuchte Lisa auf sich zu ziehen, doch Lisa widersetzte sich sanft und blieb, wo sie war. Sie wollte alles sehen, spüren, riechen. Vorsichtig legte sie Angelas Beine um sich herum und rutschte dann ganz nah an Angelas heiße Mitte. Ihr Finger glitt sachte zwischen das bebende Fleisch. Einen Moment lang fühlte Lisa nur, fühlte das Pulsieren, die Nässe, die sich bereits gesammelt hatte. Dann zog sie den Finger langsam wieder heraus, hob ihn an den Mund und leckte vorsichtig den herben Nektar ab.

»Du schmeckst so gut«, murmelte sie.

Doch Angela war es offenbar egal, wie sie schmeckte. Sie wand sich ungeduldig und versuchte Lisa erneut auf sich zu ziehen. Diese aber ließ sich nicht stören. Ihre Neugier war noch lange nicht befriedigt, sie wollte Angela weiter mit allen Sinnen erforschen. Jeden einzelnen Millimeter ihrer Haut, jeden Tropfen ihres berauschenden Saftes. Das alles schien so vertraut und war doch so überwältigend neu.

Sie beugte sich zu Angelas Lustperle, betrachtete sie zärtlich und blies dann sanft ihren Atem darüber. Sofort reckte sich die Perle keck nach vorn, verlangte Beachtung. Gleichzeitig wurde Angelas Stöhnen immer lauter. Mit beiden Händen drückte sie gegen Lisas Schultern.

»Bitte, Lisa, du machst mich wahnsinnig ... lass mich nicht

noch länger warten. Ich brauche dich jetzt.«

Lisa lächelte schelmisch. Sie konnte Angelas Erregung spüren, als sei es ihre eigene, aber sie wollte dieses wunderbare Spiel noch nicht zum Äußersten treiben – dafür genoss sie es viel zu sehr. Sanft, aber bestimmt griff sie sich Angelas Hände und führte sie nach oben, über Angelas Kopf zu ihrem Bettgestell. »Halt dich fest«, befahl sie mit heiserer Stimme.

Überrascht gehorchte Angela und legte ihre Finger um die Stangen.

Lisa ließ ihre Hände nun wieder über Angelas Körper streichen, verharrte kurz an den großen, festen Brüsten und glitt dann tiefer zwischen die Beine. Sie vergewisserte sich, dass Angela bequem lag, bevor sie das Gesicht wieder zwischen ihre Beine senkte und den köstlichen Duft tief in sich einsaugte. Mit den Lippen berührte sie die harte Perle, ließ die Zunge folgen – erst zaghaft, dann immer selbstbewusster. Gleichzeitig schob sie langsam einen und dann gleich noch einen zweiten Finger tief in Angela hinein.

Angelas raues Stöhnen zeigte ihr, dass sie auf dem richtigen Weg war. Noch immer war Platz, und vorsichtig nahm sie einen dritten und sogar den vierten Finger zu Hilfe. Sie ertastete behutsam Angelas Inneres, spürte wieder das heiße Pochen und die Nässe, die sich über ihre Finger nach außen ergoss. Dann begann sie Finger und Zunge gleichmäßig kreisen zu lassen, ähnlich wie Angela zuvor sie selbst in Ekstase versetzt hatte. Zwischendurch nahm sie die Perle zwischen ihre Zähne und knabberte sanft daran.

Angela schrie heiser auf. Lisa konnte ihre Anspannung spüren, als Angela sich ihr stürmisch entgegendrängte.

Ihre Finger fanden den passenden Rhythmus, drangen noch tiefer in Angelas Innerstes hinein, zogen sich zurück, stießen wieder zu. Immer wieder, immer fester, bis sich Angela wild aufbäumte. Lisas Finger wurden zusammengedrückt, festgehalten, wieder freigelassen. Ein Spiel, das sich über mehrere Minuten wiederholte, bis sowohl Angela als auch Lisa schließlich erschöpft zusammensackten.

Lisa küsste sanft Angelas Hügel, was diese aufschreien ließ: »Nicht, bitte ... ich kann nicht mehr, Kleines, ich kann nicht mehr.« Ihr ganzer Körper war von einem Schweißfilm überzogen, das Laken durchnässt.

Lisa lächelte glücklich und zufrieden, doch sie gab ihren Ruheplatz zwischen Angelas Beinen noch nicht auf. Immer wieder hauchte sie zarte Küsse auf die rasierte Scham, sie konnte sich gar nicht sattsehen, nicht genug von dem köstlichen Duft einatmen. Bis Angela augenscheinlich all ihre Kraft zusammennahm und Lisa zu sich nach oben zog.

»Wenn du nicht aufhörst«, sagte sie heiser, »dann gib mir wenigstens die Chance, dich ebenfalls zu berühren.«

Auf Lisas fragenden Blick hin bedeutete Angela ihr, sich auf ihr umzudrehen. Für einen Moment war Lisa verblüfft, als sie erneut Angelas Scham vor sich hatte. Doch dann spürte sie Angelas Finger an ihrem Po, wie sie sich sanft zwischen ihren Beinen nach vorn tasteten und tief in sie eindrangen. Mit festen Zungenschlägen bearbeitete Angela Lisas süße Frucht, und innerhalb kürzester Zeit schrie Lisa laut auf, fast überrascht von ihrem Höhepunkt.

Aufseufzend ließ sie sich zwischen Angelas Beine sinken und vergrub das Gesicht in ihrer Scham. Als sie nun Angela wieder zu streicheln und zu lecken begann, spürte sie, wie diese jede ihrer Liebkosungen umgekehrt auch ihr selbst zuteil werden ließ. Gemeinsam schmeckten, fühlten, liebten sie einander, gemeinsam spürten sie die ersten Wellen über sich zusammenschlagen, ließen sich fallen, rafften sich erneut auf und trugen einander und sich selbst immer wieder hinauf in die höchsten Gefilde der Lust. Erlebten eine Fülle an Orgasmen, die nur ganz allmählich schwächer wurden.

Völlig erschöpft ließ Lisa sich schließlich von Angela herunterrollen. Ihr Puls raste noch immer, und es dauerte einige Zeit, bis sich ihre Atmung wieder beruhigte.

»Komm zu mir, Lisa, komm in meine Arme«, sagte Angela so sanft, dass es Lisa schien, als spreche ein Engel zu ihr.

Glücklich strahlend legte sie sich neben Angela, kuschelte sich eng an sie und schlief augenblicklich ein.

7

Als Lisa erwachte, strahlten Angelas graue Augen sie an. Einen Moment später meldeten sich die Schmerzen in ihrer Seite. Doch als Angela die Lippen auf ihre senkte, spürte Lisa sie schon kaum noch.

Sanft küssten sie sich, ließen ihre Zungen miteinander tanzen, ihre Münder erforschen, immer und immer wieder.

»Hm, du küsst so gut …«, fasste Lisa ihre Gefühle in Worte. »Ich kann gar nicht genug von dir bekommen. Dich zu spüren, dich zu berühren, am besten immer und überall – das ist alles, was ich will.« Beinahe schüchtern sah sie Angela an. »Ist das normal?«

Angela lächelte. »Aber natürlich, Kleines. Mir geht es ja genauso. Du bist einfach wundervoll und so süß.«

Doch über ihrem Lächeln schien ein Schatten zu liegen, und der tiefe Seufzer, der ihren Worten folgte, ließ Lisa aufhorchen.

»Ist alles in Ordnung?« Mit etwas Mühe richtete sie sich auf ihrem Ellbogen auf, um Angela besser ins Gesicht sehen zu können. Aber Angela hatte die Augen geschlossen.

»Angela, was hast du? Bitte sprich mit mir. Ich sehe doch, dass dich etwas belastet.«

Angelas geschlossene Lider zuckten. Mit großer Bestürzung sah Lisa eine Träne aus einem Augenwinkel herauskullern und über Angelas Gesicht rollen. Der Anblick schnitt ihr ins Herz. In der Hoffnung, dass ihre Nähe der Freundin helfen würde, nahm sie die einzelne Träne ganz vorsichtig mit ihren Lippen auf und schmiegte ihre Wange kurz an Angelas. Dann wiederholte sie leise: »Bitte, sprich doch mit mir.«

Endlich öffnete Angela die Augen. Doch sie blickte zur Decke. »Wenn ich zurück nach Deutschland gehe, wirst du mich dann begleiten?«, fragte sie mit belegter Stimme.

Lisa zuckte zurück wie in plötzlichem Schmerz. Und tatsächlich war ihr beinahe, als habe Angela ihr einen Schlag ins Gesicht versetzt. Die Frage traf sie völlig unvorbereitet. Nach Deutschland gehen … Der Gedanke allein reichte aus, um ihr die Tränen in die Augen zu treiben.

Natürlich. Angela würde sie verlassen. Sie würde wieder nach Deutschland gehen, in ihr eigenes Leben, und sie, Lisa, hier zurücklassen. Einsam und allein, wie sie es zuvor schon gewesen war.

Bitter lachte sie auf. »Warum sollte ich mit? Es gibt nichts für mich in Deutschland.«

Angela starrte sie gekränkt an. »Und ich?«, fragte sie. »Bin ich nichts?«

»Du hast deine Arbeit, deine Freunde, dein Leben.« Lisa zuckte mit den Schultern. »Ich habe dort nichts. Mein Leben ist hier – bei meinen Freunden, bei meinen Tieren. Es tut mir leid, Angela, aber Deutschland hält nichts als schlechte Erinnerungen für mich bereit.«

»Aber was ist dann mit uns?«, fragte Angela und klang dabei fast verzweifelt. »Ich liebe dich. Und ich dachte, dass auch du mich lieben würdest. Habe ich mich wirklich so geirrt? Versteh doch, ich kann nicht so einfach hier bleiben, auch wenn ich mir das wünschen würde. Ich habe eine Firma zu leiten, Verantwortung.«

Lisa nickte. »Genauso wie ich hier Verantwortung habe.«

Angela gab keine Antwort. Still lagen sie nebeneinander, versuchten zu begreifen, zu akzeptieren, aber es war schwer.

»Und jetzt«, fragte Lisa irgendwann, als sie das Schweigen nicht mehr aushielt, »was heißt das für uns? Jeder geht seines Weges, und wir treffen uns zweimal im Jahr, wenn du Urlaub hast?« Sie gab sich alle Mühe, ihre Stimme nicht bitter klingen zu lassen. Aber es misslang.

»Ich weiß es nicht, Lisa«, flüsterte Angela. »Ich weiß es wirklich nicht. Sag du es mir, bitte.«

Das, fand Lisa, war leicht. »Bleib hier bei mir. Wir sind hier glücklich, oder etwa nicht?«

Da zog Angela sie schluchzend in ihre Arme und drückte sie fest an sich.

»Bitte«, murmelte sie in Lisas Haare hinein, »lass uns jetzt nicht darüber reden. Ich möchte die Zeit mit dir genießen, solange es geht, und vielleicht finden wir noch eine Lösung für uns.«

Lange blieben sie eng aneinandergekuschelt liegen. Lisas Gedanken arbeiteten fieberhaft, suchten nach Lösungen, die sich so aber nicht finden ließen. Vielleicht war es wirklich das Beste, einfach die Zeit miteinander zu genießen, wie Angela vorgeschlagen hatte ... Vor Schmerzen aufstöhnend löste sie sich aus Angelas Umarmung und setzte sich auf.

Angela legte ihr vorsichtig die Hand auf die Schulter. »Kann ich dir helfen, Kleines? Soll ich dich noch einmal eincremen?«

Lisa schüttelte den Kopf. »Nein, ist schon gut.« Tatsächlich waren die Schmerzen schon deutlich weniger scharf als gestern Abend; Rosalies Salbe hatte offenbar ganze Arbeit geleistet. »Bin nur ein wenig steif, aber das geht schon. Wie spät ist es eigentlich?«

Angela warf einen Blick auf ihre Armbanduhr. »Kurz nach Mittag. Hast du Hunger? Soll ich uns etwas zu essen holen?«

»Hm, ja, essen klingt gut. Vielleicht kann dir Rosalie etwas für uns geben ...«, überlegte Lisa, um hastig hinzuzusetzen: »Ich kann aber auch selbst gehen.«

»Nein, ich mach das schon.« Schon sprang Angela aus dem Bett und begann sich anzuziehen. »Was hältst du von einem heißen Bad?«, fragte sie, während sie sich anzog. »Soll ich dir eines einlassen? Das würde dir sicher auch guttun.«

»Klingt verlockend, aber ich habe hier nur eine Dusche, das muss reichen.«

»Quatsch. In meiner Suite ist ein Whirlpool installiert.« Angela lächelte Lisa fröhlich an. »Warum gehen wir nicht einfach hoch?«

Lisa lächelte schüchtern zurück. »Wenn es dich nicht stört ... das klingt himmlisch. Ehrlich gesagt, ich wollte den Whirlpool schon immer mal ausprobieren.«

Sanft strich Angela ihr mit der Hand über die Wange. »Du bist so süß, weißt du das? Komm, ich bring dich schon mal nach oben, dann kannst du in der Wanne ausspannen, während ich uns etwas zu essen besorge.«

Rasch half sie Lisa, sich ebenfalls anzuziehen, und dann gingen sie vorsichtig den schmalen Steg zu Angelas Suite hinauf. Dort ließ Angela heißes Wasser in die geräumige Wanne laufen und half Lisa erneut beim Ausziehen und Einsteigen. Entspannt ließ Lisa sich in das heiße Wasser gleiten und seufzte wohlig auf.

»Das tut sooo gut. Danke, dass ich deine Wanne nutzen darf.«

Angelas tiefes Lachen ließ Lisa hochschauen.

»Hey«, sagte sie, »machst du dich etwa lustig über mich?« Frech spritzte sie Angela eine Handvoll Wasser auf das T-Shirt.

Immer noch laut lachend verließ Angela die Suite in Richtung Küche. Lisa lehnte sich mit einem genussvollen Seufzer zurück und schloss die Augen. Ihre Gedanken kreisten um den vergangenen Tag und, so gern sie das auch vermieden hätte, um Angelas bevorstehende Rückkehr nach Deutschland.

Sie hatte sich verliebt. Sehr sogar. Und nun saß sie hier und wusste nicht mehr weiter. Je mehr sie über das Unvermeidliche nachdachte, umso schwerer wurde ihr Herz. Sie konnte Angela doch nicht einfach gehen lassen, nicht, nachdem sie sie gerade erst für sich entdeckt hatte …

Dann fielen ihr die harten Worte von Petra wieder ein, Angelas Kollegin. Kopfschüttelnd tauchte sie für einen Moment unter, als könne sie so der düsteren Wirklichkeit entfliehen.

Als sie prustend wieder nach oben kam, schienen die dunklen Wolken tatsächlich verschwunden – zumindest für den Moment. Sie begann leise zu singen, dann allmählich lauter und schließlich aus voller Kehle.

Die Tür öffnete sich, und Angela lugte erst erschreckt, dann mit einem belustigten Grinsen um die Ecke. Lisa merkte es gar nicht. Erst als Angela laut losprustete, brach sie ihr Lied abrupt ab und öffnete die Augen.

Ein nasser Waschhandschuh flog geradewegs auf Angela zu, die gerade noch ausweichen konnte. »Du machst dich also doch lustig über mich.«

Angela schüttelte heftig den Kopf. »Nein, wie kommst du nur darauf. Ich lausche deiner süßen Stimme.« Ihr begehrlicher Blick glitt über Lisas nackten Körper. »Aber der Augenschmaus ist auch nicht zu verachten.«

»Möchtest du zu mir in die Wanne kommen?«, fragte Lisa. Es hatte lustig und unbekümmert klingen sollen, aber statt dessen war ihre Stimme plötzlich belegt.

Angela machte sich nicht die Mühe, über diese Frage nachzudenken. Innerhalb von Sekunden war sie ausgezogen und setzte sich vorsichtig hinter Lisa in das noch heiße Wasser. Den Korb mit dem Essen hatte sie neben sich auf den Boden gestellt. Nun nahm sie ein paar Trauben heraus und hielt sie Lisa hin.

Genießerisch ließ die sich gegen Angela sinken und öffnete den Mund, so dass Angela ihr die Trauben einfach hineinlegen konnte.

»Hm, das ist schön«, murmelte sie kauend. »Ich bin noch nie so verwöhnt worden. Überhaupt ...« Sie drehte sich zu Angela um. »Danke.«

Angela sah sie erstaunt an. »Wofür denn? Ich habe doch nichts getan. Rosalie hat das Essen eingepackt.«

Lisas Augen hielten Angelas Blick fest, bohrten sich förmlich hinein, als könne sie so bis in Angelas Innerstes dringen. »Das meine ich nicht, und das weißt du auch.« Damit drehte sie sich wieder um und schmiegte sich erneut gegen Angelas nackten Körper.

»Möchtest du noch mehr Trauben?«, fragte Angela nach kurzer Pause.

»Nein, danke. Ich möchte einfach nur den Moment genießen ... und dich«, erwiderte Lisa leise.

Angela nahm dies offenbar als Aufforderung, ihre Hände auf Entdeckungsreise zu schicken. Von hinten umfing sie Lisas kleine Brüste, streichelte sie sanft, dann etwas stärker. Eine Hand strich zärtlich über Lisas Bauch, glitt dann zwischen ihre Beine und verschwand in den heißen, pulsierenden Tiefen.

Lisa stöhnte leise auf, hob Angela den Kopf entgegen und küsste sie voller Leidenschaft, während sie ihrerseits eine Hand zwischen Angelas Schenkel schob ...

Viele Orgasmen später sackten beide erschöpft im Wasser zurück, das inzwischen nur noch lauwarm war.

»Ich wusste gar nicht, dass Liebe so schön sein kann«, flüsterte Lisa. »Du zeigst mir so viel, von dem ich keine Ahnung hatte ... Oh Angela, es ist so wunderschön mit dir.« Mit Tränen in den Augen drehte sie sich zu Angela um, nahm ihr Gesicht in beide Hände und bedeckte es mit Küssen.

Lächelnd erwiderte Angela die stürmischen Liebkosungen. Dann schob sie Lisa ein wenig von sich weg und meinte: »Wir sollten aus dem Wasser raus, Kleines. Sonst wird uns noch kalt.«

Schnell stieg sie aus der großen Wanne und half Lisa heraus.

Dann wickelte sie sie beide in flauschige Bademäntel. »Und jetzt sollten wir endlich etwas essen«, erklärte sie, nahm den gefüllten Korb und führte Lisa nach draußen auf die kleine Terrasse.

Wenige Augenblicke später saßen sie gemütlich aneinandergekuschelt auf der Hollywoodschaukel, knabberten Käse und Rosalies herrliche frische Brötchen und genossen die Aussicht über den kleinen See.

»Es ist wunderschön hier«, sagte Angela leise, als wolle sie die Stille des späten Nachmittags nicht stören. »Ich hätte nie für möglich gehalten, dass ich die Hektik und das Getöse der Großstadt nicht vermissen würde. Früher konnte es mir nicht laut genug zugehen. Ich brauchte Menschen um mich herum. Aber jetzt und hier ...« Sie ließ ihre Blicke über den See und das Buschland dahinter schweifen. »Diese Ruhe ist himmlisch, Lisa.«

Lisa lächelte sie glücklich an. »Ich bin froh, dass es dir gefällt.« Sie machte eine winzige Pause und wagte sich dann ein wenig weiter vor: »Vielleicht kannst du dir ja doch vorstellen, hier bei mir zu bleiben.«

Angela stieß hörbar die Luft aus. »Das Thema hatten wir doch schon, oder? Ich kann Berlin nicht so einfach aufgeben. Und du kannst nicht von hier fort. Also müssen wir uns etwas anderes einfallen lassen.«

»Aber was, Angela?« Lisas Stimme war eindringlich. »Ich liebe dich, das weiß ich jetzt. Und ich will dich nicht verlieren. Nicht, nachdem ich dich endlich gefunden habe, nach so vielen Jahren in dem Glauben, dass es in meinem Leben niemals Liebe geben würde ... Du hast mich zu einem anderen Menschen gemacht. Ich bin glücklich durch dich, mit dir. Bitte, Angela – ich kann dich nicht wieder gehen lassen.«

Angela sah ihr tief in die Augen. »Dann komm mit mir mit. Ich möchte dich doch auch nicht verlieren, Lisa. Noch nie habe ich so für einen anderen Menschen empfunden. Noch nie so tief gefühlt. Ich liebe dich und möchte mir dir zusammen sein, für immer.«

»Und jetzt?« Lisa erwiderte ihren Blick traurig, dann senkte sie die Augen. »Wir fühlen beide dasselbe, wollen beide dasselbe, und doch wird es nicht gehen. Du gehst zurück nach Deutschland und lässt mich hier allein zurück. So einfach wird es sein.« Damit sprang sie von der Schaukel auf und lief, noch immer im Bademantel, nach unten zu ihrer Hütte.

Eine ganze Weile lag Lisa still auf ihrem Bett und starrte zur Decke. Sie brauchte Zeit für sich, um ihre Gedanken zu ordnen und sich über vieles klarzuwerden. Das Wichtigste und das Einfachste war, dass sie sich in Angela verliebt hatte. Daran gab es keinen Zweifel. Nur wie es mit ihnen beiden weitergehen sollte, das wusste sie nicht.

Sie wollte nicht wieder nach Deutschland zurück. Zu viele schlechte Erinnerungen waren damit verbunden – glückliche Tage, überschattet von Leid und Verzweiflung. Aber natürlich konnte sie von Angela auch nicht einfach erwarten, ihr ganzes Leben zurückzulassen, um mit ihr, Lisa, hier zu leben. Sie mussten einen Kompromiss finden. Und wenn sie sich wirklich liebten, dann würde das auch gelingen.

Es überraschte Lisa selbst, welche Zuversicht dieser Gedanke in ihr auslöste. Auf alle Fälle wollte sie nicht ihre wenige gemeinsame Zeit durch negative Grübeleien verderben. Sie wollte genießen, lebendig sein – und zum ersten Mal in ihrem Leben wirklich, ehrlich und aufrichtig lieben.

Mit diesem Gedanken erhob sie sich und zog sich an. Es war immer noch mühsam, aber der schlimmste Schmerz blieb aus. Als sie sich auf den Weg zu Angela machen wollte, kam diese gerade um die Ecke gebogen. Ihre Gesichtszüge wirkten angespannt.

Strahlend begrüßte Lisa sie: »Hey, ich wollte gerade zu dir.«

Angela atmete hörbar auf.

»Angela«, fuhr Lisa fort, »wir wissen beide, dass wir uns lieben und dass wir zusammen sein möchten.« Beschwichtigend hob sie die Hand, als Angela zu einer Antwort ansetzte: »Nein, warte, bitte. Wir werden eine Lösung finden, auch wenn das nicht heute und vielleicht auch nicht morgen oder übermorgen sein wird. Aber ich lass dich nicht wieder so einfach aus meinem Leben verschwinden, das verspreche ich dir. Also bitte, Angela, gib uns nicht einfach auf.«

Ein seltsames Schimmern trat in Angelas Augen, aber gleich darauf lächelte sie über das ganze Gesicht. »Oh, Kleines, wie kommst du denn darauf, dass ich uns aufgeben will? Süße, ich liebe dich, wie ich noch nie zuvor eine Frau geliebt habe. Der Gedanke, ohne dich sein zu müssen, macht mich krank. Wir werden sicher eine Möglichkeit finden. Das weiß ich, weil wir das beide wollen.«

Lächelnd zog sie Lisa in die Arme und gab ihr einen zärtlichen Kuss. »Ich liebe dich so sehr, meine Süße«, flüsterte sie ihr ins Ohr.

Arm in Arm gingen sie dann zu den anderen auf die große Terrasse des Haupthauses und setzten sich nebeneinander an den runden Tisch. Sogleich bestürmten alle sie mit Fragen nach Lisas Wohlbefinden und nach ihrem Unfall, und geduldig erzählte Lisa von ihrem Sturz im Busch. Unter großem Gelächter mimte sie dramatisch ihren Abflug vom Rücken ihres Pferdes.

Nachdem die Heiterkeit sich gelegt hatte, fragte Betty: »Was werden wir morgen unternehmen?«

Alle drehten sich zu Lisa um.

Die machte eine Kunstpause, bevor sie antwortete: »Ich dachte, wir fahren morgen mal zu den Löwen. Oder was meint ihr?«

Erstaunte, ungläubige und zum Teil auch ängstliche Blicke waren die Antwort. Lisa grinste nur breit. »Im Ernst. Es gibt in der Nähe einen Löwenpark, da kann man mit den kleinen Löwenbabys spielen. Die großen sieht man dann später auch, aber da würde ich davon abraten, mit ihnen spielen zu wollen, denn die sind etwas gröber als die Kleinen. Also, habt ihr Lust?«

Breite Zustimmung von allen Seiten. Lisa nickte Aaron zu, damit er den Jeep für den nächsten Tag vorbereiten konnte.

Bob strahlte Aaron an: »Das mit dem Wasser würde ich auch gern noch einmal machen.« Auch Albert nickte freudestrahlend. »Ja, das war richtig Klasse.«

Lisa nickte. »Das können wir gern für Samstag noch einmal einplanen. Und …«, sie warf einen Seitenblick auf Angela, »… dieses Mal können wir die längere Tour machen.«

»Schön, dann wird es noch lustiger.« Albert schlug Bob kräftig auf die Schulter. »Nicht wahr, Oldie?«

Gutmütig lachend drohte Bob ihm mit dem Finger: »Wen

nennst du hier Oldie? Warte nur, Jüngelchen, mit dir kann ich es noch lange aufnehmen.«

Fröhlich lachend löste sich die kleine Gruppe auf. Nur Lisa blieb und half Rosalie, den Tisch abzudecken und die Reste der Speisen in die Küche zurückzuräumen.

»Bist du glücklich, Lisa?«

Verblüfft drehte sich Lisa zu ihrer Haushälterin um. Sie hatte nicht »Miss Lisa« gesagt – zum allerersten Mal. Vor Überraschung und Rührung über diesen unerwarteten Vertrauensbeweis stiegen Lisa Tränen in die Augen.

»Bist du glücklich?«, wiederholte Rosalie ihre Frage.

Lisa schluckte einmal kräftig und nickte lächelnd. »Ja, das bin ich, sehr sogar.«

»Ist sie gut zu dir?«

Wieder nickte Lisa. »Auch das ist sie, Rosalie. Sie ist wundervoll.«

Rosalie sah sie lange prüfend an. »Dann ist gut«, sagte sie schließlich, gab der verdutzten Lisa einen Kuss auf die Wange und ging langsam davon.

Lisa blieb noch einige Zeit in der Küche stehen. Als Rosalie sie so direkt gefragt hatte, da hatte sie keinen Moment zögern müssen mit ihrer Antwort. Ja, sie war glücklich, und wie. Und ja, Angela war mehr als gut zu ihr. Der Gedanke an die wunderschöne Frau ließ ihr Herz höher schlagen. Mit leichten Schritten machte sie sich auf den Weg zu Angelas Suite.

Schon von weitem konnte sie Angelas Stimme hören. Der sanfte Klang ihres Lachens beschleunigte ihren Herzschlag noch mehr. Als auf einmal ihr Name fiel, blieb sie wie angewurzelt stehen.

»Und was wirst du jetzt mit deiner Lisa tun?«, hatte eine fremde Stimme gefragt. Angela war offensichtlich am Telefon und hatte den Lautsprecher eingeschaltet.

Als Antwort hörte Lisa nur einen tiefen Seufzer.

»Hey, Schnecke, du willst mir doch nicht sagen, dass du dich in sie verliebt hast, oder?« Wieder die fremde Stimme, die Lisa nun als die von Petra zu erkennen glaubte.

Angelas Antwort bestätigte diese Vermutung: »Ja, und wie ich mich verliebt habe, Petra.«

Lisas Herz machte einen Satz. Sie strahlte in die Dunkelheit.

»Ich habe noch nie so tief für eine Frau empfunden, wie ich für Lisa empfinde«, fuhr Angela fort. »Sie ist eine unglaubliche Frau, und das in jeder Hinsicht. Sie macht mich glücklich, sie zeigt mir ein völlig neues Leben, eine neue Sichtweise. Sie zeigt mir, was wirklich wichtig ist.«

Eine kurze Pause folgte, dann erklang Petras harte Stimme wieder. »Das klingt ja alles ganz großartig, aber mal ehrlich – du kennst sie gerade ein paar Tage. Da kannst du doch nicht schon von Liebe sprechen. Und überhaupt, was heißt das jetzt im Klartext? Für dich, für euch, für uns und das Magazin? Du kannst uns doch nicht einfach alle im Stich lassen, weil du denkst, du hast die große Liebe gefunden. Und dann auch noch im Busch. Mensch, Angela ...« Ihr Tonfall wurde noch eine Spur härter. »Das mit der großen Liebe hatten wir doch schon. Das dachtest du schon einige Male. Ich erinnere dich ungern an Nicki, aber so fing es bei ihr auch an.«

Angela zog scharf die Luft ein. Lisa konnte das Zittern in ihrer Stimme hören, als sie leise antwortete: »Erwähne niemals mehr ihren Namen. Das war etwas völlig anderes. Und wage es nicht, Lisa mit ihr zu vergleichen. Sie ist ein ganz anderer Mensch, ehrlich, bodenständig. Sie tut mir gut, wie mir noch keine Frau gutgetan hat. Sie erdet mich, bringt mich zum Lachen, zeigt mir so viele schöne Dinge des Lebens, das habe ich noch nie erlebt. In meinen kühnsten Träumen hätte ich mir eine Frau wie sie nicht vorstellen können, denn ich wusste nicht, dass es so etwas wie sie überhaupt gibt.«

»Trotzdem«, unterbrach Petra schroff, »du kannst nicht bei ihr bleiben, und sie will scheinbar nicht nach Deutschland, damit ist ja schon alles geklärt. Mach dir ein paar nette Tage mit ihr, geh mit ihr ins Bett, hab dein Vergnügen – und dann komm gefälligst nach Hause und erledige deine Arbeit.«

»Darum geht es doch gar nicht.« Angelas Stimme klang müde. »Natürlich werde ich die letzten Tage meines Urlaubs genießen, in vollen Zügen. Aber das ist nicht alles, und das weißt du auch.« Bei den letzten Worten hatte sie die Stimme gehoben, und für einen Moment kam die kalte Angela durch, die Lisa zu Beginn kennengelernt hatte. Dann fügte Angela in sanfterem

Ton hinzu: »Was danach kommt – ich habe keine Ahnung. Wer weiß, vielleicht bleibe ich einfach hier.«

Ein entsetzter Schrei hallte aus dem Telefon. »Das kommt gar nicht in die Tüte! Du kannst mich nicht noch länger mit den Models und den Fotografen allein lassen. Die bringen mich alle noch ins Grab.«

Angela lachte leise. »Ach, komm, gerade hast du noch behauptet, dass dich alle liebhaben und gut zu dir sind. Gute Nacht, Petra, du machst das schon. Bis die Tage.« Ein kaum hörbares Piepsen ertönte, offenbar hatte Angela das Gespräch beendet.

Zitternd stand Lisa an der Ecke. Sie hatte nicht lauschen wollen, doch der Fortgang der Unterhaltung hatte sie wie versteinert verharren lassen. Petras harte Worte schmerzten, doch Angelas Antworten hatten ein Glücksgefühl in ihr wachsen lassen, das ihr Herz schier zum Bersten brachte. *Vielleicht bleibe ich einfach hier ...* Ja, Angela liebte sie wirklich. Angela überlegte tatsächlich, mit ihr eine gemeinsame Zukunft zu schaffen. Angela wollte bei ihr bleiben, für immer ... Lisas Herz schlug Purzelbäume. Es war ihr klar, dass das mit der gemeinsamen Zukunft nicht so einfach gehen würde, doch es so deutlich aus Angelas Mund zu hören war genau die Bestätigung, die ihr noch gefehlt hatte.

Sie liebte Angela, und Angela liebte sie – spätestens jetzt war jeglicher Zweifel daran aus der Welt. Es musste doch einen Weg, eine Möglichkeit geben, damit sie zusammenbleiben konnten. Für immer.

Freudestrahlend trat sie auf Angelas Terrasse, setzte sich neben sie auf die Hollywoodschaukel, nahm ihre Hand und drückte sie fest. »Ich liebe dich.« Mehr sagte sie nicht, doch weiterer Worte bedurfte es auch nicht.

Lange saßen sie eng aneinandergekuschelt, kosteten die laue Nachtluft aus und die nun schon so vertraute Nähe zueinander.

In dieser Nacht liebten sie sich voller Zärtlichkeit. Sie ließen sich beide viel Zeit, einander zu erkunden, zu lernen, was jede gern mochte, was sie besonders intensiv berührte. Es war eine innige, tief versunkene Entdeckungsreise, bei der sie einander fanden und zugleich auch sich selbst.

Erst früh am Morgen fielen sie in einen tiefen, erholsamen Schlaf.

Die Fahrt zum Löwencamp dauerte knapp zwei Stunden. Sie nutzten einen Toilettenstopp, um auf einem Markt ein paar Souvenirs zu kaufen. Lisa konnte sich das Lachen nur mit Mühe verkneifen, als sowohl Bob als auch Albert mit riesigen hölzernen Giraffen im Arm ankamen.

»Na, hoffentlich findet ihr dafür Platz im Flieger«, bemerkte sie mit breitem Grinsen.

Die beiden Männer sahen sich entsetzt an; daran hatten sie anscheinend gar nicht gedacht.

Als dann auch noch die Ehefrauen voll bepackt ankamen, musste Lisa tatsächlich laut loslachen. »Vielleicht sollten wir noch ein paar Koffer kaufen, damit ihr das alles unterbekommt.«

»Wir sind fertig«, meldete Aaron, »nur Miss Angela fehlt noch.« Er war ein Meister des Packens und Verladens und hatte auch die beiden Riesengiraffen sicher im Jeep untergebracht.

Nervös sah Lisa auf ihre Uhr. Die abgesprochene Abfahrtszeit war bereits verstrichen, und sie hoffte, dass Angela nichts passiert war. Auch wenn der Markt nicht riesig war, so gab es einige Ecken und Winkel, wo man sich leicht verlaufen konnte.

Doch ihre Sorge war unbegründet: Leicht aus der Puste kam Angela um eine Kurve gehastet. »Es tut mir leid«, entschuldigte sie sich, »der Händler wollte einfach nicht mit dem Preis runter. Deshalb hat es etwas länger gedauert.« Ihr Lächeln war so entwaffnend, dass ihr sowieso jeder verziehen hätte. Sie stopfte rasch eine kleine Tüte in eine Tasche ihrer Cargohose, bestieg den Jeep und setzte sich neben Lisa.

Lisa sah sie prüfend an. »Alles okay?«

Strahlende graue Augen funkelten ihr entgegen. »Ja, alles bestens. Tut mir wirklich leid wegen der Verspätung, das ist so gar nicht meine Art.«

Lisa ergriff sanft ihre Hand und drückte sie leicht. »Kein Thema … wir mussten sowieso erst mal den Jeep umbauen, damit wir die Ungetüme von Giraffen einpacken konnten.«

»Giraffen?« Angela sah sie verblüfft an.

»Ja, zwei gigantische Holzgiraffen, und noch so etwa zwanzig andere Tüten und Taschen. Die vier waren offensichtlich im Kaufrausch.« Grinsend zuckte Lisa mit den Schultern. »Die Händler hier freuen sich, wenn wir ihnen Kundschaft bringen. Sie leben nun einmal davon, dann passt das schon.« Sie schwieg einen Moment, dann sah sie Angela fragend an. »Hast du auch schön eingekauft?«

»Ja, ich hab so das eine oder andere gefunden«, war Angelas kryptische Antwort.

Von dem Markt aus erreichten sie den Löwenpark in weniger als einer halben Stunde. Aaron ging vor, um die Wärter von ihrer Ankunft zu informieren. Da die Löwenbabys eine beliebte Attraktion waren, mussten sich alle Besuchergruppen zunächst anmelden und bekamen dann eine Besuchszeit zugeteilt. Da Lisa und ihre Gruppe noch eine Zeitlang warten mussten, sahen sie sich zuerst in Ruhe den Rest des kleinen Parks an.

Staunend blickte sich die Gruppe in dem offenen, weitläufigen Gelände um, in dem kaum abgeschlossene Gehege zu erkennen waren und die Besucher zwischen Felsen, Büschen und den spärlichen Bäumen mit den Tieren auf Tuchfühlung gehen konnten. Eine Antilope kam direkt auf sie zu, beäugte sie einen Moment und sprang dann leichtfüßig in eine andere Richtung.

»Ich dachte, das sei wie ein Zoo hier«, sagte Angela beeindruckt.

»Nicht so ganz«, beeilte sich Lisa zu antworten. »Es ist ja hauptsächlich ein Löwenpark, und es gibt zwar noch andere Tierarten, aber nur wenige. Für die Leoparden, Geparden und Hyänen muss es natürlich feste Gehege geben, ebenso wie für die Affen. Die Giraffen, Zebras und Antilopen laufen hier aber mehr oder weniger frei herum.«

»Und die Löwen, wo sind die?«

»Der Park besteht aus verschiedenen Teilen. Wir sind hier nur bei den Löwenbabys und den anderen Tierarten. Wenn wir zu den großen Löwen wollen, dann müssen wir dort hinten hin.« Lisa zeigte mit dem Finger zu einer größeren Fläche etwas weiter weg, die mit Bäumen gesäumt war. »Dort sind die großen Gehege für die Löwen.«

»Und da kann man auch hin?« Angelas graue Augen weiteten sich.

»Ja, das kann man, und das werden wir auch, wenn ihr Lust dazu habt. Aber erst einmal stelle ich euch ein paar der anderen tierischen Bewohner hier vor.« Lachend deutete Lisa auf die beiden Warzenschweine, die sich ein Stück entfernt gerade genüsslich im Dreck suhlten: »Das sind Elvis und Priscilla.«

Ungläubige und belustigte Blicke gingen hin und her. Lisa zeigte auf eine Informationstafel, die die Namen der Tiere bestätigte, und unter lautem Gelächter ging die kleine Gruppe weiter.

Für die Giraffen gab es ein hohes Gestell, auf das man klettern konnte, um mit den Tieren auf Augenhöhe zu sein. Neugierig kamen die langbeinigen Riesen angelaufen, sobald sie die Gruppe bemerkten. Lisa verteilte großzügig die Leckereien, mit denen sie sie füttern konnten, und stieg dann auf das Gestell.

»Ihr müsst es entweder auf eure Handfläche legen, dann nimmt die Giraffe es runter ...« Lisa musste aufpassen, dass die am nächsten stehende Giraffe ihr nicht alle Leckerbissen aus der Tüte klaute, während sie den anderen demonstrierte, wie sie sie zu füttern hatten. »... Oder ihr haltet es zwischen den Fingern, dann rollt die Giraffe ihre Zunge aus, und ihr könnt es ihr einfach drauflegen. So, und jetzt ihr. Wer will zuerst?« Auffordernd sah Lisa in die Runde.

Angela stieg als Erste die Stufen hoch, nahm ein paar der Futterpellets und legte sie der gierigen Giraffe auf die lange Zunge. Dann fütterten auch die anderen nacheinander die gefräßige Herde, bis Angela plötzlich einen entzückten Schrei ausstieß. Sie hatte das Jungtier erspäht, das noch nicht bis ganz nach oben reichte.

Rasch nahm sie sich noch ein paar der Pellets aus Lisas Tüte und ging damit nach unten, wo die kleine Giraffe schon sehnsüchtig wartete. »Hier, mein Kleiner, du sollst doch nicht leer ausgehen.«

Lisa war ihr die Stufen hinunter gefolgt. »Du kannst sie ruhig streicheln«, sagte sie leise.

»Woher weißt du, dass das eine Sie ist und kein Er?« Herausfordernd blitzten Angelas graue Augen Lisa an.

»Ich habe Beziehungen«, konterte Lisa lachend. Sie trat dicht an Angela heran und atmete tief ihren herben Duft ein. »Hm ...

ich liebe es, wie du riechst.« Leicht berührte sie mit ihren Lippen Angelas Hals. »Und noch mehr liebe ich, wie du schmeckst.«

Angela drehte sich zu ihr. Lange sahen sie sich stumm in die Augen, suchten und fanden ihre Liebe füreinander in den feurigen Blicken der anderen. Dann verschmolzen ihre Lippen zu einem zärtlichen Kuss. Für einen Moment vergaßen sie alles um sich herum. Erst als die kleine Giraffe sich ganz lang streckte und Lisa die Tüte aus der Hand zog, kamen sie wieder zu sich.

Lachend eroberte Lisa die Futtertüte zurück und schubste die Giraffe zur Seite. »Hey, du Vielfraß, das soll doch für alle sein.«

Inzwischen war auch der Rest der Gruppe vom Gestell herabgestiegen. Gemächlich gingen sie an den Geparden vorbei, dann zu den Leoparden und den Hyänen. Da es gegen die Mittagszeit ging, lagen die meisten Tiere in ihren großzügig bemessenen Gehegen faul in der Sonne und genossen augenscheinlich die warmen Strahlen auf ihrem Pelz.

»Die Tiere haben ziemlich viel Platz hier, oder?«, bemerkte Angela.

»Platz ist etwas, das es hier genug gibt.« Lisa lächelte sie fröhlich an und nahm sie dann fest an der Hand.

Bei den Affen herrschte viel Lärm. Sie tollten schreiend herum und waren offenbar begierig herauszufinden, ob es auch für sie Futter gab. Als Albert der Umzäunung zu nahe kam, griff einer der Affen durch die Gitterstäbe und schnappte ihm seine Baseballkappe vom Kopf. Triumphierend schwang er sich mit seiner Beute auf einen Baum, kletterte wie der Wind auf einen der höchsten Äste und brüllte laut, um seinen Erfolg zu feiern.

Albert wollte den Affen mit Leckereien dazu bewegen, seine Mütze wieder herauszurücken. Doch der Bestechungsversuch war erfolglos.

Da gab Aaron Lisa ein Zeichen. Sie rief die Gruppe zu sich, so dass sie endlich zu den Löwenbabys gehen konnten.

»Zurzeit haben wir hier fünf Babys«, erklärte sie auf dem Weg zu dem etwas abseits liegenden Gehege. »Bitte denkt daran – auch wenn sie süß und knuddelig sind und sich auch gern auf den Arm nehmen lassen, es sind immer noch wilde Tiere. Sie haben lange und vor allem sehr scharfe Krallen. Also haltet bitte immer euer Gesicht in ausreichender Entfernung. Versucht nicht, ein Baby festzuhalten. Wenn er weg will, dann lasst ihn gehen, sonst wird er wütend. Und dann kommen ganz sicher die Krallen und die Zähne raus – das muss ja nicht sein.«

Sie betraten das Gehege der Löwenkinder durch ein gut gesichertes Tor, das ein Wärter gleich wieder gewissenhaft hinter ihnen schloss. Lisa blieb etwas seitlich auf einem kleinen Hügel stehen und versuchte alle ihre Gäste im Auge zu behalten. Stolz sah sie auf Angela hinunter, die ganz still an einen großen Stein gelehnt dastand und einen der kleinen Löwen beobachtete, der noch ziemlich tapsig durch die Gegend lief. Dann kam er direkt auf Angela zu und ließ sich vor ihr in den Sand fallen. Angela ging vor ihm in die Knie und begann vorsichtig, den Kleinen zu streicheln. Der genoss die Streicheleinheiten sichtlich und fing kräftig an zu schnurren.

Lisas Herz war leicht vor Glück und Liebe für diese schöne Frau.

Als könne sie ihre Blicke spüren, hob Angela in diesem Moment den Kopf, und ihre Augen nahmen Lisa gefangen. Ein strahlendes Lächeln überzog ihr ebenmäßiges Gesicht. Lisa fühlte sich ihr unglaublich nah.

»Au!« Angela zuckte erschrocken zusammen. Erschrocken sah sie auf den Löwen, der gerade dabei war, auf ihrer Hand herumzukauen. »Lass los, Kleiner, das tut doch weh.«

Mit wenigen Schritten war Lisa bei ihr und hob den Löwen hoch. Der fiepste laut auf und versuchte erneut, an Angelas Hand zu kommen, die er offenbar für ein großartiges Spielzeug hielt. Doch Lisa hatte ihn fest im Griff und brachte ihn zu seinen Brüdern und Schwestern, damit er sich dort einen Spielkameraden aussuchen konnte.

Zurück bei Angela, führte sie sie rasch aus dem Gehege hinaus und nahm dann vorsichtig Angelas Hand in ihre. »Hat er dir sehr wehgetan?« Sorgenvoll runzelte sie die Stirn, als sie die tiefen Striemen sah.

Angela wehrte ab: »Nein, nichts passiert. Er hat mich nur überrascht, das ist alles.«

»Nix da«, widersprach Lisa, »du hast heftige Kratzer abbekommen. Ich mach dir gleich ein Spray drauf, damit du keine

Entzündung bekommst.«

»Ach was, kein Stress.« Angela wollte ihre Hand zurückziehen.

Doch Lisa hielt sie fest. In einem Tonfall, der keine Widerrede duldete, erklärte sie: »Das ist ein wildes Tier, das durch den Dreck rennt und in seinem Speichel mehr Bakterien hat, als du dir vorstellen kannst. Egal, was du sagst, ich werde dir gleich das Spray daraufsprühen, und dann ist gut.«

Angelas Kopf ruckte zu Lisa hoch. Ihr gekränkter Blick ließ Lisa schlucken. So laut und deutlich hatte sie tatsächlich noch nie mit Angela gesprochen. Doch sie hoffte, Angela würde verstehen, dass es die Sorge um sie war, die sie so hart erscheinen ließ.

Ergeben nickte Angela schließlich mit dem Kopf.

Lisa holte das Desinfektionsspray aus ihrem Rucksack und besprühte damit die kleinen Kratzer auf Angelas Hand.

»Autsch, das brennt aber ...« Angela versuchte ihre Hand wegzuziehen, doch Lisa hielt einmal mehr eisern fest.

»Sorry, da musst du jetzt durch. Besser, als hinterher eine Infektion zu bekommen. Komm, du bist doch sonst so eine starke Frau.«

Angela warf ihr einen überraschten Blick zu. »Siehst du mich wirklich so? Als starke Frau?«

Etwas verlegen lächelte Lisa sie an. »Das bist du doch. Eine erfolgreiche Geschäftsfrau ... du bist deinen Weg gegangen, um dein Lebensziel zu erreichen. Und ...« Sie stockte, bevor sie ganz leise hinzufügte: »Und wunderschön bist du auch.«

Angela hatte den Blick gesenkt, so dass Lisa ihre Reaktion nicht sehen konnte. Der tiefe Seufzer, der stattdessen an ihr Ohr drang, ließ ihr trotz der Mittagshitze kalt werden.

»Hab ich etwas Falsches gesagt?«, fragte sie schüchtern.

Angela schluckte trocken. »Erfolgreich, ja, das bin ich im Beruf, aber im Privatleben ... Ich habe viele Fehler in meinem Leben gemacht. Und momentan weiß ich nicht, wo mein Weg mich hinführen wird.«

Sie hob den Kopf, und Lisa erschrak über die Traurigkeit in den grauen Augen. Sanft strich Angelas Finger über ihre Wange. Dann bemerkte Lisa betroffen eine Träne, die sich aus Angelas

Augenwinkel löste.

Der Anblick schnürte ihr die Kehle zu. Sie musste selbst ein paarmal schlucken, bevor sie leise hervorbrachte: »Du könntest hier bei mir bleiben, Angela. Die Farm bietet uns alles, was wir brauchen.«

Angelas graue Augen glänzten verräterisch, ehe sie den Kopf wieder senkte. »Das könnte für kurze Zeit gut gehen, Lisa, aber nicht für immer. Ich habe zu viel in die Firma investiert, und dann die Verantwortung für meine Mitarbeiter ...« Erneut blickte sie auf und sah Lisa eindringlich an. »Das Magazin ist mein Leben. Ich kann das nicht so einfach hinter mir lassen. Auch wenn ich mir nichts sehnlicher wünschen könnte, als mit dir für immer zusammen zu sein. Vielleicht ...«

Lisa ahnte schon, was kommen würde. Sie runzelte die Stirn.

»... Vielleicht überlegst du es dir doch und kommst mit mir nach Deutschland.«

Nun war es Lisa, die den Kopf senkte. Traurig schüttelte sie ihre wilde Lockenpracht. Ohne Angela eine Antwort zu geben, drehte sie sich um und lief davon.

»Lisa! Warte bitte, Lisa ...«

Lisa konnte hören, dass Angela ihr nachlief, doch sie war schneller. Ohne richtig zu bemerken, wohin ihre Füße sie trugen, lief sie zurück zu den Giraffen und lehnte sich dort an das hohe Gestell. Das Giraffenjunge trat an sie heran und stupste sie leicht mit dem Kopf an. Lisa hob ihr tränenüberströmtes Gesicht und musste trotz ihres Herzschmerzes lächeln, als die kleine Giraffe ihr erwartungsvoll die Zunge entgegenstreckte.

Sanft strich sie dem Tier über die weiche Schnauze. »Kleiner Vielfraß ... ich habe gar nichts mehr für dich. Tut mir leid.«

Doch die Giraffe ließ sich nicht beirren und stieß sie erneut auffordernd an. Gedankenverloren antwortete Lisa wiederum mit Streicheleinheiten, und es entwickelte sich eine Art Spiel daraus, über dem Lisa jedes Zeitgefühl verlor. Erst eine sanfte Hand auf ihrem Arm riss sie in die Realität zurück.

»Hey, ich habe dich schon überall gesucht. Wir sind bereit für die großen Löwen.«

Angelas leise Stimme versetzte Lisa einen Stich ins Herz. Mühsam rang sie um Kontrolle über sich und ihre Gefühle. Jetzt bloß nicht schon wieder vor Angela in Tränen ausbrechen …

Sie setzte ein verkrampftes Lächeln auf und hob den Kopf. »Dann sollten wir die anderen nicht warten lassen.« Damit wollte sie an Angela vorbei zum Jeep eilen, doch die griff nach ihrem Arm und hielt sie zurück.

»Bitte, Lisa, warte einen Moment.« Ihre bebende Stimme ließ Lisa auf der Stelle verharren.

»Ich liebe dich«, flüsterte Angela. »Mehr als ich dir sagen kann. Und ich wünsche mir nichts mehr, als dass wir zusammen glücklich sein können.«

»Das wünsche ich mir doch auch, Angela. Aber …« Lisa schluckte schwer, und als sie weitersprach, klang ihre Stimme gepresst. »Aber ich kann das hier nicht einfach im Stich lassen. Und Deutschland – Deutschland war nicht gut zu mir.« Sie seufzte tief.

Vor Überraschung ließ Angela ihre Hand von Lisas Arm fallen. »Was meinst du denn damit?«

Lisa fuhr sich mit der Hand durch ihre Locken, öffnete den Mund und schloss ihn wieder. Sie war nicht sicher, ob sie überhaupt mit der Wahrheit herausrücken sollte. Die Erinnerungen waren schwer zu ertragen, immer noch – und lange hatte sie sie auf Distanz gehalten. Aber schließlich begann sie doch: »Meine Eltern sind bei einem Autounfall ums Leben gekommen, da war ich zwölf Jahre alt. Mein Onkel wurde zum Testamentsvollstrecker ernannt und auch mein Vormund.« Sie lachte bitter auf. »Oh ja, er hat sich gut um mein Geld gekümmert. So lange, bis alles weg war, zumindest hat er das behauptet. Er hat das ganze Geld in seine eigene Firma gesteckt. Mich hatte er bei seiner zweiten und dann der dritten Frau geparkt, aber ich war allen nur lästig. Also bin ich irgendwann abgehauen. Habe mich auf der Straße durchgeschlagen.«

Angela sah sie entsetzt an. »Um Himmels willen … hat sich denn niemand um dich gekümmert? Was war mit den Gerichten, dem Jugendamt?«

Lisa zuckte nur mit den Schultern. »Mein Onkel hat das immer gedreht, wie er wollte. Als ich dann weg war, da war er sicher, dass niemand mehr nach dem verschwundenen Erbe fragen würde. Daher war es ihm egal, was aus mir wird.«

Sie schluckte erneut. Doch nach kurzer Pause sprach sie mit fester Stimme weiter.

»Es war mein Großvater, der mich gefunden hat. Auf den Straßen von Berlin. Er hatte damals schon die Farm hier und hat mich zu sich geholt. Hier habe ich zu mir selbst gefunden. Ich konnte endlich alles vergessen, was gewesen war, neu anfangen und glücklich sein. Opa, Rosalie, Aaron und all die anderen – sie sind meine Familie, sie waren immer für mich da. Es tut mir leid, Angela ... egal, wie ich es drehe und wende, und egal, wie sehr ich dich liebe ...« Bei den letzten Worten war ihre Stimme leise und sehr sanft. Dann fuhr sie fort: »Ich kann sie nicht im Stich lassen, nicht nach allem, was sie für mich getan haben. Und ich kann nicht wieder nach Berlin zurück. Das schaffe ich nicht. Verstehst du das?«

Flehentlich, mit bange klopfendem Herzen sah sie Angela an.

Ohne ein Wort zu sagen, trat Angela zu ihr und nahm sie in den Arm. Ganz sanft strich sie ihr über die Haare. Erst nach einigen Minuten sagte sie: »Wir finden eine Lösung, Kleines, das verspreche ich dir. Lass uns die nächsten Tage zusammen genießen und uns nicht mit Fragen nach der Zukunft quälen. Aber, Kleines«, damit legte sie einen Finger unter Lisas Kinn und hob ihr Gesicht zu sich heran, »ich lass dich nicht so einfach los. Ich liebe dich, Lisa.«

Arm in Arm gingen sie zu dem kleinen Jeep zurück, wo der Rest der Gruppe schon bereit saß. Lisa wollte sich gerade für die Verspätung entschuldigen, da bemerkte sie, dass sich die vier anderen angeregt unterhielten und die Wartezeit kaum bemerkt zu haben schienen. In fröhlicher Stimmung fuhren sie los.

Lisa räusperte sich und nahm wieder ihre Rolle als Reiseleiterin ein. »Wie versprochen«, sagte sie laut, »fahren wir noch kurz bei den großen Löwen vorbei. Da muss ich euch ein paar Verhaltensmaßregeln auf den Weg mitgeben.«

Die Gespräche verstummten. Mit großen Augen lauschten die Gäste.

»Haltet zu jeder Zeit die Türen und Fenster geschlossen. Wir fahren langsam durch das Gehege und werden sicher einige der Löwen zu sehen bekommen. Vergesst bitte nicht, dass es sich um echte Wildkatzen handelt. Sie liegen manchmal schlafend unter einem Baum, aber sie können auf einmal explodieren und uns angreifen.«

Betty zog erschrocken die Luft ein. Lisa lächelte ihr beruhigend zu.

»Keine Sorge. Im Auto sind wir sicher. Aaron wird bei der Einfahrt die Zentralverriegelung schließen, also wundert euch nicht über das Klacken.«

An der Einfahrt zu dem großen Gehege stand ein Wärter, der ihnen freundlich zuwinkte. Danach öffnete er das riesige Tor, durch das sie im Schritttempo hindurchfuhren, und verriegelte es hinter ihnen wieder.

Neben Lisa wisperte Angela: »Ist das nicht sehr gefährlich?«

»Wenn man sich daran hält, im Wagen zu bleiben, und sich nicht so idiotisch verhält, wie das einige japanische Touristen fertiggebracht haben, dann sollte nichts passieren«, flüsterte Lisa genauso leise zurück.

»Warum, was war denn mit denen?«

Kopfschüttelnd und weiterhin im Flüsterton berichtete Lisa: »Anscheinend haben sie sich keine Gedanken über die Löwen gemacht und sind ausgestiegen, um ein paar echt seltene Schnappschüsse zu machen.«

»Um Himmels willen.« Angela sah sie entsetzt an. »Und dann?«

Lisa zuckte mit den Schultern. »Man hat das Auto verlassen vorgefunden, und die Kamera lag auf dem Boden. Die letzten Bilder waren schon beeindruckend ...« Sie unterbrach sich und zeigte auf einen hohen Baum zu ihrer Linken. An die ganze Gruppe gewandt, sagte sie laut: »Dort, seht ihr – unter dem Baum, da liegt schon einer.«

Auf der Weiterfahrt entdeckten sie auch noch sieben andere Löwen, die im Schatten lagen und zu schlafen schienen. Nur einer hob den Kopf und sah ihnen beim Vorbeifahren zu. Die Gäste kamen aus dem Fotografieren gar nicht heraus.

»Beeindruckend.«

»Unglaublich.«

Das war die einhellige Meinung der Gruppe, die während der Fahrt immer wieder in begeistertem Tonfall geäußert wurde. Die großen Katzen so hautnah in ihrem natürlichen Umfeld zu erleben, das allein war diesen Ausflug wert gewesen.

Die Rundfahrt durch das Löwengehege dauerte fünfundvierzig Minuten. Schließlich fuhren sie wieder durch das große Tor, Aaron löste mit einem Klick die Zentralverriegelung der Türen und Fenster, und sie traten die Heimfahrt an.

Nach ein paar Minuten legte Angela einen Arm um Lisa und hielt sie den Rest der Fahrt über fest an sich gepresst, so als wolle sie allen und vor allem sich selbst beweisen, dass sie zu ihr gehörte. Doch Lisa waren die möglichen Beweggründe egal. Jetzt, da sie keine Reiseführerpflichten mehr zu erfüllen hatte, schmiegte sich eng an den weichen Körper an ihrer Seite, lauschte dem gleichmäßigen Herzschlag und spürte eine Ruhe über sich kommen, wie sie sie schon lange nicht mehr erlebt hatte. Viel zu schnell war die Fahrt durch die kleinen Dörfer und das unendlich scheinende, flache Buschland vorbei.

Rosalie hatte schon alles für das Abendessen vorbereitet, und die Gruppe fand sich schon bald wieder auf der großen Terrasse ein, um sich an den Köstlichkeiten satt zu essen. Als die meisten die genüssliche Schlemmerei beendet hatten, warf Lisa die Frage in die Runde: »Was möchtet ihr morgen unternehmen?«

Die beiden Männer sahen sich verlegen an. Bob räusperte sich schließlich: »Albert und ich wollten gern eine Runde Golf spielen. Falls du nichts dagegen hast, werden wir einen Tag aussetzen.«

»Das ist überhaupt kein Problem.« Lisa lachte ihm gutmütig zu. Dann wandte sie sich an die Ehefrauen: »Und was ist mit euch beiden?«

Betty lächelte verschmitzt und zeigte auf Rosalie. »Deine wundervolle Köchin hat uns versprochen, dass sie uns ein paar ihrer Geheimrezepte zeigt. Das heißt, wir würden den Tag dann mit ihr in der Küche verbringen.«

Überrascht und erfreut sah Lisa zu Rosalie, die verlegen lächelte. Es war sonst gar nicht ihre Art, so viel Zeit mit den Gästen zu verbringen. Dass sie Ellie und Betty Einlass in ihr Allerheiligstes gewährte, zeugte von beiderseitiger Sympathie.

Lisa strahlte Angela an. »Dann bleiben nur noch wir zwei … Ich hätte da eine Idee, aber dafür müssten wir früh los. Meinst du, du schaffst das?«

Angela grinste fröhlich zurück. »Was verstehst du denn unter früh?«

»Drei Uhr«, entgegnete Lisa vergnügt. Sie musste lachen, als Angelas Gesichtszüge für einen Moment entgleisten.

»Uff, das ist wirklich früh. Na gut, dann sollte ich wohl gleich mal schlafen gehen. Irgendwelche Anforderungen, was die Kleidung angeht?«

»Gut, dass du fragst«, sagte Lisa. »Auf jeden Fall einen dicken Pulli. Um die Zeit ist es noch ziemlich frisch, und wir wollen ja nicht frieren.«

Angela erhob sich von der Bank. »Na dann, gute Nacht zusammen, und euch morgen einen schönen Tag.«

»Danke, dir auch, gute Nacht.« Von allen Seiten kamen die gutmütigen Wünsche zurück.

Schon wenige Stunden später klopfte Lisa laut an Angelas Tür. Es dauerte eine Weile, bis diese sich öffnete und eine schlaftrunkene Angela ihr müde entgegensah.

»Habe ich mir fast gedacht, dass ich dich wecken sollte«, sagte Lisa fröhlich. »Falls du lieber noch schlafen möchtest, sage ich den Ausflug ab.«

Ihr Lächeln schien blitzartig Angelas Lebensgeister zu wecken. »Kommt gar nicht in Frage, ich bin sofort fertig. Eine Sekunde.« Und schon stürmte sie ins Bad.

Lisa blieb wartend stehen, lauschte den Geräuschen aus dem Bad und unterdrückte mit aller Macht den Impuls, ihrer wunderbaren Freundin einfach nachzulaufen. In Gedanken sah sie ganz deutlich den nackten Körper vor sich, die festen Brüste … Lächelnd schüttelte sie den Kopf und zwang sich, an etwas anderes zu denken. Dafür war später noch Zeit. Sonst würde der Ausflug ganz sicher nicht stattfinden.

Schneller als sie erwartet hatte stand Angela wieder vor ihr. »Ich bin fertig. Können wir? Wo geht's überhaupt hin?«

Lachend hakte sich Lisa bei ihr unter: »Das bleibt eine Überraschung. Also Geduld, du wirst schon sehen.«

Der Jeep stand schon abfahrbereit, und Lisa schwang sich hinter das Steuer. Verwundert schaute Angela sich im Hof um, der in völliger Stille und Dunkelheit dalag. »Kommt Aaron nicht mit?«

»Nein, er hat sich einen ruhigen Tag verdient. Er wird Bob und Albert später zum Golfplatz fahren. Der Jeep gehört heute uns allein.«

Lisa startete den Wagen, und zügig fuhren sie durch die sternenklare Nacht. Der Himmel strahlte so hell, dass es gar keiner Straßenbeleuchtung bedurft hätte. Als Lisa Angela einen Seitenblick zuwarf, bemerkte sie, dass diese andächtig nach oben starrte. Daraufhin begann sie hin und wieder auf Sternbilder zu zeigen, die Formationen der südlichen Hemisphäre zu erklären, ihre Namen und ihre Bedeutungen aufzuzählen.

Unvermittelt begann Angela mit einem Finger ihr Profil nachzuzeichnen. Lisa erschrak so sehr, dass sie beinahe das Lenkrad verriss.

»Hey, vorsichtig, du kannst mich doch nicht so erschrecken«, japste sie. »Sonst landen wir noch im Graben, und bis uns hier jemand findet – das kann dauern.«

Angela blickte schuldbewusst, aber zugleich unverkennbar begierig drein. »Entschuldige, Lisa, aber ich musste dich einfach berühren. Du bist so klug und auch so wunderschön ... ich kann einfach meine Finger nicht von dir lassen. Tut mir leid. Ich versuche mich zusammenzunehmen.«

Lisa grinste sie von der Seite her an. »Nein, nicht – ich finde es ja schön, wenn du mich berührst. Nur nicht so überraschend, bitte.«

Doch im weiteren Verlauf der Fahrt behielt Angela ihre Hände bei sich, und bald kamen sie am Zielpunkt an. Während sie das Tempo drosselte, bat Lisa: »Mach bitte die Augen zu. Wir sind gleich da, und es soll doch eine Überraschung sein.«

Angela sah sie kurz an, als überlege sie, ob sie ihr wirklich vertrauen konnte, aber dann nickte sie und schloss ergeben die Augen.

Die letzten Meter legten sie im Schritttempo zurück. Schließlich hielt Lisa das Auto an, stieg aus und lief zu Angela hinüber. Vorsichtig legte sie ihr die Hand auf den Arm und half ihr, aus dem offenen Jeep herauszuklettern. Dann trat sie hinter Angela und legte ihr zur Sicherheit noch die Hände über die Augen, bevor sie sie den holprigen Weg entlangführte.

Ein lautes Zischen ertönte und ließ Angela zusammenzucken.

»Was war das?« Ihre Stimme klang ängstlich.

Das Zischen wurde immer lauter, fast ohrenbetäubend. Lisa merkte, wie Angela sich immer mehr in ihren Armen versteifte. Schnell nahm sie ihre Hände herunter und sagte: »So, jetzt kannst du die Augen aufmachen.«

Angela öffnete die Augen. Es dauerte ein, zwei Sekunden, bevor sie irgendeine Reaktion zeigte.

Vor ihnen ruhte ein riesiger Heißluftballon am Boden und richtete sich ganz langsam auf. Das laute Zischen kam von der heißen Luft, die in die Hülle geblasen wurde.

Angela fuhr zu Lisa herum: »Das ist nicht dein Ernst. Du willst mit mir in so einem Ding fliegen?«

»Fahren, nicht fliegen.« Lisa lachte sie fröhlich an. »Es ist ein Ballon, und damit fährt man. Und ja, das war mein Plan.« Sie hielt inne, als sie sah, dass Angelas graue Augen sich vor Angst geweitet hatten. Leise fügte sie hinzu: »Aber nur, wenn du möchtest, natürlich. Ich würde dich nie zu etwas zwingen, was du nicht willst.«

Angela war offenbar nicht sicher, was sie von alledem halten sollte. »Ist das nicht riskant?« Ehrfürchtig starrte sie auf den Korb und die riesige Hülle, die sich langsam mit heißer Luft füllte und immer höher stieg.

Ehe Lisa antworten konnte, kam ein junger Mann zu ihnen gelaufen, sprach ein paar Worte mit Lisa in Afrikaans und drückte ihnen beiden dampfende Becher mit heißem Kakao in die Hände. Dann verschwand er in Richtung eines großen Transportlasters, der in einiger Entfernung parkte.

»Was ist schon riskant?«, beantwortete Lisa Angelas Frage, nachdem sie an ihrem Kakao genippt hatten. »Das Leben an sich birgt viele Risiken. Die Fahrt mit dem Ballon ist nicht riskanter, als mit dem Auto über eine deutsche Autobahn zu rasen. Jeder kennt die Gefahren, nur wenige nehmen sie ernst. Aber auf

David, unseren Ballonführer, können wir uns hundertprozentig verlassen. Er kennt die Winde, die Strömungen der Luft, das Land … es gibt kaum etwas, das ihn überraschen könnte, und doch ist er immer auf alles gefasst. Vertrau mir. Ich bin sicher, du wirst begeistert sein.«

Sie nahm ein paar weitere Schlucke von dem heißen Getränk und beobachtete Angela über den Rand der Tasse hinweg. Die versuchte sichtlich, sich unter Kontrolle zu halten, doch Lisas geübtem Blick entging das Zittern ihrer Hände nicht.

Angela schien das bemerkt zu haben, denn sie gab ihre Coolness auf. »Tut mir leid«, sagte sie entwaffnend, »ich bin manchmal echt ein Angsthase. Das mit dem Wildwasser war schon heftig, aber das hier …« Sie schluckte trocken. »Das ist gerade fast ein bisschen viel.«

Lisa legte ihr beruhigend den Arm um die Schulter. »Wenn du möchtest, fahren wir wieder nach Hause. Das wäre überhaupt kein Problem. Ich will dich auf keinen Fall zu dieser Tour zwingen. Ich dachte nur, dass es etwas ganz Besonderes ist und ich das gern mit dir teilen möchte.«

Da trat ein warmer Ausdruck in Angelas Augen. »Ach, Lisa, du bist so süß …«

In diesem Moment kam David wieder zu ihnen, um ihnen eine kleine Einweisung in das Ballonfahren zu geben. Angela lauschte seinen Worten ebenso gebannt wie Lisa und nickte immer wieder. Ohne dass Lisa irgendwelche Überzeugungsarbeit leisten musste, ließ sie sich dann von David in den Korb helfen. Lisa selbst sprang leichtfüßig hinterher, und schon begann sich der schwere Ballon in die Lüfte zu erheben.

Ängstlich verkrampft stand Angela an der Korbwand. Lisa umarmte sie von hinten und gab ihr einen sanften Kuss auf die Wange. »Du wirst sehen, es ist wunderschön hier oben. Wir werden gleich den Sonnenaufgang begrüßen und uns dann einfach vom Wind treiben lassen.«

»Und wie kommen wir zurück?«, fragte Angela, ihre Stimme immer noch ein wenig unsicher.

Lisa lachte leise: »Davids Jungs fahren mit dem Transporter und auch mit unserem Jeep hinterher. Sie fangen uns dann auf, wenn es soweit ist.«

»Es ist an alles gedacht, oder?« Angelas Lachen klang erleichtert.

»Hier draußen in der Wildnis kann man nichts dem Zufall überlassen«, bestätigte Lisa. »Das wäre einfach zu gefährlich und verantwortungslos.«

Angela schmiegte sich an sie, und Lisa umschlang sie noch ein wenig fester. Sie konnte Angelas Herzschlag fühlen, der sich allmählich beruhigte. Voller Liebe und Zuneigung lächelte Lisa über die Schulter ihrer Freundin in den frühen Morgen hinaus.

Ganz allmählich begann sich der Himmel zu verfärben, die Sterne zu erlöschen. Über den hohen Berggipfeln konnte man schon den roten Schimmer der Sonne erahnen. Während der Boden unter ihnen noch in tiefstem Schwarz lag, überzog die leichte Röte die Berge, schob sich die Hänge hinunter und kam ihnen entgegengekrochen.

Mit einem Mal stand die blutrote Sonne vor ihnen, tauchte sie ein in ihr glühendes Licht und vertrieb die Kälte der Nacht. Innerhalb von Sekunden stand ihnen beiden der Schweiß auf der Stirn, so gewaltig war die Kraft der gleißenden Strahlen. Schnell entledigten sie sich ihrer dicken Pullover und aalten sich wohlig in der Wärme.

Angelas Stimme klang fassungslos, als sie nach langer Zeit endlich wieder sprach: »Wahnsinn ... einfach unglaublich.« Das atemberaubende Naturschauspiel schien sie all ihre Angst vergessen zu lassen. »Das ist wirklich das Wunderschönste, das ich in meinem Leben gesehen habe. Danke ...«, stürmisch umarmte sie die freudestrahlende Lisa, »danke, Kleines. Du hattest recht. Es ist wundervoll. Das werde ich mein ganzes Leben lang nicht mehr vergessen.«

Zärtlich strich sie Lisa mit dem Finger über die Wange, beugte sich vorsichtig zu ihr und gab ihr einen erst zögerlichen, dann immer forscher werdenden Kuss.

Lisa erwiderte die Umarmung und ließ sich in den Kuss hineinfallen. Angelas Zunge drängte sich durch ihre Lippen, spielte mit ihrer Zungenspitze, drang tief in ihren Mund ein. Ihre Hand hatte sich unter Lisas T-Shirt und über ihre Brust geschoben und bewegte sich langsam über die hoch aufgerichtete Warze. Für einen Moment vergaßen die beiden Frauen alles um sich herum, sogar das fantastische Farbenspiel der rasch höher steigenden Sonne.

Das laute Knallen eines Sektkorkens holte sie zurück in die Gegenwart. Nur ungern lösten sich ihre Lippen voneinander. Immer wieder vereinten sie sich zu weiteren zarten Küssen. Dazwischen lächelten sie einander voller Glück an. Jedes gesprochene Wort wäre überflüssig gewesen; sie konnten beide fühlen, was in ihnen vorging, was sie beide bewegte und was sie sich am sehnlichsten wünschten.

Ein leises Räuspern und zwei Sektgläser, die sich zwischen sie schoben, rissen sie schließlich vollends aus der innigen Zweisamkeit. Grinsend wandte sich Lisa ihrem Ballonführer zu, nahm ihm dankend die Gläser ab und reichte Angela eins davon.

»Auf die wunderschönste Frau der Welt.« Sie hob ihr Glas Angela entgegen.

»Auf dich, Kleines, und auf das Leben.« Angela tat es ihr gleich. Mit leisem Klirren stießen die Gläser aneinander.

Lange sahen sie sich tief in die Augen, versuchten die Zukunft darin zu lesen, versteckte Gefühle und Wünsche. Dann leerten sie genüsslich ihre Gläser und stellten sich wieder an die Korbwand. Die Natur unter ihnen war unter der sengenden Sonne inzwischen großenteils sichtbar. Während der Ballon beinahe geräuschlos über die Steppe schwebte, sahen sie unter sich große Herden von Antilopen und Zebras vorbeiziehen. Die einzigen Geräusche, die die Stille durchbrachen, waren das gelegentliche Rauschen des Funkgerätes und das Zischen des Brenners, wenn David dann und wann heiße Luft in den Ballon steigen ließ.

Plötzlich erstarrte Lisa in freudiger Erregung. »Da, schau nur ...« Mit ausgestrecktem Finger zeigte sie nach vorn. Angela folgte ihrem Blick suchend. Schließlich konnte auch sie die kleine Gruppe von Elefanten ausmachen, die vor ihnen entlangspazierte.

»Wahnsinn«, flüsterte Angela, »das glaubt mir kein Mensch. Lisa, das ist einfach nur Wahnsinn.«

Lachend zeigte Lisa weiter nach vorn, und beide betrachteten ein großes Wasserloch, an dessen Ufer einige Nilpferde grasten.

»Sobald die Sonne höher steht, müssen sie ins Wasser zurück«, bemerkte Lisa. »Die Sonne würde ihnen die Haut verbrennen. Aber nachts kommen sie immer heraus und legen unglaubliche Distanzen zurück, um ihr Futter zu bekommen.«

Angela drückte Lisa an sich und gab ihr einen Kuss auf die Wange, dann drehte sie Lisas Kopf zu sich herum. »Ich bin glücklich, Lisa. Glücklich, dass ich das mit dir teilen darf. Dass du mich an deiner so wunderschönen Welt teilhaben lässt. Danke, Lisa.« Sie wollte noch mehr sagen, doch Lisa verschloss ihr mit einem sanften Kuss den Mund. Sie ahnte, was in Angela vorging, was sie noch hatte sagen wollen. Doch sie ahnte auch, dass jedes weitere Wort unweigerlich aus der gegenwärtigen Idylle in Richtung Zukunft geführt hätte, und sie wollte den wunderbaren Moment noch nicht hinter sich lassen. So überzeugte sie auch Angela davon, ganz in ihren zarten Küssen aufzugehen und in der wilden Schönheit der Landschaft unter ihnen.

Die Ballonfahrt dauerte drei Stunden, und viel zu schnell nahmen sie zur Kenntnis, dass sich der Ballon langsam senkte. In der Ferne konnten sie den Transporter und den Jeep erkennen. Zielsicher landete David den großen Ballon auf der Ladefläche des Anhängers. Lisa sprang als Erste aus dem Korb und reichte Angela die Hand, um ihr hinauszuhelfen.

Nachdem sie wieder sicher auf dem Boden angelangt waren und sich von David ihre Urkunden hatten aushändigen lassen, die ihnen die erfolgreiche Ballonfahrt bescheinigten, liefen sie lachend zu ihrem Jeep und fuhren gemütlich zurück zur Farm.

»Was machen wir jetzt noch mit dem angebrochenen Tag?«, erkundigte sich Lisa. Nach einem köstlichen Essen, das Ellie und Betty ihnen voller Stolz serviert hatten, standen sie wieder auf dem Hof, und Lisa strahlte Angela glücklich an. In diesem Moment wäre sie ihr bis ans Ende der Welt gefolgt.

Angela grinste spitzbübisch. »Ich hätte da so die eine oder andere Idee ...« Sie zog Lisa an sich. Ihre Körper drängten einander entgegen, ihre Brüste rieben aneinander, und Lisa konnte gerade noch einen lustvollen Aufschrei unterdrücken. Wortlos schoben und zerrten sie sich zu Angelas Suite, fielen förmlich in das Zimmer hinein und sanken eng umschlungen auf das große Bett.

Angelas Hände schoben sich unter Lisas T-Shirt, offenbar entschlossen, die im Ballon unterbrochene Aufgabe jetzt zu Ende zu führen. Ohne langes Federlesen hob Angela das Kleidungsstück an und zog es mit einem Ruck über Lisas Kopf. Mit beiden Händen umfasste sie Lisas Brüste.

»Oh, Kleines, ich weiß, ich sage das ständig, aber du bist einfach wunderschön ... ich liebe dich«, wisperte Angela, heiser vor Erregung. Mit Daumen und Zeigefinger rieb sie Lisas Knospe, ließ sie anschwellen, bis Lisa laut aufstöhnte.

»Angela, du machst mich verrückt.«

»Soll ich aufhören?«, fragte Angela neckisch.

»Oh nein, auf keinen Fall, bitte nicht aufhören.« Lisa keuchte laut, als Angelas Hand über ihren Bauch nach unten wanderte und mit den Fingerspitzen in den Bund ihrer Hose kroch. Geschickt öffnete Angela die Knöpfe und legte ihre Hand auf Lisas pulsierende Mitte.

»Du bist so unglaublich heiß, Kleines«, murmelte sie. »Du machst mich an, wie ...« Sie stockte mitten im Satz, richtete sich auf ihrem Ellbogen auf und sah Lisa ernst an. Als sie weitersprach, klang ihre Stimme anders, viel tiefer, bedeutungsvoller. »Ich hatte schon viele Liebhaberinnen und Partnerinnen, aber noch nie hat mich eine Frau so angesprochen wie du, Lisa.«

Überrascht sah Lisa ihr in die Augen, die nun tiefgrau waren. Sie öffnete den Mund, wollte einen verlegenen Dank zurückgeben, doch Angela sprach schon weiter.

»Ich habe mir immer genommen, was ich wollte, nie wirklich Rücksicht auf die Wünsche und Bedürfnisse meiner Partnerinnen gezeigt. Für mich war Sex auch nie wirklich wichtig. Es gehörte dazu, und ja, natürlich habe ich auch Bedürfnisse, die ich befriedigt haben wollte. Doch es war mir eigentlich egal, mit wem und wie.«

Lisas Überraschung schlug in Bestürzung um. Damit hatte sie nun wirklich nicht gerechnet. Auf die Angela, die sie selbst kennen- und lieben gelernt hatte, schien diese Beschreibung so gar nicht zu passen.

Angela lächelte gequält. »Tut mir leid, Kleines, ich bin bisher wirklich kein gutes Beispiel für eine fürsorgliche Partnerin gewesen. Aber ...« Nun zog ein strahlendes Lächeln über ihr

Gesicht, und der gewohnte Glanz ließ ihre Augen in hellem Grau leuchten. »Jetzt und mit dir, durch dich, ist das anders. Ich habe noch nie so viel Spaß im Bett gehabt, noch nie so lange und so oft geliebt … und vor allem hatte ich bis jetzt noch nie das Bedürfnis, dass ich Liebe geben möchte. Lisa –«, ihre Hand streichelte sanft durch Lisas Haare, »Lisa, du bist etwas ganz Besonderes für mich, und ich möchte, dass du das auch weißt. Ich liebe dich, und das sind keine leeren Worte. Das meine ich von ganzem Herzen. Ich habe mich noch nie so glücklich, so … so angekommen gefühlt. Bei dir stimmt einfach alles. Ich möchte mit dir zusammen sein – immer. Lisa, bitte lass uns eine Lösung finden. Jetzt, wo ich dich gefunden habe, kann ich nicht mehr ohne dich sein. Ein Leben ohne dich wäre so leer, einsam und traurig. Bitte, Schatz.«

Während Angela sprach, hatten sich Lisas grüne Augen immer mehr verdunkelt. Sie musste mehrfach schlucken, aber dennoch glänzte es in ihrem Blick verräterisch, als sie Angela ansah.

»Ich weiß nicht, was ich sagen soll«, flüsterte sie. »Ich liebe dich auch, wie ich noch nie geliebt habe. Angela, ich habe noch nie so empfunden, ich wusste bisher überhaupt nicht, was Liebe ist oder wie es sich anfühlt, jemanden zu lieben. Du bist die erste große Liebe in meinem Leben … und wenn es nach mir geht, dann bleibst du auch die einzige große Liebe für mich. Aber …« Jetzt konnte sie die Tränen nicht weiter zurückhalten. Bemüht, das Schluchzen zu unterdrücken, sprach sie weiter: »Aber ich weiß einfach nicht, wie du dir das vorstellst. Mein Leben ist hier, auf der Farm. Und deines ist ganz klar in Berlin, bei deinem Magazin, deinen Freunden. Ich sehe einfach keine Lösung für uns. Deshalb weiß ich nicht, ob das hier mit uns überhaupt etwas bringt.«

Bevor Angela sie festhalten konnte, sprang sie vom Bett auf und rannte aus der Suite nach draußen. Auf der Terrasse sackte sie schluchzend zusammen. Von Weinkrämpfen geschüttelt saß sie auf dem Boden, beide Arme fest um ihre Knie geschlungen.

Als Angela sich zu ihr setzte und sie sanft in die Arme schloss, warf Lisa sich ihr regelrecht an den Hals. Ihr Schluchzen wollte gar nicht aufhören.

»Schsch, Kleines«, flüsterte Angela ihr ins Ohr. »Alles wird gut. Bitte vertrau mir, Lisa, wir bekommen das hin. Wenn wir es wollen, dann schaffen wir es auch. Schsch …« Beruhigend strich sie ihr über die Locken, wieder und wieder. Doch es dauerte eine ganze Weile, bis Lisa sich beruhigen konnte. Immer wieder kamen neue Tränen, und sie zitterte am ganzen Leib.

»Komm, lass uns auf der Schaukel sitzen«, schlug Angela schließlich vor, »das ist bequemer als der harte Boden.« Sie zog Lisa hoch und schob sie sanft auf die Hollywoodschaukel. Sorgsam legte sie ihr die Decke um den nackten Oberkörper, dann setzte sie sich neben sie, nahm sie erneut in ihre Arme und hielt sie einfach nur fest.

Lange saßen sie so nebeneinander, eng umschlungen, schweigend. Lisa wusste nicht, welchen Gedanken Angela nachhing, und ihr selbst fiel es schwer, auch nur ihre Gefühle auf einen einheitlichen Nenner zu bringen. Hier in Angelas Armen zu liegen fühlte sich so gut an, allein das war ihr größtes Glück. Doch was aus ihnen werden würde, das weckte diese nie gekannte Trauer in ihr. Dass sie Angela verlieren würde, schien zwangsläufig. Und es schien schlimmer als alles, was sie je erlebt hatte, sogar schlimmer als ein Dasein auf der Straße zu führen.

Mitten in diesen trüben Überlegungen tippte Angela sie leicht auf die Schulter. »Lisa«, fragte sie halblaut, »was ist das für ein komisches Tier?«

Lisa hob den Kopf. Jenseits des kleinen Wasserlochs vor der Terrasse graste eine kleine Herde Zebras, doch eins von ihnen sah nicht wie die anderen aus. Nur die Beine wiesen das charakteristische, schwarz-weiße Zebramuster auf, der Rest des Körpers war grau, und die Ohren wirkten länger als bei den übrigen Tieren.

Lisa lächelte ein wenig und lehnte sich wieder gegen Angelas Schulter. »Das ist ein Zesel.«

»Bitte was?«, fragte Angela ungläubig.

»Ein Zesel – eine Mischung aus Esel und Zebra.« Lisas Stimme vibrierte leicht in der Abenddämmerung.

»Das kann doch nicht …« Angela sah stirnrunzelnd zu dem seltsamen Tier. Wenn man genau hinschaute, war die Ähnlichkeit mit einem Esel unverkennbar. »Ich wusste gar nicht, dass es so etwas gibt. Unglaublich, was man hier alles lernen kann. Wie kommt er denn zurecht – ich meine, er scheint sich mit den Zebras gut zu verstehen, aber haben die ihn denn von Anfang an in die Herde integriert?«

Lisa lachte leise. »Die Tierwelt ist nicht so verbohrt wie die Menschen. Es gibt da keine Vorurteile und auch keine Normen oder Werte, an die man sich halten muss, um dazuzugehören. Es zählt einzig und allein, dass man überleben will, und das kann man besser in der Gemeinschaft als allein.« Sie stockte. *Allein* … Rasch schüttelte sie den düsteren Klang dieses Wortes ab und fuhr fort: »Der Zesel war zuerst bei den Eseln hier auf der Farm. Auch sie haben ihn ohne Probleme akzeptiert, doch sein Freiheitsdrang war größer, und so hat er sich den Zebras angeschlossen und streift jetzt mit ihnen durch den Busch.«

»Er scheint glücklich zu sein«, meinte Angela.

Lisa zuckte die Achseln. »Bisher kamen zumindest keine Klagen von ihm.«

Angela knuffte sie in die Seite. »Hey, wag es nicht, mich zu veräppeln.«

Da endlich ertönte Lisas fröhliches Lachen. Es hallte über die weite Landschaft vor ihnen, selbst die Zebraherde sah kurz zu ihnen hinüber.

Doch schnell wurde Lisa wieder ernst. Sie kuschelte sich noch enger an Angela, umschlang sie mit den Armen, drückte den Kopf gegen ihre feste Brust. Tief atmete sie den würzigen Duft ihres Parfums ein. Sie wollte ihr so nahe wie möglich sein, so lange wie möglich – solange es noch möglich war …

Vielleicht hätten sie die ganze Nacht so verbracht, wenn nicht plötzlich aufgeregte Stimmen ihre Idylle gestört hätten.

»Miss Lisa!« Keuchend kam Aaron den Steg entlanggelaufen. »Miss Lisa, sind Sie da?«

Ruckartig setzte Lisa sich auf. »Ich bin hier, Aaron, was ist denn los?«

»Peter hat angerufen. Es sind Wilderer unterwegs, sie machen Jagd auf die Nashörner.«

Sofort war Lisa auf den Beinen, blankes Entsetzen im Blick. »Ich komme sofort. Mach den Jeep klar und hol die Jungs.«

Angela war ebenfalls aufgesprungen und lief Lisa nach, in die

Suite hinein. Lisa war bereits dabei, sich ihr T-Shirt wieder anzuziehen.

»Was bedeutet das, Lisa«, fragte Angela unsicher, »wo gehst du jetzt hin?«

Lisas wutsprühende Augen ließen sie zurückzucken.

»Wie ich es dir schon einmal gesagt habe«, gab Lisa mühsam beherrscht zur Antwort, »der Mensch ist das gefährlichste Tier hier. Wir haben oft Probleme mit Wilderern – sie töten unsere Tiere, um das Elfenbein der Elefanten oder die Hörner der Nashörner zu stehlen. Sie verkaufen das gestohlene Gut dann an japanische Firmen, die daraus ein Potenzmittel herstellen und dieses wiederum sehr teuer verkaufen. Damit lässt sich viel Geld machen.«

»Aber ihr habt doch Wildhüter, oder nicht?«

»Ja, haben wir, aber es sind einfach zu wenige. Der Park ist riesig, und sie können nicht überall sein. Es gibt zu viele Schlupflöcher in den Zäunen.« Aufgebracht fuhr sich Lisa durch ihre Locken, dann band sie sie zu einem festen Zopf.

»Und ... was willst du jetzt tun?«, wiederholte Angela leise ihre Frage.

Lisa wandte sich zum Gehen. Über die Schulter sagte sie: »Wir fahren raus und sehen, ob wir die Kerle erwischen. Wenn möglich noch bevor sie die Tiere töten.«

»Kann ich mitkommen?«

Eine Sekunde lang sah Lisa sie verblüfft an, dann schüttelte sie energisch den Kopf. »Das kommt gar nicht in Frage, Angela. Ich kann mich nicht auch noch um dich kümmern. Das wird kein Spaziergang und auch kein Spaß. Hier wird mit scharfen Waffen geschossen, und die Wilderer nehmen keine Rücksicht, wenn es um ihre Profite geht.«

Angela zog hörbar die Luft ein. »Lisa, bitte, pass auf dich auf.«

Lisa war schon an der Tür, drehte sich aber noch einmal zu ihr um. Für einen Moment starrten sie sich an. Dann kam Lisa mit schnellen Schritten zurück, gab Angela einen sanften Kuss auf die Lippen, und weg war sie.

Angela lief ihr hinterher. Doch als sie keuchend das Haupthaus erreichte, war Lisa bereits in den Jeep gestiegen, der mit ihr und ihren Männern wenig später den Hof verließ.

Rosalie trat neben die zitternde Angela und legte beruhigend einen Arm um sie. »Aaron passt auf sie auf, Miss Angela«, sagte sie mit fester Stimme. »Er weiß, dass er hier nicht mehr auftauchen darf, wenn er zulässt, dass Miss Lisa etwas passiert. Kommen Sie, wir sitzen alle am Feuer und warten auf ihre Rückkehr.«

Dankbar sah Angela sie an. »Hast du keine Angst um sie?«, fragte sie leise.

»Doch, das habe ich.« Rosalies Augen glänzten in der tiefer werdenden Dunkelheit. »Aber ich weiß auch, dass nichts und niemand sie nach dieser Nachricht zurückhalten kann. Und sie ist eine hervorragende Schützin, besser als alle Männer zusammen. Sie werden heil zurückkommen.« Ihre Stimme hatte einen dunklen Ton angenommen. Angela hoffte, dass sie recht behalten würde.

Aber vorerst konnten sie nicht mehr tun als sich zu den anderen Gästen an das große Feuer zu setzen, Tee zu trinken und in die Nacht nach den Jeeps zu lauschen.

Lisa zitterte vor Wut, während Aaron den Jeep über die holprigen Straßen jagte. Doch sie überprüfte ihr Gewehr mit äußerster Präzision. Die große Waffe war geladen und gesichert. Dazu hatte sie eine Pistole und ein großes Buschmesser in den Gürtel gesteckt.

»Was hat Peter gesagt?«, erkundigte sie sich, nachdem sie sich vergewissert hatte, dass ihre Ausrüstung vollständig und einsatzbereit war.

Aaron konzentrierte sich auf die halsbrecherische Fahrt. »Sie machen Jagd auf die Nashörner«, antwortete er, ohne den Kopf zu wenden. »Das hat er gesagt, und dass sie bei uns in der Nähe sind. Die Elefanten waren bei Peter auf der Farm, die sind im Moment sicher und werden von seinen Leuten geschützt. Aber die Nashörner sind in Gefahr.«

»Fahr schneller, Aaron«, drängte Lisa. »Wir dürfen nicht zu spät kommen.«

Nach einigen Minuten kam eine Meldung aus dem eingebauten Funkgerät: Einer der Wildhüter gab ihnen die Stelle durch, an der die Wilderer zuletzt gesehen worden waren. Lisa und die

Männer waren nicht mehr weit davon entfernt. Aaron drosselte die Geschwindigkeit, damit das Dröhnen des Motors die Wilderer nicht warnen konnte. Jetzt sahen sie auch die Jeeps der Wildhüter, die sich nach und nach einfanden, ebenso langsam und vorsichtig wie sie selbst.

Als sie in der Ferne den Schein eines Feuers ausmachen konnten, hielten sie an und stiegen vorsichtig aus den Jeeps, um sich zu Fuß weiter zu nähern. In einem kleinen Tal, das von großen Büschen umringt und dadurch gut geschützt war, sahen sie das Lager der Wilderer. Eine Gruppe Männer umstand das Feuer. Sie wärmten sich die Hände und warteten offensichtlich auf etwas.

Lisa warf Aaron einen fragenden Blick zu. Er bedeutete ihr und den anderen, hinter den Büschen zu warten. Vorsichtig näherte er sich den Männern am Feuer, verharrte einige Minuten hinter einem dichten Busch und kam dann wieder rückwärts zu ihnen zurückgekrochen.

»Sie warten auf ihre Kollegen«, berichtete er im Flüsterton. »Die wollen die Nashörner mit den Jeeps hierher jagen, dann können sie sie töten und gleich auseinanderschneiden.«

Lisa warf einen angeekelten Blick zu den Männern hinunter. »Wir müssen sie stoppen, bevor sie die Nashörner töten können«, sagte sie aufgeregt.

Aaron ließ einen Seufzer hören. »Das ist mir klar, Miss Lisa, nur – was wollen Sie tun? Im Moment haben wir keine Beweise. Wir wissen nur, was Peter uns erzählt hat und was ich gerade gehört habe. Damit kommen wir vor keinem Gericht hier in Südafrika sehr weit. Bevor Sie sich umsehen, sind die Männer wieder draußen und kommen ganz sicher wieder. Wir brauchen mehr als nur ein paar belauschte Worte.«

Lisa sah ihn nachdenklich an. Die Wut brannte in ihrem Bauch wie ein heiliges Feuer. »Willst du damit sagen, dass wir hier warten sollen, bis sie die Tiere abschlachten, oder was?« Es gelang ihr nur mit Mühe, ihre Stimme ruhig zu halten.

Aaron zuckte verlegen die Schultern. »Was sonst können wir tun? Wir sind hier auf uns allein gestellt. Wir können sie nicht einfach über den Haufen knallen, und einsammeln und festnehmen geht ja nun auch nicht.«

Müde ließ Lisa die Schultern nach vorn sinken und fuhr sich mit der Hand durchs Haar. »Es muss doch eine Lösung geben, Aaron ... Was habt ihr sonst immer getan, du und Großvater?«

Aaron sah sie mit seinen warmen braunen Augen an. »Das möchten Sie nicht wissen, Miss Lisa. Das waren auch andere Zeiten.«

»Doch, ich möchte es wissen, Aaron, bitte. Was habt ihr damals gemacht?«

»Wir haben sie getötet und im Busch verscharrt.« Aarons Stimme war ganz leise geworden. Er hatte den Blick gesenkt.

Lisa schluckte hart. Für einen kurzen Moment wollte sie protestieren, sagen, dass ihr Großvater das niemals gutgeheißen hätte, doch dann ließ sie es sein. Denn sie ahnte, dass Aaron sehr wohl die Wahrheit gesagt hatte. Und wenn sie es genauer betrachtete, dann schien es zumindest eine Lösung gewesen zu sein. Hart, vielleicht nicht gerecht, aber im Sinne ihrer Tiere. Töten oder zusehen, wie ihre geliebten Tiere getötet wurden.

Lisa schluckte abermals, dann schüttelte sie resigniert den Kopf. »Nein, das kann nicht unsere Lösung sein. Es muss einen anderen Weg geben.«

Doch Aaron zuckte nur mit den Schultern.

Aus der Ferne kam das Dröhnen von Jeeps, die sich mit großer Geschwindigkeit näherten. Durch ihr Nachtsichtglas konnte Lisa den Nashornbullen sehen, der von den Fahrzeugen in ihre Richtung getrieben wurde. In die Männer unten am Feuer kam Leben. Sie nahmen ihre Waffen auf und stellten sich in Position.

Lisa spürte, wie sich ihre Nackenhaare aufrichteten. In Panik sah sie Aaron an. Er erwiderte ihren fragenden Blick und nickte ihr unmerklich zu, dann hob er seine Waffe und zielte auf einen der Männer unter ihnen. Lisa und die anderen Farmarbeiter taten es ihm nach, und bevor das Nashorn in Reichweite der Gewehre kam, begann Aaron zu feuern.

Getroffen fielen einige der Männer zu Boden. Die übrigen drehten sich schreiend zu ihnen um und begannen das Feuer zu erwidern.

Bis dahin hatten Aaron, Lisa und ihre Männer nur geschossen, um die Wilderer von den Nashörnern abzulenken, doch nun ging es um das eigene nackte Überleben. Ein wilder Feuerkampf entbrannte, und Lisa spürte mit hämmerndem Herzen, wie die Kugeln ihnen nur so um die Ohren flogen. Da sah sie aus dem Augenwinkel, wie der große Nashornbulle genau auf sie zugerannt kam. Noch immer waren drei Jeeps hinter ihm und trieben ihn vor sich her, auf die Talsenke zu, wo die Wilderer auf ihn warten sollten. Doch die hatten gerade ganz andere Sorgen und verfeuerten ihre Kugeln auf Lisa und ihre Männer.

Die Schüsse und der Geruch des Pulvers ließen das Nashorn die Richtung wechseln. Ohne seine Schritte zu verlangsamen, drehte sich der graue Riese um und rammte mit voller Wucht den vorderen Jeep. Der laute Knall war weit über das Land zu hören.

Für einen Moment vergaß Lisa ihre Vorsicht. Sie richtete sich etwas auf, um sehen zu können, ob der Bulle den Jeeps entkommen konnte. Tatsächlich – er sprang über den umgestürzten Wagen und verschwand schnell wie der Wind in der Dunkelheit. Glücklich lächelnd sah Lisa ihm nach.

Ein harter Schlag gegen ihre Schulter riss sie herum. Ihre Hand zuckte zu der schmerzenden Stelle. Wie Feuer brannte es in ihrem Arm, und entsetzt sah Lisa im spärlichen Licht auf die rote Flüssigkeit, die zwischen ihren Fingern hindurchquoll. Ihre Knie knickten ein, und sie sank zu Boden. Heftig atmend nahm sie ihr Halstuch und drückte es fest gegen die blutende Wunde. Die wilde Schießerei um sich herum nahm sie nur noch wie durch einen dicken Vorhang wahr. Dann schlossen sich ihre Augen wie von selbst, und sie sackte auf dem harten Boden zusammen. Dass Aaron ihren Namen rief, sie vorsichtig auf seine Arme hob und zu ihrem Jeep trug, bekam sie nicht mehr mit.

Die Fahrt zurück zur Farm verlief genauso wild wie die Herfahrt; immer wieder schrie Aaron dem Fahrer zu, dass er schneller fahren solle. Lisa stöhnte immer wieder laut auf, wenn der Wagen eine unebene Stelle traf und sie hart auf dem Boden aufschlug. Doch das Bewusstsein erlangte sie nicht wieder.

Es kam allen wie eine Ewigkeit vor, bis sie endlich die Lichter der Farm vor sich auftauchen sahen.

Schmerz. Das war das alles beherrschende Gefühl, das Lisa ausfüllte. Ihr ganzer Körper brannte vor Schmerzen, und am schlimmsten loderte das Feuer in ihrer Schulter. Immer wieder versuchte sie durch den Schmerz hindurchzutauchen, ihr Bewusstsein an die Oberfläche zu bekommen, doch immer wieder sackte sie hinab in die dunkle Bewusstlosigkeit, die sie umgab, einhüllte, auffing.

Sie merkte nicht, wie Rosalie und Aaron ihre Wunden versorgten, die Wundränder zusammennähten und ihr einen dicken Verband anlegten. Doch in der Tiefe ihrer Ohnmacht spürte sie eine Sanftheit, eine Vertrautheit, Liebe, die zu ihr sprach und versuchte, zu ihr vorzudringen. Die sie beruhigte. Bis sie tief in ihrem Inneren wusste, dass alles gut werden würde.

Helles Licht blendete Lisa, als sie mühevoll versuchte, die Augen zu öffnen. Stöhnend hob sie eine Hand und legte sie sich schützend über die Augen.

Eine Bewegung an ihrer Seite ließ sie die Hand wieder etwas anheben. Ihr Blick fiel auf Angela, die neben ihr auf dem Bett saß und sie mit großen, besorgten Augen ansah.

»Guten Morgen. Ist das aber hell heute«, krächzte Lisa mit trockener Stimme.

Da zog ein strahlendes Lächeln über Angelas schönes Gesicht. »Hey, Kleines«, sagte sie zärtlich. »Wie fühlst du dich?«

»Ich weiß nicht ... als wäre ein Nilpferd über mich hinweggerannt.« Lisa versuchte sich in Angelas Richtung zu drehen, doch selbst der Ansatz der Bewegung ließ sie vor Schmerz aufstöhnen.

Angela beugte sich sofort über sie. »Bitte bleib ruhig liegen, sonst reißt deine Wunde doch noch wieder auf. Hast du starke Schmerzen?« Mit einem feuchten Lappen wischte sie Lisa den Schweiß von der Stirn.

»Meine Schulter brennt höllisch, aber sonst geht's mir gut, denke ich«, antwortete Lisa leise und runzelte die Stirn. »Was ist denn passiert? Bin ich schon wieder vom Pferd gefallen?«

Angela hielt in ihrer fürsorglichen Tätigkeit inne und warf Lisa einen nachdenklichen Blick zu. »Nein, Kleines. Ihr wart draußen im Busch. Du, Aaron und die Jungs, ihr wolltet die Wilderer stellen.«

Lisa zuckte unmerklich zusammen. Wilderer. Das Wort wirbelte unzusammenhängende Erinnerungen auf, die sich nicht greifen, in die richtige Ordnung bringen ließen. »Und ... haben wir es geschafft?«

»Kannst du dich gar nicht mehr erinnern?«

»Ich bin nicht sicher.« Lisa deutete ein Schulterzucken an. »Da sind so viele Bilder, und einiges passt, glaube ich, nicht dazu.«

Bedächtig legte Angela das Tuch beiseite und sah auf Lisa herab mit einem Ausdruck, der schwer zu deuten war. »Ihr habt die Wilderer in die Flucht gejagt und den Nashornbullen gerettet«, begann sie, »dabei wurdest du von einer Kugel an der Schulter verletzt. Aaron hat dich dann zurückgebracht, und Rosalie hat deine Wunden genäht. Die Kugel ist sauber durchgegangen und hat wohl nur Muskeln und Fleisch getroffen. So, wie es aussieht, hast du großes Glück gehabt.«

»Ich erinnere mich nur undeutlich. Ja ...« Lisa nickte langsam. »Jetzt kommen die Bilder an den richtigen Platz.« Ihr Gesicht verdüsterte sich. Eilig nahm Angela erneut das feuchte Tuch zur Hand, um ihr den Schweiß abzutupfen, der sich schon wieder auf ihrer Stirn bildete.

»Hat Aaron sonst noch etwas gesagt?«, fragte Lisa leise.

»Nur, dass sie die Wilderer an die Polizei übergeben haben und dass du getroffen wurdest. Mehr nicht.«

Lisa nickte nachdenklich. Dann ließ sie den Kopf stöhnend zurück in die Kissen sinken.

Angela schien sehr genau zu spüren, dass da noch einiges mehr war, das Lisa gerade belastete. »Willst du darüber reden?«, fragte sie sanft.

Vor Lisas innerem Auge fügten sich die Bilder der Nacht mit unerwarteter Klarheit wieder zusammen. Die Wilderer, die sich vorbereiteten, ihr Nashorn zu töten. Die Ohnmacht, die sie alle gespürt hatten, als ihnen klarwurde, dass sie kaum Handlungsmöglichkeiten hatten. Und dann die Schießerei. Entsetzt über sich selbst, über das, was sie und die anderen in diesen schrecklichen Stunden getan hatten, schloss Lisa die Augen. Tränen quollen daraus hervor, bevor sie den Versuch machen konnte, sie zurückzudrängen.

Angelas Hand legte sich warm und vertraut auf ihre Stirn. »Schsch, Kleines, alles ist gut. Du bist zu Hause, du bist nicht zu schwer verletzt, und ihr habt die Wilderer gestellt.«

»Aber zu welchem Preis ...« Lisa öffnete die Augen wieder und richtete ihren gequälten Blick auf Angela. »Zu welchem Preis? Wir haben ein Nashorn gerettet, und ich bin sicher, dass dafür einige der Wilderer ihr Leben verloren haben. War es das wert? Durften wir das tun?«

»Kleines«, sagte Angela sanft, »die Nashörner können sich nicht helfen. Sie sind machtlos gegen die Waffen und die Brutalität der Menschen. Wenn ihr ihnen nicht beisteht, dann tut es keiner. Und dann könnt ihr hier den Park und alle anderen Parks zumachen, denn dann werden sie bald alle ausgerottet sein. Ist es *das* wirklich wert?«

Lisa war nicht überzeugt. »Aber ist ein Menschenleben nicht mehr wert?«

»Kleines, die Männer haben ohne zu zögern auf euch geschossen. Sie hätten dich beinahe getötet, ohne mit der Wimper zu zucken. Also, mit wem hast du mehr Mitleid? Mit dem unschuldigen Tier, das keiner Seele etwas zuleide tut, wenn man es sein Leben leben lässt? Oder mit den Menschen, die aus lauter Profitgier die Tiere abschlachten?«

Erstaunt sah Lisa in Angelas graue Augen. »Du überraschst mich immer mehr, weißt du das eigentlich?«, murmelte sie.

»Warum, was tu ich denn?« Nun sah Angela ihrerseits überrascht drein.

»Ich dachte, du würdest mit mir schimpfen«, sagte Lisa leise, »böse sein mit mir. Aber mit so viel Verständnis hätte ich jetzt nicht gerechnet.«

»Ach, Kleines, ich lerne so viel von dir.« Sanft strich Angela ihr über die verwuschelten Haare. Dann schien sie sich auf ihre selbst auferlegten pflegerischen Pflichten zu besinnen und hielt Lisa eine Tasse mit dampfendem Tee hin. »Trink, Kleines, und dann hole ich Rosalie, damit sie sich deine Wunde ansehen kann.« Sie machte Anstalten aufzustehen.

Doch Lisa hielt sie zurück: »Warte bitte.«

Gehorsam ließ sich Angela wieder auf dem Bettrand nieder.

»Ich weiß, dass du da warst«, fuhr Lisa leise fort. »Die ganze Zeit. Ich konnte dich spüren, deine Nähe und Wärme.«

Liebevoll strich ihr Angela über die Wange, dann beugte sie sich vor und gab ihr einen zarten Kuss auf die trockenen Lippen. »Ich werde immer da sein, wenn du mich lässt.«

Damit stand sie auf, ging zur Tür hinaus und ließ Lisa mit der Frage zurück, was die letzten Worte wohl genau bedeuteten.

Es dauerte nicht lange, und Lisa hörte laute Stimmen von draußen. Angela, Rosalie und eine weitere Frau betraten die Hütte und näherten sich Lisas Bett. Lächelnd sah Lisa von einer zur anderen. »So viel Aufmerksamkeit ist etwas übertrieben, meint ihr nicht? Hallo, Doc«, begrüßte sie die dritte Frau. »Was treibt Sie denn zu uns auf die Lodge?«

Als Antwort wurde ihr ein eisiger Blick entgegengeschleudert, der Lisa überrascht zusammenzucken ließ. »Ich muss mich mal wieder davon überzeugen, dass Rosalie mit ihren Wundersalben keinen Mist gebaut hat«, sagte die Neuangekommene kühl.

Rosalie schnaubte zornig durch die Nase. »Wenn du rechtzeitig hier gewesen wärst, dann hättest du ja Lisas Versorgung übernehmen können, aber so mussten wir schnell handeln. Und meine Salbe hat dafür gesorgt, dass sich die Wunde nicht entzündet hat. Wovon du dich gern überzeugen kannst.«

»Das habe ich auch vor, wenn du mich mal lässt.«

Lisa schaute verblüfft von einer zur anderen. »Was ist denn mit euch los? Ich dachte, ihr wärt Freundinnen.«

»Pfff«, schnaubten nun beide gleichzeitig.

Achselzuckend sagte Lisa: »Egal, was es ist, macht es bitte unter euch aus, und lasst mich damit in Frieden. Ich würde gern noch etwas schlafen.« Müde versuchte sie sich in eine bequemere Position zu bringen. Allein den Schlagabtausch zu verfolgen, hatte sie angestrengt.

Angela war sofort an ihrer Seite. »Warte, ich helfe dir, Kleines.«

Die Ärztin untersuchte kurz Lisas Schulter. Nachdem sie sich offenbar vergewissert hatte, dass die Heilung tatsächlich zufriedenstellend war, brummte sie etwas Unverständliches vor sich hin und ging dann ohne ein weiteres Wort nach draußen.

»Ha«, jubelte Rosalie, »wusste ich es doch. Gegen meine Salbe hat sie keine Chance mit ihren Antibiotika und sonstiger Chemie. Was die Natur uns gibt, ist das Beste für uns … Nur dumm, dass so viele Menschen das einfach nicht sehen wollen.« Sie klopfte Lisa sachte auf den Arm. »Aber Hauptsache, sie hilft dir, und du bekommst keine Entzündung. Was die Frau Doktor denkt oder nicht, ist mir sowieso egal.«

Gewissenhaft erneuerte sie den dicken Umschlag an Lisas Schulter, dann ließ sie die beiden Frauen allein. In der Ferne war das Brummen eines Helikopters zu hören, das schnell leiser wurde.

»Das war aber mal ein Schnellbesuch. Ist die immer so zickig?« Angela konnte ihr Grinsen nicht zurückhalten. Sie schien sich über die kleine Meinungsverschiedenheit gut amüsiert zu haben.

»Eigentlich nicht«, sagte Lisa und gähnte herzhaft. »Ich dachte immer, die beiden würden sich gut verstehen, weil sie doch beide … ach, egal. Offensichtlich hatte ich keinen Schimmer. Ich sollte mich mal mehr um meine Freunde kümmern.«

»Erst einmal solltest du gesund werden«, entgegnete Angela in bestimmtem Ton. »Und dazu gehört, dass du etwas schläfst, damit du wieder zu Kräften kommst.«

»Bleibst du bei mir …?«

Die Frage kam Lisa wie von selbst über die Lippen. Lange Momente stand sie zwischen ihnen im Raum, bis Angela mit sanfter Stimme antwortete.

»Wenn du das möchtest, dann gern.«

»Ich meine nicht nur heute, sondern für immer …« Lisas Worte wurden immer undeutlicher. Ehe Angela noch etwas sagen konnte, war sie auch schon eingeschlafen.

Als Lisa erneut aufwachte, war es dämmrig in der kleinen Hütte. Nur von einer Seite kam ein grünliches Leuchten. Lisa konnte Angela ausmachen, die mit ihrem Handy in der Hand dasaß, ihr Gesicht in den Widerschein des Displays getaucht.

»Ist alles in Ordnung?«, flüsterte Lisa.

Erfreut legte Angela ihr Handy zur Seite, kam zu ihr und setzte sich wieder auf den Bettrand. »Hey, Kleines. Ich hoffe, ich habe dich nicht geweckt.«

»Nein, hast du nicht. Und selbst wenn, wäre es nicht schlimm.«

»Hast du Schmerzen?«, erkundigte sich Angela besorgt. »Soll ich Rosalie holen?«

»Nein, alles gut. Aber du könntest zu mir kommen und mich in den Arm nehmen.« Lisa wandte sich Angela zu und grinste herausfordernd. »Das ist genau die Medizin, die mir die Ärztin verschrieben hätte.«

Lachend krabbelte Angela zu ihr auf das Bett, zog sie vorsichtig in die Arme und hauchte ihr sanfte Küsse aufs Haar.

»Ich dachte, ich hätte dich verloren, Lisa«, wisperte sie dicht an Lisas Ohr, und in ihrer Stimme klangen die Angst und die Verzweiflung nach, die sie ausgestanden haben musste. »Als Aaron mit dir auf den Armen ankam, da war so viel Blut überall. Du warst weiß wie eine Wand. Niemand hat gesprochen. Ich glaube, alle waren unendlich geschockt, dich so zu sehen. Selbst so hilflos zu sein, war schlimm. Ich wollte dich in die Arme nehmen, deine Wunde heilen, aber das ging natürlich nicht.«

Lisa holte Luft, um etwas zu sagen, doch Angela sprach schon leise weiter.

»Die Wunde vorn an deiner Schulter war schon schlimm. Aber als Aaron dich umgedreht hat ... Oh Lisa, mit was haben die nur auf dich geschossen?«

»Das sind Waffen für die Großwildjagd«, erklärte Lisa sachlich. Sich auf die harten Fakten zu konzentrieren half ihr, selbst nicht allzu genau darüber nachzudenken, was diese Waffen unter weniger glücklichen Umständen mit ihr hätten machen können. »Da geht es nur ums Töten, nicht darum, möglichst kleine, unbedeutende Wunden zu machen. Ich hatte wohl Glück, der Schütze muss in einiger Entfernung gestanden haben.«

»Und das macht mir so große Angst.« Angelas Stimme zitterte leicht. »Was passiert beim nächsten Mal? Kommen die wieder mit solchen Waffen, mit mehr Leuten vielleicht, besser ausgerüstet? Wie wollt ihr euch dagegen wehren? Was können wir tun?«

Lisa seufzte leise. »Es ist alles eine Frage des Geldes. Ich brauche mehr Geld, dann kann ich noch mehr Wildhüter einstellen. Dafür habe ich ja auch immer wieder die Gäste hier. Wenn es nach mir ginge, dann bräuchte ich das nicht. Aber leider wirft die Farm allein nicht genug ab. Ohne die Lodge geht es nicht. Überhaupt ...« Sie machte Anstalten aufzustehen.

Mit sanftem Druck hielt Angela sie zurück. »Wo willst du denn auf einmal hin? Du hast Bettruhe verordnet bekommen.«

»Aber meine Gäste«, protestierte Lisa, wenn auch schwach. »Ich muss mich doch um sie kümmern ... mich zumindest mal bei ihnen zeigen. Schließlich waren sie jetzt schon mehrere Tage sich selbst überlassen.«

Angela grinste. »Keine Sorge, Lisa, sie sind ja nun keine kleinen Kinder mehr. Die Männer haben mit Freuden eine weitere Runde Golf eingelegt, und Rosalie hat so viele Rezepte auf Lager, dass sie die Frauen noch eine ganze Woche in ihrer Küche beschäftigen könnte. Du brauchst dir keine Gedanken um sie zu machen, sie sind alle zufrieden.«

»Trotzdem ...« Lisa seufzte und schüttelte den Kopf. »Wenn ich genug Geld hätte, dann bräuchte ich die Gäste gar nicht. Vieles wäre einfacher. Vor allem hätte ich nicht dauernd diesen Druck, ständig neue, coole Unternehmungen aus dem Hut zaubern zu müssen.«

Angela schien einen Moment nachzudenken. Ihr Tonfall war völlig verändert, hoffnungsfroh und zuversichtlich, als sie sagte: »Vielleicht finden wir einen Weg. Dafür muss ich aber nach Deutschland zurück.«

Lisa zuckte zusammen, als hätte Angela ihr mitten ins Gesicht geschlagen.

Die lächelte sie warm an: »Keine Sorge, Kleines. Erst einmal ist der Urlaub noch nicht zu Ende. Und dann sehen wir weiter.«

Als Antwort gab Lisas Magen ein lautes Knurren von sich. Angelas Lächeln wurde zu einem breiten, wenn auch etwas schuldbewussten Grinsen. Ihr schien gerade einzufallen, dass Lisas letzte Mahlzeit schon sehr viel mehr als vierundzwanzig Stunden zurücklag.

»Ich denke, ich sollte mal nachsehen, was unsere Köchinnen so zaubern, was meinst du?«, schlug sie rasch vor. »Ich bin gleich wieder da.«

Und es dauerte wirklich nur wenige Minuten, bis sie wieder zur Tür hineinkam. Sie trug einen bis an den Rand gefüllten Korb, dessen Inhalt einen köstlichen Duft verströmte.

»Hier, Kleines – mit besten Grüßen der drei Köchinnen!«

»Lecker …« Andächtig sog Lisa die verführerischen Aromen ein. Dann sagte sie nachdenklich: »Ich habe Rosalie noch nie so erlebt. Nicht nur, dass sie die beiden Frauen in ihre Küche lässt – auch die Art, wie sie vorhin mit der Ärztin gesprochen hat. So kenne ich sie gar nicht.«

Nach dem opulenten Mahl räumte Angela hastig die Teller zusammen und brachte sie in die Küche zurück. Lisa konnte den Grund für diese Eile erahnen, denn von der Küche wehte inzwischen ein herrlicher Geruch nach frischem Kuchen in ihre Hütte herüber. Ellie, Betty und Rosalie schienen als Köchinnen ein absolutes Dreamteam zu bilden.

Da kam Angela schon wieder zurück, mit beiden Händen zwei enorme, noch dampfende Stücke des Kuchens mit Eiscreme und Vanillesauce balancierend. Lisa saß aufrecht in den Kissen und lächelte ihr glücklich entgegen. »Hm, an so einen Service könnte ich mich gewöhnen.«

Angela lachte fröhlich zurück, setzte sich wieder aufs Bett und hielt Lisa eine Gabel voll Kuchen hin. Die rümpfte die Nase: »Und wo ist das Eis und die Sauce?«

Laut lachend tunkte Angela ihren Zeigefinger in das Eis, nahm ein wenig davon auf die Fingerspitze und tupfte das Ganze auf Lisas Nase. »Hier hast du, du kleine Quengelmaus.«

Belustigt sah sie zu, wie Lisa zu schielen begann und sich bemühte, mit der Zunge an das Eis zu gelangen. Als sie es nicht schaffte, nahm sie Angela kurzerhand in die Arme und rieb ihre Nase an deren Wange, um ihr anschließend genüsslich das Eis aus dem Gesicht zu lecken.

»Na, geht doch«, kicherte sie.

Unter viel Gelächter fütterten sie sich gegenseitig mit Kuchen und Eis, wobei so manches Stück auf ihnen landete und dann sogleich mit zarten Lippen entfernt wurde. Schließlich seufzte Lisa zufrieden und lehnte sich gesättigt gegen Angela.

»Du schmeckst so gut«, murmelte sie.

»Danke, du aber auch.« Angela sah sie mit ihren grauen Augen an, und ihr Blick war tief und ernst. »Ich liebe dich, Lisa. Ich habe mir große Sorgen um dich gemacht. Ich weiß nicht, was ich getan hätte, wenn dir mehr passiert wäre ... Nicht, dass die Schusswunde nicht schlimm genug ist, aber ...« Sie stockte und senkte müde den Kopf.

Lisa strich ihr zärtlich über die Wange. »Ich weiß, Schatz. Aber es ist alles gut gegangen. Ich bin bald wieder fit, glaube mir. Unkraut vergeht nicht. Und ehrlich gesagt, das Leben auf der Straße in Berlin war auch kein Zuckerschlecken. Dadurch kann ich einiges einstecken.«

Angela hob den Kopf wieder und suchte Lisas Blick. »Es tut mir leid, Kleines, dass Berlin für dich nicht mit guten Erinnerungen verbunden ist.« Sie rückte ein wenig von Lisa ab, um ihr in die Augen sehen zu können. »Wie bist du damals klargekommen? Du hast bisher nie mehr als Andeutungen gemacht. Aber ich möchte dich ganz kennenlernen, Kleines, auch die düsteren Seiten deines Lebens.«

Lisa ließ sich Zeit mit ihrer Antwort. Es stimmte – sie hatte Angela zwar schon davon erzählt, aber ohne Einzelheiten zu schildern oder wirklich auszudrücken, wie es ihr damals gegangen war. Still saß sie da, ließ die Erinnerungen ein, durchlebte noch einmal einzelne Momente dieser grauen Tage und harten Nächte in der großen Stadt. Die Ängste, die Entbehrungen, die Hoffnungslosigkeit. Endlich begann sie mit leiser Stimme zu erzählen.

»Ich war zwölf, als meine Eltern starben. Sie waren wundervolle und liebevolle Menschen, und bis dahin hatte ich eine schöne Kindheit gehabt. Mein Vater war ein erfolgreicher Geschäftsmann, hatte eine eigene Firma mit vielen Angestellten. Mama war zu Hause, sie war immer für mich da. Wir haben viel Zeit zusammen verbracht, und auch mein Vater war so oft es ging zu Hause, oder wir haben Ausflüge zusammen gemacht ... Es war eine schöne Zeit.«

Angela drehte sich auf dem Bett um, so dass sie nun wieder neben Lisa saß. Sie legte ihr einen Arm um die Schultern und strich ihr zärtlich übers Haar, ohne etwas zu sagen.

Ein paar Sekunden ließ Lisa sich in die wärmende Nähe fallen, spürte die Unterstützung und die Kraft, die Angela ihr vermittelte. Dann fuhr sie mit zitternder Stimme fort: »Es war ein trüber Tag, im September, als die Polizei in die Schule kam und mich abholte.«

Erneut hielt sie inne und schloss kurz die Augen, gequält von der Erinnerung an den schrecklichen Moment. Als sie dann wieder weitersprach, klang in ihrer sonst so sanften Stimme eine große Härte durch.

»Mein Onkel war auch dabei. Mamas Stiefbruder. Er tat so, als wäre er bestürzt, doch in Wahrheit hat er schon das viele Geld gesehen, das er durch den Tod meiner Eltern an sich reißen konnte. Meine Eltern hatten sonst keine Geschwister. Und er war notorisch pleite. Er war ständig bei meinen Eltern angekommen und hatte sie um Geld angebettelt. Ihr Tod kam ihm mehr als gelegen. Er konnte sich mit meinem Erbe sanieren und eine eigene Firma aufmachen.« Hasserfüllt lachte Lisa auf. »Er tat so besorgt, dabei hat er bestimmt schon damals geplant, wie er mich möglichst unauffällig aus dem Verkehr ziehen könnte. Er hat mich zu seiner damaligen Frau gebracht, dachte wohl, sie könnte ihre mütterlichen Instinkte an mir ausleben. Aber sie hat mich nur angewidert angesehen und ist mit ihren Freundinnen zu einer Party nach der anderen gezogen. Wenigstens hat sie mich in Ruhe gelassen, und ich konnte ganz normal zur Schule gehen.« Sie stockte neuerlich, und ihr Körper versteifte sich. »Als sie dann von ihm aussortiert wurde und Ehefrau Nummer drei kam, wurde es richtig schlimm. Ich weiß nicht wieso, aber sie hasste mich aus tiefstem Herzen. Eines Tages hat sie mich aus dem Haus gejagt, mit wilden Drohungen, dass ich mich nie wieder blicken lassen sollte. Da war ich vierzehn.«

Lisa zitterte jetzt am ganzen Leib. Angela nahm sie beschützend in den Arm und hielt sie fest an sich gedrückt.

»Auf der Straße war es anfangs gar nicht so schlimm«, berichtete Lisa weiter. »Zu meinem Onkel und seiner Schreckschraube zog es mich überhaupt nicht zurück, da hätte es sowieso nur Riesenärger gegeben. Ich bin auch weiter zur Schule gegangen, habe mich dort gewaschen. Meine Kleider hatte ich in einer

Tüte unter einer Brücke versteckt. Das ist erst einmal nicht aufgefallen … Dann habe ich einfach die Schule gewechselt. Habe behauptet, dass ich eine Austauschschülerin sei, und konnte mich so einige Zeit durchschlagen. Bis irgendwann auffiel, dass niemand von mir wusste, und ich wieder weiter musste. Aber nach und nach hatte ich alle in Frage kommenden Schulen durch. Der Winter war hart und kalt. Meine Klamotten begannen zu stinken, auch wenn ich sie so oft es ging an der Spree gewaschen habe. Irgendwann konnte ich nirgends mehr hin.«

»Wo hast du denn geschlafen?«, fragte Angela leise, betroffen.

»Ach, mal hier, mal da. Oft sogar in den Schulen, ich habe mich einfach einschließen lassen.«

»Und Essen … ich meine, du musstest doch essen.«

»Ja, das ging auch. Man lernt eben, keine großen Ansprüche zu haben. Bei Supermärkten und Restaurants fällt eine ganze Menge essbarer Abfall an … man muss nur den anfänglichen Ekel überwinden.«

»Ich stelle mir das schlimm vor, so allein auf der Straße. Jeden Tag ums Überleben kämpfen …« Angelas Stimme verlor sich. Fast meinte Lisa, ein leises Schluchzen zu hören.

»Ich hatte Glück.« Lisa sprach nun sehr leise. »Es hätte durchaus schlimmer kommen können. Mir wurde nie Gewalt angetan, ich habe mich immer aus allem rausgehalten, und mit Drogen wollte ich sowieso nichts zu tun haben. Das wäre der Anfang vom Ende gewesen. Ich habe es bei zu vielen gesehen.«

Angela zog sie noch etwas enger an sich. »Lisa, es tut mir so leid, dass dir so großes Unrecht zugefügt wurde. Es ist schon schlimm genug, wenn man so jung die Eltern verlieren muss, aber was dein Onkel getan hat, das ist kriminell und muss bestraft werden. Bist du denn nie zur Polizei oder zum Jugendamt gegangen?«

»Ach …« Lisa lachte bitter auf. »Onkel war clever. Er hat überall nach mir suchen lassen. Die undankbare Nichte, die sich aus seinem guten Haus davonstiehlt … Ach ja, stehlen: Er hat behauptet, dass ich den Schmuck seiner Frau gestohlen hätte. Das habe ich zufällig mitbekommen, weil ich am ersten oder zweiten Tag nach meinem Abhauen aus Ratlosigkeit und Verzweiflung tatsächlich zur Polizei gegangen bin. Dort stand nur leider gerade mein Onkel und hat seine Lügengeschichte zum Besten gegeben. Zum Glück hatte ich die Kapuze tief ins Gesicht gezogen und konnte so unerkannt entkommen. So viel also dazu ... bei der Polizei konnte ich mich dann wohl nicht mehr blicken lassen, oder?«

Angela seufzte leise. »Er hat wirklich an alles gedacht.«

»Ja, hat er – beinahe an alles. Nur Großvater hat er vergessen. Er war der Vater meiner Mutter und das schwarze Schaf der Familie, weil er seine Frau und Tochter vor langer Zeit verlassen hatte, um hierher nach Südafrika zu kommen. Aber er hat wohl irgendwie erfahren, was passiert war, und hat nach mir gesucht. Als er mich endlich aufgegabelt hatte, hat er mich hierhergebracht. Er hat mir ein Heim gegeben, eine neue Familie. Alles, was ich heute weiß, das verdanke ich ihm und Rosalie.«

»Warum hat dein Großvater nichts gegen deinen Onkel unternommen?«, erkundigte sich Angela.

Müde hob Lisa die Schultern. »Ich weiß es nicht genau. Es muss einiges vorgefallen sein zwischen den beiden, aber er hat nie mit mir darüber gesprochen, und ich habe auch nicht danach gefragt. Ich war nur glücklich, raus aus Deutschland zu sein ... weg von den bösen Erinnerungen, weg von meinem Onkel.«

»Aber es ist dein Erbe«, wandte Angela ein, »dein Geld. Willst du nicht wenigstens das haben, was dir zusteht – Gerechtigkeit?«

»Nein.« Lisas Stimme klang nun wieder hart. »Ich bin hier glücklich, mehr brauche ich nicht. Das heißt ...«, die Härte wich einer zunehmenden Sanftheit, »bisher brauchte ich nicht mehr als das. Aber jetzt ...« Sie hob ihr Gesicht Angela entgegen und küsste sie zart auf die weichen Lippen. »Jetzt habe ich dich. Und dich brauche ich, dich will ich.«

Angela lehnte sich in die Kissen zurück, zog Lisa vorsichtig auf sich und erwiderte den Kuss, zuerst sanft, dann immer leidenschaftlicher.

Jede Berührung ihrer Zungenspitzen sandte einen Stromstoß durch Lisas Körper, ließ ihr Herz noch schneller schlagen. Ihr stockte der Atem, als ihr klarwurde, wie sehr sie Angela tatsächlich brauchte. Ein Leben ohne sie schien ihr schon jetzt völlig unvorstellbar.

Diese Nacht blieben sie eng umschlungen liegen, hielten sich fest, ließen nichts an sich heran als ihre Nähe, ihre Wärme. Beide ahnten, dass diese schöne Zeit nicht ewig währen würde, doch sie verdrängten die traurigen Gedanken und gaben sich ganz ihrem jungen Glück hin.

Die nächsten Tage blieb Lisa auf Rosalies strikte Anweisung im Bett liegen. Sie versuchte zwar immer wieder, sich dem Befehl zu widersetzen, doch sowohl Rosalie als auch Angela ließen ihr keine Wahl, und so ergab sie sich schließlich grummelnd in ihr Schicksal.

Die vier übrigen Gäste waren inzwischen wieder in ihre Heimatländer zurückgereist. Sie alle hatten erklärt, bei Lisa auf der Farm den schönsten Urlaub ihres Lebens verbracht zu haben, und ihre Dankbarkeit durch kleine Geschenke und äußerst positive Bewertungen zum Ausdruck gebracht. Doch für Lisa zählte nur, dass Angela noch hier war. Sie hatte ihren Rückflug für Lisa verschoben, um über ihre Genesung zu wachen, und Lisa wusste, dass es in diesem Moment keinen größeren Liebesbeweis hätte geben können.

Am Tag vor Angelas neuem Abreisetermin, als sie einmal unbeobachtet war, stahl sich Lisa vorsichtig aus dem Bett. Ihre Schulter schmerzte inzwischen kaum noch. Es war Zeit, der Zukunft ins Auge zu sehen.

Minuten später flog die Tür zu ihrer Hütte auf. Angela stürmte herein und starrte entgeistert auf Lisa, die inmitten eines Berges von Kleidungsstücken und sonstigen Utensilien stand.

»Was machst du denn da? Du sollst doch im Bett liegen. Ich glaube nicht, dass Rosalie dir erlaubt hat, aufzustehen.« Energisch trat Angela zu Lisa, packte sie am Arm und wollte sie zurück zum Bett schieben.

Lisa protestierte: »Oh, komm schon, ich bin wieder fit. Ich kann einfach nicht länger im Bett liegen. Und außerdem muss ich ja packen.«

Erst jetzt fiel Angelas Blick auf den Koffer und die Reisetasche, die bereits gefüllt in der Ecke standen. »Du ... packst«, stammelte sie.

»Na klar. Oder denkst du wirklich, ich könnte dich so einfach aus meinem Leben verschwinden lassen? Ich komme mit nach Berlin. Das heißt –«, Lisas Ton, der bisher fest und entschlossen gewesen war, wurde nun beinahe schüchtern, »– wenn du mich mitnehmen willst.«

»Lisa, oh Kleines … ist das dein Ernst?« Fassungslos sah Angela sie an, offenbar hin- und hergerissen zwischen Lachen und Weinen. »Ich dachte … ich meine … oh, Schatz …« Der Wettstreit endete unentschieden. Unter Tränen lachte Angela glücklich auf. »Oh, Süße, ist das wirklich dein Ernst? Ich meine, was ist mit Rosalie und der Farm?«

Lisa lächelte. »Wir haben schon alles besprochen. Rosalie hat mir ziemlich in den Hintern getreten, wenn ich ehrlich sein soll. Sie hat mir klargemacht, dass es Dinge auf dieser Welt gibt, für die es sich lohnt zu kämpfen – für die man auch einmal über den eigenen Schatten springen muss. Und wenn ich dich wirklich liebe, dann muss ich mit dir fahren. Es ist kein Abschied für immer, aber ein Weg, damit wir eine Lösung für uns finden können. Wenn wir das beide wollen.«

Langsam trat Angela auf sie zu und nahm Lisas Hände in ihre. Ihre grauen Augen strahlten vor Liebe und Glück. »Ich liebe dich von ganzem Herzen, mein Schatz«, sagte sie leise und feierlich. »Und jetzt, in diesem Moment, bin ich die glücklichste Frau der Welt. Natürlich nehme ich dich mit, und natürlich möchte ich, dass wir für immer zusammenbleiben. Lisa, du bist das Allerbeste, was mir je widerfahren ist. Dich zu treffen muss mein Schicksal gewesen sein. Durch dich habe ich erst angefangen, wirklich zu leben.« Sanft zog sie Lisa in ihre Arme. »Wie weit bist du denn schon mit Packen?«, murmelte sie, den Mund in Lisas Haaren.

Lisa drückte sich ein wenig von ihr weg und strahlte sie an. »Ich bin fast fertig. Allerdings war ich nicht so ganz sicher, wie das Wetter gerade in Berlin ist. Ich glaube nicht, dass ich richtige Winterklamotten habe. Nur zwei, drei Pullis.«

Mit blitzenden Augen sah Angela auf sie herab. »Das sollte das kleinste Problem sein. Dann kaufen wir dir eben als Erstes ein paar anständige Sachen, damit du nicht frierst.«

»Angela …« Lisas Blick hatte sich umwölkt. Sie trat noch einen Schritt zurück und sah Angela unsicher an.

»Ja, Kleines?«

»Schämst du dich meinetwegen?«, flüsterte Lisa.

Angelas graue Augen weiteten sich. »Wie kommst du denn auf so einen Unsinn?«

Lisa zuckte leicht mit den Schultern und blickte zu Boden. »Na ja ... mir fiel gerade ein, was Steffi gesagt hat. Dass ich dich überall lächerlich machen würde. Ich bin doch nur ein naives Landei ... ein Naturfreak.«

Regelrecht wütend zog Angela sie erneut fest an sich. »Jetzt hör mir mal zu, Lisa. Steffi hat Dinge gesagt, von denen nicht einmal sie weiß, was sie eigentlich bedeuten. Und das nur aus Gemeinheit, nicht, weil daran auch nur das kleinste Stückchen Wahrheit wäre. Lisa ...« Sanft hob sie Lisas Kinn zu sich heran und küsste sie auf die Lippen. »Meine süße, kleine Lisa. Ich werde mich niemals deiner schämen, ganz im Gegenteil. Ich werde stolz sein, wenn du mich begleitest, und ich möchte dich immer an meiner Seite haben. Sofern du das auch möchtest, natürlich.«

Das Strahlen in ihren grauen Augen verriet Lisa, dass Angela es wirklich ernst meinte. Sie lächelte zaghaft. »Okay, dann wäre das ja auch geklärt.«

Nachdem Lisa fertig gepackt hatte, machten sie Hand in Hand einen Abschiedsspaziergang über die Farm. Sie sprachen kaum; Lisa war in wehmütige Gedanken versunken. Sie bereute ihre Entscheidung nicht. Aber nicht zu wissen, wann sie zurückkehren würde an diesen Ort, den sie liebte – das war schwer.

Zwischen Küche und Stall blieben sie stehen und sahen Wally beim Striegeln der Pferde zu. »Vielleicht könnten wir noch einmal zu den Tieren reiten, bevor wir für eine Weile weggehen«, schlug Lisa vor.

Angela räusperte sich trocken und hakte sich bei Lisa unter. »Klingt gut ... aber kannst du denn schon wieder reiten?«

Es war Rosalie, die diese Frage für sie beide beantwortete. Mit lauter Stimme, die jeden Widerspruch im Keim erstickte, rief sie aus dem Küchenfenster: »Wally, wenn du ihnen die Pferde fertigmachst, dann wage es nicht, noch einmal zu mir in die Küche zu kommen.«

Erschrocken zog Wally den Kopf zwischen die Schultern. Er

warf den beiden Frauen einen entschuldigenden Blick zu, dann schloss er die Stalltür und verriegelte sie von innen.

Protestierend wandte sich Lisa zur Küche, doch Rosalie hatte das Fenster bereits wieder geschlossen. Es war klar, dass sie keine weiteren Widerstände erwartete. Lisa und Angela fügten sich in ihr Schicksal und schlenderten zur Suite, wo sie sich auf die Hollywoodschaukel setzten und die späten Sonnenstrahlen ihre Gesichter wärmen ließen.

»Sie hat wirklich alles und alle im Griff.« Jetzt, da sie außer Hörweite waren, hielt Angela ihr Lachen nicht mehr zurück.

Lisa stimmte ein. »Manchmal kann sie ein richtiger Drache sein.«

»Aber sie meint es nur gut mit dir, das weißt du auch«, sagte Angela sanft.

»Natürlich weiß ich das. Sie wollte immer nur mein Bestes. Sie ist wie eine Mutter für mich gewesen, all die Jahre.«

»Sie wird dir fehlen, im kalten Berlin, nicht? Und auch Aaron und die anderen. Und deine Tiere.«

Lisa seufzte leise auf und kuschelte sich in Angelas Arm. Leise flüsterte sie die Frage, die ihr schon den ganzen Abend auf der Seele brannte: »Es ist kein Abschied für immer, oder?«

Ihre grünen Augen glitzerten feucht. Angela zog sie noch enger an sich heran.

»Nein, Schatz. Du kannst jederzeit hierher zurückkommen.«

Doch das unruhige Flackern wich noch nicht aus Lisas Blick. »Nur ich, oder wir beide?«

Besänftigend lächelte Angela ihr zu. »Wir beide natürlich. Ich lass dich doch nicht mehr allein, Kleines.«

Erst jetzt begann Lisa zu lächeln. »Na, dann ist ja gut.«

Lange saßen sie so zusammen, sprachen ein wenig, schwiegen dann wieder, ganz in ihre Nähe versunken und Kraft daraus schöpfend. Erst als die Kühle der Nacht sich bemerkbar machte, gingen sie in die Suite hinein.

Zärtlich liebten sie sich, sorgsam darauf bedacht, dass Lisas Schulter keinen weiteren Schaden davontrug.

Den letzten Tag auf der Farm verbrachten sie gemeinsam mit Rosalie und den anderen. Sämtliche Farmmitarbeiter kamen vorbei, um sich von Lisa zu verabschieden, und je mehr es wurden, umso gedrückter wurde Lisas Stimmung.

Tränenreich erfolgte dann schließlich auch der Abschied von Rosalie. Fest drückte die alte Frau Lisa an sich. »Pass auf dich auf, Lisa. Wir sind immer hier für dich, das weißt du.«

Schluchzend nickte Lisa. »Ich weiß, Rosalie. Danke, danke für alles. Wir telefonieren jeden Tag, ja? Dann kannst du mir sagen, wer dich hier am meisten nervt.« Sie lächelte unter Tränen.

Ernst wandte Rosalie sich an Angela: »Passen Sie gut auf sie auf, Miss Angela. Sie ist alles, was ich habe.« Rasch drehte sie sich um und verschwand in ihrer Küche.

Aaron fuhr sie mit ihren Koffern an den Flugplatz und verabschiedete sich mit einer festen Umarmung von Lisa. Sie musste schlucken, als sie sah, wie der große Mann sich verstohlen eine Träne aus dem Augenwinkel wischte. Solange sie sich erinnern konnte, hatte er noch nie Gefühle gezeigt. Schluchzend umarmte sie ihn und hielt ihn lange an sich gedrückt.

Dann hielt er Angela die Hand hin und drückte sie fest. »Passen Sie auf Sie beide auf.«

»Das verspreche ich dir, Aaron.«

Befriedigt nickte er und ging mit schleppenden Schritten davon.

Angelas sanfte Stimme schreckte Lisa aus ihren Gedanken: »Sollen wir?«

»Er hat noch nie geweint«, stammelte Lisa.

»Doch, hat er.« Angela sah sie ernst an. »Als er dich verletzt aus dem Jeep gehoben und in deine Hütte gebracht hat, da hat er geweint. Bitterlich sogar.«

Lisa sah sie betroffen an. »Das wusste ich nicht.«

»Ich denke, er würde mir auch den Kopf abreißen, wenn er wüsste, dass ich es dir erzählt habe.« Angela lachte ein wenig und griff dann fest nach Lisas Hand. »Komm, Schatz. Lass uns gehen, der Flieger wartet nicht auf uns.«

Zögerlich ließ sich Lisa von ihr in das riesige Terminal ziehen. Die Menschenmassen und das hektische Treiben machten sie nervös. Zu lange war es her, dass sie sich zwischen so vielen Menschen hatte zurechtfinden müssen ... Das fing ja schon gut an.

Reiß dich zusammen, Lisa Adler.

Entschlossen straffte sie die Schultern, und mit festen Schritten ging sie neben Angela zu den Schaltern.

Der lange Flug war ereignislos. Angela schlief kurz nach dem Abendessen ein, und Lisa suchte sich einen Film aus dem reichhaltigen Angebot aus. Doch sie schaffte es nicht, sich auf die Handlung zu konzentrieren. Und an Schlaf war nicht zu denken, viel zu sehr flatterte und prickelte es in ihr vor Aufregung.

So lange war Deutschland weit weg gewesen. All die bösen Erinnerungen hatte sie tief in sich verschlossen, weggesperrt, als seien sie kein Teil mehr von ihr und ihrem Leben. Und jetzt ... Kalter Schweiß trat ihr auf die Stirn, und sie begann heftig zu zittern.

Eine Flugbegleiterin, die gerade vorbeilief, blieb neben ihr stehen und sah sie aufmerksam an. »Geht es Ihnen gut? Wenn Ihnen kalt ist, dann bring ich Ihnen noch eine Decke.«

Dankbar sah Lisa zu ihr auf und schüttelte den Kopf. »Nein, es ist alles in Ordnung, danke. Wirklich«, setzte sie hinzu, als die Frau sie ungläubig betrachtete. »Ich denke, ich habe nur Heimweh.«

»Ach so, Sie sind nur aufgeregt, dass es nach Hause geht. Wie lange waren Sie denn fort?«, erkundigte sich die Flugbegleiterin neugierig.

Ein wehmütiges Lächeln zog über Lisas Gesicht. »Ich bin gerade seit fünf Stunden weg von zu Hause, und ich würde am liebsten umdrehen. Mein Zuhause ist hier ... in Afrika.«

»Oh ...« Die Frau tätschelte ihr beruhigend die Hand. »Das gibt sich wieder. Wenn Sie erst einmal an Ihrem Zielort sind, dann haben Sie Ihr Heimweh bestimmt bald vergessen. Falls Sie doch noch etwas brauchen, dann kommen Sie einfach zu uns in die Küche. Wir sind gern für Sie da.« Damit machte sie sich wieder auf den Weg durch den engen Kabinengang.

Lisa sah ihr nachdenklich hinterher. Sie hoffte, dass sie recht behalten würde. Über diesem Gedanken schlief sie schließlich doch noch ein.

Kurz vor der Landung weckte Angela sie sanft. »Hey, Kleines, wach auf, wir sind gleich da.« Ihre graue Augen strahlten sie an.

Lisa brachte es nicht übers Herz, ihr von ihrem Heimweh zu erzählen.

Beim Aussteigen stand die Flugbegleiterin an der Tür und lächelte Lisa freundlich zu. »Sie konnten ja doch noch etwas schlafen, das ist schön. Ich wünsche Ihnen alles Gute.«

Lisa erwiderte das Lächeln zaghaft. »Danke.« Unter Angelas verblüfften Blicken ging sie an der Frau vorbei.

»Kennt ihr euch?«, fragte Angela, nachdem sie Lisa eingeholt und sich bei ihr untergehakt hatte.

»Nein.« Lisa schüttelte den Kopf. »Sie war nur sehr freundlich in der Nacht, als du schon geschlafen hast, das ist alles.«

Schweigend gingen sie durch die Passkontrolle und dann hinunter zu den Gepäckbändern. Immer wieder drückte Angela ermutigend Lisas Arm. Als sie durch die Zollkontrollen hinaus in den öffentlichen Bereich des Flughafens traten, sahen sie hinter einer Absperrung eine wild gestikulierende Frau, die in ihre Richtung gerannt kam.

Rasch flüsterte Angela Lisa zu: »Das ist Petra, meine beste Freundin und Geschäftspartnerin. Lass dich von ihr nicht einschüchtern, im Grunde ihres Herzens ist sie eine ganz Liebe.« Dann umrundete sie die Absperrung und fiel der vor Freude kreischenden Frau in die Arme.

»Da bist du ja endlich, Schnecke! Wurde auch Zeit. Obwohl ich ja eigentlich dachte, dass du ...«

»Hallo, Petra, schön, dass du uns abholen kommst«, fiel Angela ihr ins Wort. »Wo ist denn dein Supermann?«

Petra schaute etwas überrumpelt, doch dann wandte sie sich rasch von Angela zu Lisa und musterte sie von oben bis unten. Ohne zu lächeln, streckte sie ihr ihre manikürte Hand entgegen. »Und du musst Lisa sein. Es freut mich sehr, dich kennenzulernen. Angela hat schon viel von dir erzählt.« Ihre braunen Augen schienen durch Lisa hindurchzusehen. Die Freude, von der Petra gesprochen hatte, konnte Lisa darin nicht erkennen.

Automatisch ergriff sie die dargebotene Hand. Der Händedruck war lasch und feucht und ließ Lisa innerlich erschauern. Mochte sie tausendmal Angelas beste Freundin sein – auf Lisa wirkte diese Petra kalt und emotionslos.

»Danke«, erwiderte sie deren kühle Begrüßung, »ich wünschte, das könnte ich auch von dir sagen. Aber leider hat Angela dich bisher ziemlich verschwiegen.«

»Ach, alles halb so wild. Warum sollte sie auch eure wertvolle Zeit mit mir verplempern, ihr hattet bestimmt Besseres zu tun.« Petra ließ das gekünstelte Lachen hören, das Lisa sofort an das seltsame Gespräch an ihrem Computer erinnerte. »Kommt, Marc wartet draußen mit dem Kombi, wir fahren euch nach Hause.«

Schon hatte sie sich den Kofferwagen geschnappt und machte sich schnellen Schrittes auf den Weg nach draußen. Lisa und Angela blieb nichts anderes übrig, als ihr zu folgen.

Angela lächelte Lisa aufmunternd an. »Sie ist immer so – wild und bestimmend nach außen hin, aber sie hat das Herz am rechten Fleck. Du wirst dich an sie gewöhnen.«

»Du hast mir nicht wirklich viel von ihr erzählt«, wandte Lisa ein. »Überhaupt ...« Sie verlangsamte ihren Schritt und sah Angela mit trübem Blick an. »Eigentlich weiß ich gar nicht, was uns hier erwartet.«

Überrascht blieb nun auch Angela stehen. Sie nahm Lisas Arm und drückte ihn abermals sanft. »Wir fahren jetzt zu mir nach Hause, da können wir dann in Ruhe über alles sprechen. Komm, Schatz, wir wollen die beiden doch nicht warten lassen ... Ich denke, dass Marc eh mal wieder im Halteverbot steht.«

Lachend schob sie ihren Arm wieder unter Lisas und zog sie mit sich zum Ausgang. Lisa folgte ihr mit einigem Widerwillen, doch das schien Angela nicht zu bemerken.

Während der Fahrt durch Berlin redete Petra unaufhörlich. Schon nach wenigen Minuten blendete Lisa die laute Stimme aus und konzentrierte sich ganz auf die städtische Landschaft, die vor dem Fenster an ihr vorbeizog. Ihr Kopf dröhnte. So fremd sah das alles aus, und doch so vage vertraut – aber nicht auf eine Weise, die ihr ein heimeliges Gefühl vermittelt hätte. Ihr Herz wurde schwer, und eine tiefe Traurigkeit schien auf ihren Schultern zu lasten. Sie vermisste Rosalie und die anderen. Sie vermisste ihre Pferde, die Tiere, die Natur ... Ein tiefer Seufzer drang aus ihrer Brust und bewirkte sogar, dass Petra für einen Moment verstummte und sie von Beifahrersitz her ausdruckslos ansah. Doch dann zuckte Petra die Schultern und begann erneut auf Angela einzureden.

Schließlich hielt Marc das Auto vor einem großen Altbau im Zentrum von Berlin. Gemeinsam schafften sie die Koffer und Taschen in den dritten Stock, dann verabschiedeten Petra und Marc sich auch schon von ihnen.

»Ihr braucht sicher ein wenig, um euch einzugewöhnen.« Petras Blick lag einzig und allein auf Lisa, die nur stumm zurückschaute. Erst im Gehen wandte sie sich an Angela: »Küsschen, Schnecke, bis morgen.«

»Endlich allein, Schatz!« Fröhlich lächelnd trat Angela an Lisa heran und versuchte sie in die Arme zu nehmen. Doch Lisa trat ihrerseits einen Schritt zur Seite, ging zum Fenster des geräumigen Wohnzimmers und ließ die verdutzte Angela stehen. Mit vor der Brust verschränkten Armen starrte Lisa eine ganze Weile stumm nach draußen, ohne wirklich etwas zu sehen.

»Schatz?« Angelas Stimme klang unsicher. »Was ist los? Habe ich etwas falsch gemacht?« Sie folgte Lisa und strich ihr sanft über den Rücken.

Lisa begann heftig zu zittern.

»Hey, Kleines, was ist mir dir?« Vorsichtig drehte Angela Lisa zu sich herum. Als sie die Tränen sah, die aus den grünen Augen kullerten, stieß sie einen mitfühlenden Laut aus. »Lisa ... bitte, sprich mit mir. Was ist los?«

Schluchzend warf sich Lisa in Angelas Arme. Noch immer zitterte sie am ganzen Körper. Eine eisige Kälte schien bis in ihre Knochen zu dringen.

»Ach, Kleines ...« Zärtlich strich ihr Angela durch die kräftigen Locken.

Doch Lisa brauchte eine ganze Weile, bis sie sich einigermaßen beruhigt hatte. Sachte löste sie sich von Angela und drehte sich erneut zum Fenster um. Angela trat hinter sie, legte ihre Arme um sie und hielt sie fest, ohne weiter in sie zu dringen.

In Lisas Kopf wirbelten die Gedanken wild durcheinander. Hier stand sie in den Armen ihrer Freundin, und dennoch fühlte sie sich einsamer als je zuvor. Wie sollte sie Angela das erklären? Würde diese sie überhaupt verstehen? Sie konnte sich ja selbst nicht erklären, wo diese tiefe Einsamkeit auf einmal herrührte.

Lange Zeit standen sie schweigend, dann drehte sich Lisa entschlossen zu Angela um, legte eine Hand in ihren Nacken und zog ihren Kopf zu sich herunter. Warme Lippen trafen aufeinander. Lisa konnte Angelas Herzschlag spüren, der immer schneller wurde. Dann nahm Angela sie mit einem Ruck auf die Arme und trug sie ins Schlafzimmer hinüber. Sanft ließ sie Lisa auf das Bett sinken und legte sich zu ihr.

»Ich liebe dich, Lisa«, flüsterte sie, »von ganzem Herzen liebe ich dich.« Ganz zart strich sie mit dem Finger Lisas Lippen entlang. »Du hast mir Angst gemacht gerade eben. Willst du mir sagen, was dich so bedrückt hat – oder noch immer bedrückt?«

Lisa hatte die Augen geschlossen, ihr Brustkorb hob und senkte sich in schneller Folge. Angelas Stimme und ihre Zärtlichkeit taten so gut, aber sie konnten die bedrückenden Gefühle nicht verdrängen ... Mühsam versuchte sie, ihre Atmung wieder unter Kontrolle zu bekommen.

»Es ist nichts«, sagte sie so ruhig wie möglich. »Ich denke, ich bin einfach nur müde. Ich wollte dir keine Angst machen, wirklich nicht.« Damit drehte sie sich auf die Seite, rollte sich ein wie eine Katze und schloss die Augen. Hoffentlich nahm Angela ihr die Darstellung der Schlafenden ab.

»Lisa, Kleines ...«

Doch Lisa gab keine Antwort auf Angelas sanfte Worte und ihre liebevollen Berührungen. Angela blieb noch einige Zeit neben ihr auf dem Bett sitzen, dann stand sie seufzend auf und ging aus dem Zimmer.

Lisa drehte sich auf den Rücken und starrte an die hohe Stuckdecke. Die Zweifel, die ihr während des Fluges gekommen waren, streckten wieder ihre langen, finsteren Finger nach ihr aus und schienen sie diesmal vollständig einzuwickeln. Mit gutem Grund hatte sie nie mehr nach Berlin kommen wollen, und nun ... Warum war sie wieder hier?

Ja, sie liebte Angela, doch auch da hatte sich gerade etwas verändert. Angela hatte sich verändert. Auf der Lodge war sie ... dort war sie ihre Angela gewesen. Hier in Berlin war sie die erfolgreiche Geschäftsfrau. Und Lisa war fehl am Platz. Sie gehörte nicht hierher, in Angelas Leben war kein Raum für sie.

Die unfreundliche Begrüßung durch Petra hatte das nur allzu deutlich gezeigt.

Am liebsten wäre Lisa gleich am nächsten Morgen wieder nach Hause geflogen.

Sie lag lange wach in dieser Nacht. Hörte, dass Angela duschte und dann zu ihr ins Bett kroch. Spürte ihre warmen Hände, die sich sanft um sie legten. Doch sie konnte keine Berührung ertragen. Ihr Hals zog sich zu, sie bekam keine Luft mehr. Energisch rollte sie sich aus Angelas Umarmung weg und blieb an der Bettkante liegen.

10

Lisa fand nur wenige Stunden Schlaf. Frühmorgens, als Angela noch schlief, stand sie leise auf, nahm eine ausgedehnte heiße Dusche und ließ sich noch einmal die Zweifel und Ängste der vergangenen Nacht durch den Kopf gehen.

Der gestrige Tag war einfach zu viel für sie gewesen, und sie hatte völlig überzogen reagiert. Das war die einzig logische Schlussfolgerung. Denn Angela liebte sie, daran gab es für sie keinen Zweifel. Und wenn sie selbst Angela wirklich liebte – und auch daran gab es keinen Zweifel –, dann musste sie sich ihren Herausforderungen hier in Berlin auch stellen.

Erfrischt und vor allem erleichtert machte sie sich daran, Angelas Küche nach Brauchbarem für ein Frühstück zu durchforsten.

Der Kühlschrank war leer; das war nach Angelas zweiwöchigem Urlaub auch nicht anders zu erwarten gewesen. Doch auch die Vorratsschränke zeigten nur gähnende Leere. Einzig in der Tiefkühltruhe fand Lisa Pulverkaffee und ein paar Brötchen, die sie im Ofen aufbacken konnte. Sie war gerade dabei, das Brot aus dem Ofen zu holen, als das laute Schrillen der Türglocke sie zusammenfahren ließ.

Sie beeilte sich, die heißen Brötchen auf einen Teller zu legen, doch bevor sie zur Wohnungstür laufen konnte, klingelte es abermals. Dieses Mal hielt der ungebetene Gast den Finger auf der Glocke, bis Angela müde und nur mit einem T-Shirt bekleidet um die Ecke kam.

»Lisa, wo bist du?«

Erneut läutete es Sturm. Angela machte sich auf den Weg, um nach dem Störenfried zu sehen. Kaum dass sie die Tür geöffnet hatte, stürmte Petra schon an ihr vorbei. »Was dauert das denn so lange?«, rief sie statt einer Begrüßung. »Sag nicht, dass du noch geschlafen hast. Du bist doch sonst so ein Frühaufsteher.«

Angela fuhr sich mit den Händen durch die Haare. »Wie spät ist es denn überhaupt?«

»Schon nach sieben.«

Angela sah sie böse an. »Das ist jetzt nicht dein Ernst, oder? Wir sind gestern erst gelandet, und du stehst um sieben schon hier auf der Matte. Geht's eigentlich noch?«

»Oh-oh, da ist wohl jemand mit dem falschen Fuß aufgestanden.« Völlig unbeeindruckt von Angelas Ärger machte Petra sich auf den Weg in die Küche. »Ist der Kaffee wenigstens schon fertig? Oh, guten Morgen, Lisa.« Überrascht blieb Petra in der Tür stehen, so dass Angela mit ihr zusammenstieß.

Lisa hatte sich an den Küchentisch gesetzt und sah den beiden Frauen abwartend entgegen, vor sich eine dampfende Tasse Kaffee. Petra stürmte direkt darauf zu, griff wie selbstverständlich nach der Tasse und leerte sie in einem Zug. »Herrlich«, sagte sie dann, »sie weiß wenigstens, wie man guten Kaffee kocht.«

Das war ja wohl das Allerletzte. Lisa sagte immer noch nichts, aber die Wut auf diese unmögliche Person sprühte ihr förmlich aus den Augen.

Angela war das nicht entgangen. »Petra«, sagte sie, ihre Stimme bedrohlich leise, »ich glaube, du solltest jetzt besser gehen.«

Unbekümmert gab Petra zurück: »Was? Ich bin doch gerade erst gekommen. Und du hattest doch nie ein Problem damit, dass wir unsere Meetings ...« Doch der eisige Blick, der ihr aus Angelas Augen entgegenfunkelte, ließ sie innehalten. »Na, wenn du meinst. Dann sehe ich dich ja nachher im Büro, nicht wahr.« Und damit rauschte sie genauso schnell wieder aus der Wohnung, wie sie über sie hergefallen war.

Angela seufzte und rieb sich den Schlaf aus den Augen. »Es tut mir leid, ich weiß nicht, was in sie gefahren ist. So kenne ich sie gar nicht. Obwohl …«, nachdenklich hielt sie inne. »Wahrscheinlich ist es mir nur noch nie aufgefallen. Nicht böse sein, Kleines. Sie ist echt ein lieber Mensch.«

Der Hundeblick, mit dem sie Lisa bittend ansah, verfehlte seine Wirkung nicht. Lisas Zorn verflog im Nu, und sie musste laut loslachen. »Du hättest gerade dein Gesicht sehen sollen, mein Schatz«, prustete sie. »Aber bist du sicher, dass sie auch normal sein kann?«

Fröhlich stimmte Angela in das Gelächter mit ein. »Ich hoffe es. Aber ganz sicher bin ich jetzt irgendwie nicht mehr. Oh Frau, was für ein Morgen.«

»Möchtest du eine Tasse Kaffee?« Lisa erhob sich vom Tisch und füllte ihre eigene Tasse wieder auf.

Angela ließ sich am Küchentisch auf einen Stuhl fallen. »Das wäre sehr nett von dir, danke.« Sie sah Lisa zu, wie sie eine Tasse aus dem Schrank nahm, sie füllte und dann vor Angela auf den Tisch stellte. »Du hast dich also schon etwas vertraut gemacht«, stellte sie fest. »Bist du schon lange auf?«

»Ja, schon einige Stunden.« Lisa setzte sich Angela gegenüber.

»Warum hast du mich denn nicht geweckt?«

Lisa starrte auf die Tischplatte. Sollte sie Angela überhaupt von ihren Sorgen letzte Nacht erzählen? Es würde sie nur unnötig beunruhigen … »Du hast so tief geschlafen. Außerdem wollte ich die Zeit ein wenig nutzen und habe mir … ein paar Gedanken gemacht.«

Angela sah sie bestürzt an. »Lisa, was ist denn los? Seit wir gestern angekommen sind, bist du so komisch. Habe ich etwas falsch gemacht? Wenn ja, dann sag es mir bitte, damit ich es ändern kann.«

Lisa blickte auf. Ihre grünen Augen trafen auf Angelas graue, die sie besorgt ansahen. Es dauerte eine kleine Weile, dann stahl sich ein sanftes Lächeln auf Lisas Gesicht. »Ich bin vielleicht einfach etwas empfindlich gewesen gestern. Der lange Flug, wenig Schlaf – und dann Petra. Das war einfach ein bisschen viel.«

»Ist es wirklich nur das?« Die Sorge wich nicht aus Angelas Blick. »Bitte, Kleines – wenn ich etwas gesagt oder getan habe, oder nicht getan, sag es mir.«

Entschlossen holte Lisa Luft. »Etwas gibt es wirklich, Angela. Etwas, das mich doch getroffen hat.«

Angela setzte erneut ihren Hundeblick ein. Da konnte Lisa gar nicht anders, als aufzustehen, zu ihr zu gehen und sie in den Arm zu nehmen.

»Du hast gesagt, wir fahren zu *dir* nach Hause«, murmelte sie in Angelas Haar, »das hat mich getroffen. Auch dass du mich die ganze Fahrt über völlig ignoriert hast. Für mich ist das schwierig, wieder hier zu sein. All die Erinnerungen, die wieder an die Oberfläche gekommen sind ... Dinge, über die ich nie wieder nachdenken wollte. Und auf einmal war ich wieder allein. Das tat weh.«

Sie rückte etwas von Angela ab und sah ihr wieder in die Augen. Hatte sie sich zu weit vorgewagt? War Angela wütend, verständnislos? Nein, sie sah betroffen aus. Für einen langen Moment schien sie sich Gedanken zu machen über Lisas Offenbarungen.

»Es tut mir leid, Kleines«, sagte sie schließlich. »Das war keine böse Absicht. Ich wollte dir ganz sicher nicht wehtun oder dich ignorieren. Ich denke, ich bin einfach gleich wieder in mein altes Leben zurückgefallen, kaum dass ich ...« Sie korrigierte sich schnell: »... dass *wir* in Berlin gelandet sind. Und dabei wusste ich doch, welch großes Opfer du für mich gebracht hast – nach allem, was dir hier widerfahren ist. Es tut mir wirklich leid. Kannst du mir noch einmal verzeihen?«

Lisa lächelte nicht. Ihre Augen funkelten feucht. Leise sagte sie: »Ich habe Angst, Angela. Angst, dass dies alles für dich lästig wird. Dass ich dir hier lästig werde, in deinem Zuhause.«

»Nein, oh nein!« Angela schrie die Worte beinahe. »Wie kommst du nur auf so etwas! Lisa, ich liebe dich. Und ich möchte, dass wir hier ein gemeinsames Zuhause haben. Du und ich. Aber ich bin nicht besonders gut im Zusammenleben – ich muss noch viel lernen, und dabei brauche ich deine Hilfe. Falls ich wieder einmal so einen Bockmist mache, dann gib mir einen Tritt in den Allerwertesten, oder wirf einen Teller nach mir.

Nur, bitte, Lisa, sprich mit mir darüber. Wenn ich nicht weiß, dass ich etwas angestellt habe, dann kann ich es auch nicht ändern.«

Nachdenklich sah Lisa sie an. Sie glaubte Angela, dass diese sich ernsthaft um sie und ihre Liebe bemühen wollte – doch würde es reichen? Würde ihr das helfen, die Schatten der Vergangenheit zu überwinden?

Seufzend ließ sie sich von Angela in die Arme nehmen. »Ich liebe dich so sehr«, flüsterte sie. »Es hat gestern nur so wehgetan. Entschuldige.«

»Hey, nicht doch. Nicht du musst dich entschuldigen, sondern ich.« Angela drückte sie fest an sich, dann schlug sie vor: »Was hältst du davon, wenn wir nachher in die Stadt fahren und für dich ein wenig einkaufen gehen? Du brauchst einen dickeren Mantel und Schuhe. Und noch ein paar andere Sachen vielleicht.«

»Musst du nicht arbeiten?«, fragte Lisa erstaunt.

»Quatsch.« Angela machte eine wegwerfende Handbewegung. »Die sind gerade zwei Wochen ohne mich ausgekommen, da schaffen die den einen oder anderen zusätzlichen Tag ohne mich doch mit links.«

Endlich wagte Lisa wieder zu lächeln. Als sei das ihr Zeichen, stand Angela auf und nahm sie bei der Hand.

»Ich würde dich gern in unserer Wohnung willkommen heißen, mein Schatz«, sagte sie leise, verheißungsvoll und mit besonderer Betonung des Wörtchens »unserer«.

Erwartungsvoll sah Lisa sie an.

Mit Schwung nahm Angela sie auf den Arm und trug sie ins Schlafzimmer hinüber. Wie am Vorabend ließ sie Lisa sachte auf das Bett sinken und legte sich zu ihr. »Ich liebe dich, Kleines. Mehr als ich dir sagen kann.«

»Ich weiß, Schatz . . . und ich liebe dich, von ganzem Herzen.«

Während sie sich zärtlich küssten, ließ Lisa ihre Hände unter Angelas T-Shirt wandern. Sie umfasste die festen Brüste und begann sie zu massieren, zunächst noch ein wenig zögerlich und behutsam.

Angela keuchte heiser auf. »Du weißt schon, was du da tust, ja?«

»Hm, ja, ich habe da so eine Idee«, murmelte Lisa.

Sie schob Angelas Shirt ganz nach oben und verlor sich für einen Moment im Anblick von Angelas Brüsten. Sie waren einfach vollkommen – groß, ebenmäßig rund und fest. Und sie fühlten sich unglaublich an ... Langsam beugte Lisa sich vor und begann erst die eine, dann die andere Brust mit ihren Lippen und der Zunge zu liebkosen.

»Oh, Baby, das ist schön«, murmelte Angela. »Nicht aufhören, bitte.«

»Das hatte ich auch nicht vor, aber danke für den Hinweis.« Lisa strahlte sie glücklich an. Es erstaunte sie fast selbst, wie frei und ungehemmt sie mit Angela war und wie begierig, ihr nahe zu sein, sie zu erforschen, jeden einzelnen Winkel ihres Körpers genau kennenzulernen. Selbst hier, an dem Ort, der Angelas Welt war und für sie selbst nur düstere Erinnerungen barg. Doch mit Angela trat das alles in den Hintergrund. Mit ihr zählten nur das Jetzt, eine wilde, sinnliche Lebensfreude und der Hunger auf Neues – und auf Angela.

Mit einem tiefen, genussvollen Seufzer senkte sie erneut ihre Lippen auf Angelas Brust. »Du bist so wunderschön«, wisperte sie. »Ich kann gar nicht genug davon bekommen, dich anzusehen.«

Während sie Angelas Brustwarze zwischen ihren Lippen hin und her rollte, streichelte ihre Hand über Angelas flachen Bauch und schob sich zielsicher in ihren Slip. Sie konnte die Hitze und die Nässe spüren, die ihre Hand begrüßten. Langsam glitt sie an Angelas Körper nach unten, platzierte sich zwischen ihren Beinen und drückte ihren Mund mitten auf den nassen Slip.

»Oh Himmel, Göttin, du machst mich verrückt.« Angela stöhnte heiser auf.

Lisa blies sachte über Angelas Bauch und beobachtete verträumt, wie sich eine Gänsehaut über die weiche Haut zog und die feinen Härchen an Angelas Armen sich aufrichteten. Dann griff sie mit beiden Händen in Angelas Slip und zog ihn mit einem Ruck nach unten, über ihren Po. Ganz langsam, Millimeter für Millimeter ließ sie ihre Finger über Angelas rasierte Scham gleiten.

Angela stöhnte lauter. »Baby, bitte, lass mich nicht zu lange warten ...« Sie versuchte Lisa zu sich heraufzuziehen.

Doch Lisa schob Angelas Hände sanft, aber entschieden von sich weg. »Keine Hektik, Schatz. Du kommst früh genug zu deinem Recht. Aber es ist doch nur fair, wenn ich mal das Tempo bestimme.« Spielerisch streifte sie mit einem Finger ganz leicht Angelas Lustperle.

»Das ist Folter«, keuchte Angela, »das ist nicht mehr erlaubt, nach der Genfer Konvention.«

»Wirklich? Hm.« Lisa blies heißen Atem auf Angelas Lustperle, was Angela leise aufschreien ließ. »Aber du scheinst es doch zu mögen. Viel zu sehr sogar, würde ich sagen. Ich muss mir wohl noch effektivere Methoden einfallen lassen.«

»Oh Göttin, bloß nicht ... bitte«, stammelte Angela, wimmerte und wand sich. Und als Lisa sanft über ihre Perle leckte, bäumte sie sich auch schon auf und stieß einen lauten, heiseren Schrei aus.

Lisa lächelte stolz. Ohne weitere Verzögerung schob sie drei Finger tief zwischen Angelas Schamlippen und legte den Mund über ihre Lustperle. Schon schrie Angela erneut auf, drängte sich Lisa von neuem entgegen und drückte Lisas Kopf noch fester gegen ihre pulsierende Mitte. Tief atmete Lisa den herben Duft ein, nahm vorsichtig mit der Zunge die Flüssigkeit auf, die ungehemmt aus Angela herausströmte, während ihre Finger in Angelas Innerem kreisten und von Angelas Orgasmen abwechselnd zusammengedrückt und wieder freigelassen wurden. Und als Angela gar nicht mehr aufhören wollte zu zucken und immer unkontrollierter stöhnte, baute sich auch in Lisa die Erregung zu einer gewaltigen Welle auf, die sie unaufhaltsam dem Gipfel entgegentrieb. Sie legte sich auf Angelas Bein, drückte deren Schenkel gegen ihre eigene brennende Mitte, spürte ihre eigene Nässe, die sich über Angelas Bein verteilte. Immer schneller rieb sie sich an Angela, immer lauter stimmte sie in deren Lustschreie ein. Schließlich kam sie gemeinsam mit Angela in einem nicht enden wollenden Orgasmus.

Erst als Angelas Schreie leiser wurden und sie zitternd in die Laken sank, erst da zog Lisa ihre Finger aus ihr heraus.

»Komm zu mir, Kleines, komm in meine Arme ...«

Angelas heisere Stimme drang nur langsam zu Lisa hindurch.

Erschöpft robbte sie sich nach oben und ließ sich von Angela fest in die Arme schließen.

»Du bist wundervoll, Kleines«, flüsterte Angela. »Ich habe noch nie so viel Freude und Glück empfunden wie mit dir zusammen. Und noch nie habe ich so viele Höhepunkte erlebt ... ich wusste gar nicht, dass ich so viel ertragen kann. Danke, Baby, danke für deine Liebe und deine Zärtlichkeiten.«

Lisas Antwort bestand aus einem zufriedenen Schnurren. Wenig später fielen ihr die Augen zu.

Sanfte Küsse weckten Lisa Stunden später. Strahlend wandte sie sich Angela zu, deren graue Augen sie voller Glück anblitzten.

»Hallo, Kleines, weißt du eigentlich, wie sehr ich dich liebe?«

Lisas Herz wurde ganz weit. Lächelnd sagte sie: »Wenn es nur annähernd so viel ist, wie ich dich liebe, ja – dann habe ich eine Ahnung davon.«

Angela knuffte sie spielerisch in die Seite. Mittendrin hielt sie erschrocken inne und strich mit den Fingern sachte über Lisas Schulter. »Hast du eigentlich noch Schmerzen?«

»Nein, keine Sorge.« Lisa lächelte sie warm an. »Es ist manchmal ein wenig unangenehm, je nachdem, was ich mache, aber Schmerzen habe ich keine mehr.«

»Das ist gut«, grinste Angela, »dann brauche ich nicht so aufzupassen, wenn ich dich lieben möchte.« Damit rollte sie Lisa auf den Rücken und begann ihren Körper mit heißen Küssen zu bedecken.

Sehr viel später ließ sie sich befriedigt von Lisa hinuntergleiten und nahm sie zärtlich in die Arme. »Kleines, es ist so wunderschön mit dir. Du machst mich sehr glücklich.«

»So wie du mich, Angela.« Lisas Lächeln geriet etwas schüchtern. »Danke, dass du immer die Initiative ergreifst.«

Angela richtete sich halb auf, stützte sich auf dem Ellbogen ab und sah sie ernst an. »Das stimmt doch gar nicht, Kleines. Aber wenn es etwas gibt, das du gern möchtest – das ich tun soll, oder das du tun willst –, dann kannst du es mir jederzeit sagen. Oder noch besser, tu es einfach. Es gibt nichts, was nicht in Ordnung ist. Wir sind ein Paar, es gibt keine Vorbehalte zwischen uns. Also wenn du etwas möchtest, dann zögere nicht.

Und mach dir keinen Kopf, ob das angemessen ist oder ob ich das vielleicht anders will. Okay?«

Lisa senkte den Kopf. »Natürlich. Tut mir leid, Angela ... das alles ist noch so neu für mich.«

Zärtlich küsste Angela sie auf die Nasenspitze. »Kein Problem – und kein Stress, Schatz. Ich liebe dich, und ich liebe es, mit dir zu schlafen. Aber wenn wir jetzt nicht aufstehen, dann kommen wir heute nicht mehr zum Einkaufen.«

Lachend ließ sich Lisa von Angela unter die Dusche ziehen.

Ein wenig später liefen sie Arm in Arm durch die Straßen Berlins. Angelas zentral gelegene Wohnung war umgeben von Einkaufsstraßen und Läden, und Angela führte Lisa in unzählige Boutiquen und Modegeschäfte. Irgendwann verlor Lisa den Überblick, wie viele Kleidungsstücke sie schon anprobiert hatte. Dass Angela die meisten davon anschließend kaufte und die Anlieferung in die Wohnung vereinbarte, fiel Lisa überhaupt nicht auf; sonst hätte sie schon nach dem zweiten oder dritten Geschäft die Einkaufstour beendet. So streiften sie stundenlang durch die Läden, und Lisa wurde, ohne sich dessen bewusst zu sein, von Kopf bis Fuß neu eingekleidet.

Als sie schließlich erschöpft in einem kleinen Café eine Pause einlegten, glühten Lisas Wangen vor Anstrengung und Aufregung.

»Den Kaffee haben wir uns aber verdient. Danke, dass du so viel Geduld mit mir hast.«

Angela grinste über das ganze Gesicht. Doch auf einmal legten sich zarte Hände über ihre Augen, und Lisa beobachtete verblüfft, wie eine hochgewachsene, schlanke und sehr elegant gekleidete fremde Frau Angela von hinten umarmte.

Schon war Angela aufgesprungen und drehte sich zu der Frau um. »Das glaube ich ja nicht. Was machst du denn hier in der Stadt? Sonst bringt dich doch auch nichts raus aus deinem schönen Heim.« Freudestrahlend nahm sie die Fremde in den Arm und drückte sie fest an sich.

Der Anblick versetzte Lisa einen heftigen Stich in der Bauchgegend. Irritiert sah sie die große, schöne Frau an. In diesem Moment schämte sie sich ihrer Jeans und des billigen Pullis.

Hätte sie doch dem einen oder anderen Kleidungsstück zugestimmt, das Angela sie zuvor hatte anprobieren lassen … Sie kam sich völlig fehl am Platz vor. Dass die beiden Frauen sie keines Blickes würdigten, sondern intensiv miteinander tuschelten, machte es nicht besser.

Erst nach einigen Minuten drehte sich Angela wieder zu Lisa um. Noch immer hielt sie die Hand der fremden Frau fest. »Lisa, das ist Marianne, meine Schwester.«

Eine Last schien von Lisas Schultern zu fallen. Sie strahlte die fremde Frau erleichtert an, stand ebenfalls auf und schüttelte ihr die Hand.

»Angela hat nicht übertrieben, als sie dich beschrieben hat«, bemerkte Marianne lächelnd. »Du bist wirklich bildschön. Und du scheinst meiner Schwester richtig gutzutun. Ich habe sie noch nie so glücklich erlebt.«

Angela nahm Lisa fest in die Arme und drehte sich zu ihrer Schwester. »Ich *bin* glücklich, wie noch nie zuvor. Das kannst du ruhig zu Hause berichten.«

»Werde ich. Ich wollte sowieso noch bei Mama und Papa vorbei.« Grinsend nickte Marianne ihnen zu, dann verließ sie winkend das Café.

Verblüfft sah Lisa zu Angela. »Ich wusste gar nicht, dass du eine Schwester hast.«

»Ich habe sogar fünf.« Angela ließ sich in ihren Sessel zurückfallen und zog Lisa neben sich. »Marianne ist die Älteste von uns. Ich bin die Jüngste – und das schwarze Schaf. Aber …«, sie grinste Lisa fröhlich zu, »ich habe mich gemacht. Ich glaube sogar, das erste Mal in meinem und ihrem Leben sind sie stolz auf mich. Das verdanke ich dir.«

»Warum denn mir? Ich habe doch gar nichts gemacht.«

»Das denkst du.« Angela lächelte sie zärtlich an. »Wenn man so mein bisheriges Leben und vor allem mein Privatleben betrachtet, dann habe ich mich wirklich nicht mit Ruhm bekleckert. Aber du, mein Schatz, du bist eine wundervolle Frau, bodenständig, anständig und ehrlich. Eigenheiten, die meine Familie sich immer schon für meine Partnerin gewünscht hätte, die aber meine bisherigen Partnerinnen allesamt nicht vorzuweisen hatten. Nicht eine einzige davon.«

»Red doch keinen Unsinn«, sagte Lisa verlegen. »Sie müssen doch stolz auf dich sein, weil du so eine erfolgreiche Geschäftsfrau bist. Das hat aber nichts mit mir zu tun.«

»Nun, das werden wir ja sehen.« Angela kicherte: »Und zwar schon bald. Wir sind am Sonntag bei meinen Eltern zum Brunch eingeladen.«

Lisa starrte sie schockiert an. »Also ... dann müssen wir aber noch einmal los. Ich muss doch etwas zum Anziehen kaufen. Wenn ich an deine Schwester denke, fühle ich mich richtig armselig und dreckig.«

»Du denkst doch nicht wirklich so, oder?«, fragte Angela ernst. Dann nahm sie Lisa liebevoll in die Arme. »Pass mal auf, mein Schatz. Du bist eine wundervolle Frau, und du hast es nicht nötig, dich und deine natürliche Schönheit hinter irgendwelchen Marken oder Statussymbolen zu verstecken. Ich liebe dich, so wie du bist, und das jeden Tag mehr.«

»Aber Angela, ich kann unmöglich in Jeans zu deinen Eltern gehen«, protestierte Lisa. »Das geht einfach nicht. Komm, bitte, lass mich schnell etwas Passendes kaufen.«

Da prustete Angela laut los. »Keine Angst, mein Schatz. Wenn wir nach Hause kommen, dann warten mindestens drei oder vier verschiedene Outfits auf dich, so dass du dir wirklich keine Sorgen machen musst.«

Verblüfft starrte Lisa sie an. Als Angela sie immer noch lachend über ihre heimlichen Einkäufe aufklärte, warf sie ihre Arme um Angelas Hals und küsste sie stürmisch. »Du bist unglaublich! Womit habe ich dich nur verdient.«

Angela hob lächelnd den Finger: »Du hast noch nicht meine Familie erlebt. Mach dich auf das Schlimmste gefasst. Die Spanische Inquisition war nichts gegen deren Neugierde.«

Am nächsten Tag musste Angela dann doch in ihr Büro. »Was machst du denn heute so ohne mich?«, erkundigte sie sich bei Lisa, die mit einer Tasse Kaffee am Küchentisch saß.

»Ich denke, ich sollte einmal einkaufen gehen«, antwortete Lisa pragmatisch. »Der Kühlschrank ist leer, und die meisten anderen Schränke auch.«

»Das klingt gut.« Angela zog ihre Jacke an. »Tut mir leid, dass ich dich nicht begleiten kann. Aber ich bin nicht den ganzen Tag weg, nur so ein, zwei Stunden. Ich muss ein paar Dinge mit Petra klären.«

Sie wollte gerade zur Tür hinaus, als Lisa sie noch einmal zurückrief: »Schatz?«

»Ja, Kleines?«

»Ich … hm … es tut mir leid …« Schüchtern druckste Lisa herum.

»Worum geht es denn?«

Angelas sanfte Stimme half Lisa, allen Mut zusammenzunehmen: »Könntest du mir etwas Geld leihen? Ich habe nicht so viel in der Tasche, und ich weiß nicht, wo ich so einfach Geld aus Südafrika abheben kann.«

Angelas strahlende Augen ließen Lisa ganz warm werden.

»Oh Kleines«, rief sie aus, »entschuldige, dass ich selbst nicht daran gedacht habe. Hier …« Damit zog sie ihren Geldbeutel aus der Jacke. »Hier ist etwas Bargeld. Und morgen gehen wir zusammen zur Bank und besorgen dir eine Karte für das Konto.«

Lisa starrte auf das Geldbündel, das Angela ihr hinhielt. Abwehrend hob sie die Hand: »So viel brauch ich doch gar nicht.«

»Nimm es trotzdem, dann hast du auf jeden Fall genug. Auch falls du unterwegs etwas Schönes für dich siehst. Bis später, Kleines.« Sie lächelte Lisa an, drückte ihr einen dicken Kuss auf den Mund, und weg war sie.

Lisa setzte sich wieder an den Küchentisch und begann eine Einkaufsliste zu schreiben. Eigentlich hasste sie es, einkaufen zu gehen und nicht genau zu wissen, was sie eigentlich brauchte. Was aß Angela gern? Womit könnte sie ihr eine Freude machen? Dann dachte sie an die Dinge, die Angela auf ihrer Lodge besonders genussvoll verschlungen hatte, und langsam füllte sich die Liste.

Gerade als sie fertig war, klingelte es an der Haustür. Neugierig öffnete Lisa. Auf der Treppe sah sie Petra, die raschen Schrittes heraufkam, vor ihr stehen blieb und sie mal wieder von oben bis unten abschätzig musterte.

»Kann ich dir helfen? Ich wollte gerade gehen.« Lisa gab sich nicht die geringste Mühe, freundlich zu klingen. Petra konnte ruhig wissen, dass ihr Verhalten sie nervte.

»Oh, tut mir leid«, sagte Petra, und das klang gar nicht so gekünstelt wie sonst. Ehe Lisa wusste, wie ihr geschah, streckte Petra ihr die Hand entgegen. »Ich muss mich für mein Verhalten entschuldigen. Angela und ich, wir kennen uns schon sehr lange, aber das rechtfertigt nicht, dass ich mich dir gegenüber wie eine eifersüchtige, besitzergreifende Zicke aufgeführt habe. Normalerweise weiß ich mich zu benehmen ... ich weiß auch nicht, was über mich gekommen ist. Können wir bitte noch einmal von vorn anfangen? Hallo, ich bin Petra, und ich freue mich sehr, dich endlich richtig kennenzulernen.«

Zurückhaltend ergriff Lisa die ihr dargebotene Hand. War das nur wieder einer von Petras überraschenden Auftritten? Aber heute war der Händedruck fest, und das Lächeln, das die braunen Augen umspielte, wirkte nicht falsch, sondern ehrlich und freundschaftlich. Zaghaft lächelte Lisa zurück. Sie wusste, wie wichtig diese Frau für Angela war, und dass sie von sich aus auf sie zukam, war Grund zur Erleichterung. Dennoch – sie würde lieber vorsichtig bleiben.

»Danke, Petra. Ich freue mich ebenso, dich kennenzulernen. Es wäre schön, wenn wir normal miteinander umgehen könnten, denn ich weiß, wie viel du Angela bedeutest.«

»Nun ...« Petra grinste betreten. »Du bedeutest ihr noch sehr viel mehr, das hat sie mir jetzt gerade unmissverständlich klargemacht. Aber sie hat ja auch recht, ich habe mich wirklich und vor allem ohne Grund unmöglich verhalten. Dafür muss ich mich entschuldigen. Ich hatte wohl einfach nur Angst, dass Angela für immer bei dir im Busch bleiben würde und mich hier mit allem im Stich lässt.«

Ihr zerknirschtes Gesicht ließ Lisas Misstrauen dahinschmelzen. Sie spürte, dass Petra für diese Entschuldigung über ihren eigenen Schatten springen musste und dass sie das nicht getan hätte, wenn es ihr nicht ernst wäre.

Offen und fröhlich grinste sie Petra an. »Alles gut, vergeben und vergessen.«

Petra stieß einen erleichterten Seufzer aus. Wie um das zu überspielen, fragte sie dann: »Wobei habe ich dich gerade gestört?« Neugierig sah sie auf den Zettel in Lisas Händen.

»Ich wollte einkaufen gehen«, erklärte Lisa. »Unsere Schränke sind leer und der Kühlschrank ebenso.«

»Na, dann lass mich doch meine Sünden wiedergutmachen und dir helfen. Nimmst du mich mit?« Lachend hob Petra eine Hand und spreizte drei Finger ab: »Wenn ich hoch und heilig verspreche, mich zu benehmen.«

Lisa willigte ein: »Das kommt mir sogar gelegen. Ich habe nämlich keine Ahnung, wo hier der nächste Supermarkt ist.«

»Dann komm mit, ich zeige dir die besten Einkaufsparadiese in Berlin.«

»Musst du nicht zurück in die Firma?«

Petra schüttelte den Kopf. »Jetzt, wo Angela wieder da ist, kann ich Überstunden abfeiern. Mit den Models und den Fotografen zu streiten, damit ist sie jetzt mal wieder dran.«

Lisa griff schnell nach ihrem Mantel, dann hakte Petra sie unter und zog sie mit sich. Zwei Querstraßen weiter betraten sie einen großen Supermarkt.

»Hier sollte ich eigentlich alles bekommen«, sagte Lisa erfreut. »Danke, Petra.«

»Gern«, winkte diese ab und schnappte sich sogleich einen Einkaufswagen. Fröhlich pfeifend schob sie ihn durch die Gänge, während Lisa ihn mit Vorräten füllte. Auch beim Schleppen der Tüten und Verstauen der Einkäufe in der Wohnung half Petra tatkräftig mit.

Lisa, die gerade Gemüse und Obst in den Kühlschrank legte, warf ihr einen prüfenden Seitenblick zu. »Darf ich dich etwas fragen?«, begann sie.

»Natürlich, was möchtest du wissen?«

Lisa war sich nicht sicher, wie sie ihre Frage formulieren sollte. Es war das erste Mal, dass sie Petra gegenüber persönliche Dinge ansprach, die Angela betrafen. Schließlich platzte es aus ihr heraus: »Wer genau ist Nicki? Und was ist zwischen den beiden passiert?«

Petra sah sie überrascht an. »Was weißt du denn von Nicki?«

Achselzuckend nahm Lisa einen Kopfsalat aus der Tüte. »Eigentlich nichts. Ich weiß nur ihren Namen und dass Steffi eigentlich vorhatte, Angela von ihr abzulenken.«

»Pff, Steffi, diese doofe Kuh. Ich bin froh, dass Angela endlich ein Einsehen hatte und sie losgeworden ist.« Nachdenklich kratzte sich Petra an der Nase. »Also ... Nicki und Angela wollten heiraten. Aber dann hat Nicki sie betrogen, und die Hochzeit ist geplatzt. Ich habe Angela dazu gebracht, in Urlaub zu fahren, um auf andere Gedanken zu kommen. Und mehr sage ich dazu nicht, denn das muss Angela dir selbst erzählen. Wenn sie es will ... oder wenn du sie mal danach fragst.«

Damit gab sich Lisa wohl oder übel zufrieden.

»Darf *ich* dich etwas fragen?« Petra drehte eine Packung Reis in den Händen hin und her.

»Ja, klar, frag nur.«

»Warum seid ihr doch nach Deutschland gekommen?«

Irritiert schloss Lisa die Kühlschranktür und starrte sie an. »Die Frage verstehe ich nicht.«

»Na ja ...« Petra zuckte mit den Schultern. »Nachdem du verletzt worden warst, war Angela völlig von der Rolle. Sie war krank vor Sorge um dich, hat ihren Rückflug verschoben und alles in Frage gestellt. Und dann hat sie mich angerufen und gesagt, sie hätte sich durchgerungen, bei dir im Busch zu bleiben. Wir haben lange telefoniert und alles besprochen, sie hatte schon alles fix und fertig geplant ... und ich war der Ansicht, dass ich mit Marc zu euch in Urlaub fliegen muss, um Angela einmal wiederzusehen. Und zack – am nächsten Tag kommt die Nachricht, dass ihr nach Deutschland kommt. Was ist denn passiert?«

Lisas Gesicht hatte alle Farbe verloren. Sie hielt sich mit der Hand am Griff der Kühlschranktür fest, und ihre Knöchel traten vor Anstrengung weiß hervor.

»Hey«, sagte Petra alarmiert, »ist alles in Ordnung mit dir? Setz dich besser mal hin. Die restlichen Sachen kann ich auch allein noch verstauen.«

Lisa ließ sich schwer auf einen Stuhl fallen. Ihre Gedanken rasten. Sie versuchte sich die letzten Tage auf ihrer Farm in allen Einzelheiten ins Gedächtnis zu rufen. Mit keinem Wort hatte Angela erwähnt, dass sie bei ihr bleiben würde. Die ganze Zeit war Lisa davon ausgegangen, dass ihre Rückreise feststand und dass sie sie vielleicht niemals wieder sehen würde, wenn sie sie einfach ziehen ließe. Und nun kam Petra mit dieser ungeheuerlichen Geschichte … In ihrem Kopf begann sich alles zu drehen. Ehe sie es sich versah, sackte sie ohnmächtig von ihrem Stuhl.

»Lisa, Kleines, bitte wach auf. Was ist mit dir?« Angelas besorgte Stimme drang wie durch eine dicke Wand an Lisas Ohr.

Sie wollte die Augen öffnen. Ein heftiger Schmerz zuckte durch ihren Kopf.

»Vorsichtig, Schatz«, bremste Angela sie sofort. »Du bist ohnmächtig geworden und hast dir den Kopf gestoßen, als du vom Stuhl gefallen bist. Der Arzt sagt, dass du wahrscheinlich eine Gehirnerschütterung hast. Er meinte, dass du die Nacht im Krankenhaus verbringen solltest, aber ich würde dich lieber hierbehalten … Falls du aber lieber ins Krankenhaus willst, dann bring ich dich natürlich.«

Lisa, die nun doch – sehr langsam und vorsichtig – die Augen geöffnet hatte, legte eine Hand auf Angelas Arm und tätschelte ihn leicht. »Nein, keine Sorge. Ich habe einen harten Schädel, das solltest du eigentlich wissen.«

»Bist du sicher?«

Angelas Sorge schien echt. Ganz kurz überlegte Lisa, ob Petra sie vielleicht angelogen hatte. Doch dann fiel ihr der seltsame Moment am Flugplatz ein, als Angela Petra über den Mund gefahren war. Jetzt im Nachhinein ergab das Sinn.

»Warum hast du nichts gesagt?«, fragte sie.

Angela sah sie verständnislos an.

»Petra hat mir alles erzählt.«

Noch immer war Angelas Gesicht ein einziges großes Fragezeichen.

»Du hattest dich entschlossen, bei mir zu bleiben, auf der Farm«, sagte Lisa leise. »Aber du hast es mir gegenüber mit keinem Wort erwähnt. Warum nicht?«

Da lief Angelas Gesicht rot an. Für einen Moment schloss sie die Augen, dann richtete sie einen sehr zerknirschten Blick auf Lisa. »Ich war gerade auf dem Weg zu dir, um dir meine Entscheidung mitzuteilen. Aber als ich in deine Hütte kam, da hattest du gerade die Koffer gepackt, um mit mir nach Deutschland zu fliegen. Ich habe mich so darüber gefreut, dass ich in diesem Moment alles andere vergessen habe. Ganz ehrlich – ich war einfach verrückt vor Glück. Und danach ... danach fand ich es nicht mehr wichtig. Aber ich schwöre dir, Kleines, ich wollte dich nicht hintergehen. Und wenn du magst, dann fliege ich sofort mit dir zurück nach Afrika.«

Während sie sprach, hatte sie Lisa unverwandt angesehen. Und Lisa las in ihren Augen, dass sie es ernst meinte – dass sie tatsächlich mit ihr zurückfliegen würde. Ihr wurde warm ums Herz. Beruhigend drückte sie Angelas Arm. »Wir können ruhig noch eine Weile hier in Berlin bleiben. Trotzdem denke ich, dass du es mir hättest sagen sollen. Wir hätten gemeinsam entschieden, was wir tun, und wären vielleicht nicht ganz so schnell abgeflogen.«

»Du hast recht, es tut mir wirklich leid. Aber ...« Der schuldbewusste Ausdruck verschwand aus Angelas Augen, und sie strahlte Lisa an. »Dass wir jetzt hier sind, hat auch etwas Gutes. Ich habe einige Neuigkeiten für dich. Ich hatte Petra schon vorab einige Informationen gegeben, und sie hat unseren Anwalt mit der Erledigung betraut. Heute konnte er mir schon einige interessante Dinge mitteilen.«

Anwalt? Was war das nun wieder? Gespannt wartete Lisa.

»Dein Onkel hat einigen Dreck am Stecken«, rückte Angela mit ihren Neuigkeiten heraus. »Und wenn du willst, dann werden wir ihn richtig fertigmachen.«

Lisas Neugier wich einer bedrückten, unbestimmten Angst. »Was soll das bringen?«, wandte sie leise ein, »er geht ja doch immer als Sieger vom Platz. Ich habe genug durch ihn gelitten.«

»Und genau da sollten wir endlich ansetzen«, entgegnete Angela energisch. »Lisa, er hat dir großes Unrecht zugefügt, dein Erbe veruntreut, dich auf die Straße geschickt. Wenn nicht dein Großvater gewesen wäre, wo wärst du dann heute?«

»Wahrscheinlich nicht mehr am Leben«, murmelte Lisa.

»Siehst du. Du warst ihm völlig egal, er hätte auch deinen Tod in Kauf genommen. Und Lisa ...« Nachdrücklich sah Angela ihr in die Augen. »Der Anwalt hat einen Privatdetektiv beauftragt, der sich auch nach dem Unfall deiner Eltern erkundigt hat. Weißt du eigentlich genau, was damals passiert ist?«

Lisa konnte nur den Kopf schütteln.

»Der Unfallverursacher beging Fahrerflucht«, begann Angela.

»Hätte er Hilfe geleistet oder gleich die Polizei verständigt, dann wären deine Eltern vielleicht noch zu retten gewesen. Aber so war zu viel Zeit verstrichen, und die Rettungskräfte konnten sie nur noch tot aus dem Wrack schneiden.«

Lisa begann leise zu schluchzen. Die Wahrheit so ungeschminkt zu hören, tat so weh, selbst wenn es Angela war, die sie aussprach.

Angela nahm sie zärtlich in die Arme. »Es tut mir leid, Kleines, das muss furchtbar für dich sein. Und das meiste davon wusstest du ja schon ... aber ich war noch nicht fertig. Möchtest du auch den Rest noch hören?«

Lisas Nicken war nur angedeutet.

»Es konnte festgestellt werden, dass der Verursacher einen schwarzen BMW fuhr. Sagt dir das was?«

Jetzt ruckte Lisas Kopf nach oben. Sie sah Angela ungläubig an. »Du willst mir nicht wirklich sagen, dass mein Onkel meine Eltern getötet hat?«

Angela seufzte leise. »Der Detektiv hat einiges in Erfahrung gebracht. Er hat sogar Zeugen von damals gefunden, die heute auch vor Gericht gegen deinen Onkel aussagen werden. Wir kriegen ihn, Lisa. Dieses Mal kommt er nicht davon.«

»Und ... was werden wir tun?«

»Der Anwalt hat schon die Papiere vorbereitet. Alles, was er jetzt noch braucht, ist deine Zustimmung, dann wird er alles an das Gericht übergeben. Die werden sich dann deinen Onkel vornehmen.«

»Das klingt zu gut, um wahr zu sein«, flüsterte Lisa. »Angela, ich kenne ihn. Er kommt da wieder raus, das weiß ich ... und dann? Wenn ich ihn so anklage, dann wird er mich verfolgen, mir wieder schaden.«

Sanft, aber bestimmt legte Angela einen Finger unter Lisas Kinn. »Lisa, sieh mich an. Wie soll er dir denn schaden? Er hat dir schon das Wichtigste in deinem Leben genommen, dich auch noch um dein Erbe gebracht – und dich dann praktisch zum Sterben auf die Straße geschickt. Er hätte dir keine Träne nachgeweint, wenn dir etwas passiert wäre. Lass ihm das nicht durchgehen. Bitte ... wir schaffen das gemeinsam.«

»Aber er könnte *dir* schaden«, wandte Lisa tonlos ein.

»Wie denn? Ach, Schatz, ich habe mich schon gegen so viele Widerstände durchgekämpft, habe oft genug mit dem Rücken gegen die Wand gestanden und bin immer stärker als zuvor aus der Sache hervorgegangen. Mich schreckt nichts. Mir kann er nur schaden, indem er dir wehtut. Und dann, das schwöre ich dir, dann bringe ich ihn eigenhändig um.«

Angela machte eine Pause, legte sich neben Lisa aufs Bett und schlang ihre starken Arme um sie. »Schlaf darüber«, flüsterte sie ihr liebevoll ins Ohr, »heute werden wir eh nichts mehr entscheiden. Und was immer du willst, ich werde mich deinen Wünschen beugen. Auch wenn ich vielleicht anders entscheiden würde. Also keinen Stress, Kleines. Versuch dich zu entspannen und deinen Kopf zu schonen – der hat heute schon genug mitgemacht.«

Lisa schmiegte sich eng an sie und murmelte dankbar: »Ich liebe dich.«

»Ich dich noch viel mehr, Kleines.«

Beim Frühstück am nächsten Morgen sah Angela Lisa immer wieder fragend an. Ergeben nickte Lisa schließlich mit dem Kopf. Sie hatte lange wach gelegen und über Angelas Offenbarungen und ihre Strategie nachgedacht.

»Du hast ja recht, Angela. Wenn er wirklich für den Tod meiner Eltern verantwortlich ist, dann muss er dafür büßen.«

»Genau.« Angela gab ihr einen sanften Kuss. »Dann sollten wir uns auf den Weg zum Anwalt machen und die nötigen Schritte einleiten.« Sie stand vom Tisch auf und begann das Geschirr in die Spülmaschine zu räumen.

»Angela …« Lisas ruhige Stimme zitterte nur ganz leicht. »Ich habe Angst.«

»Das ist normal, Schatz, das hätte ich auch an deiner Stelle. Aber …« Angela kam wieder zum Tisch und sah Lisa tief in die Augen. »Du bist nicht allein. Ich bin hier an deiner Seite, und wir ziehen das gemeinsam durch. Außerdem ist der Anwalt ein äußerst fähiger Mann, und der Detektiv ebenso. Du wirst schon sehen.«

Es war keine lange Autofahrt. In der Nähe des Tiergartens lenkte Angela ihren alten Honda auf einen bewachten Parkplatz.

Erstaunt sah Lisa, wie der Parkplatzwächter ihnen freundlich zuwinkte.

Grinsend drehte sie sich zu Angela um: »Weißt du, ich hätte dir eigentlich ein ganz anderes Auto zugetraut.«

Angela lachte laut. »Das ist mein erstes Auto, und ich fahre ihn, bis der TÜV uns scheidet. Was vermutlich in nicht allzu ferner Zukunft sein wird. Dann sehen wir weiter, aber so lange bleibt das mein Heiligtum.«

Kichernd liefen sie einen schmalen Weg zwischen gepflegten Büschen entlang, betraten das hohe Gebäude durch eine gläserne Drehtür und gingen ohne Umschweife zu den Aufzügen. Erneut bemerkte Lisa überrascht, dass alle Angestellten Angela winkten oder ihr zulächelten.

»Du scheinst hier bekannt zu sein.«

Angela zuckte nur mit den Schultern und murmelte etwas Unverständliches vor sich hin.

Bevor Lisa weiter fragen konnte, hielt der Aufzug an, und sie gingen einen hell erleuchteten Gang entlang. Der tiefe Teppich dämpfte ihre Schritte. Lisa war froh, dass sie keine Absätze trug, die sich in den langen Teppichfasern verfangen hätten.

Am Ende des Ganges war eine dicke Glastür. Erstaunt sah Lisa auf den Schriftzug, der darauf zu lesen war: *Dietmar Wagner*. Konnte das ein Zufall sein? Sie wandte sich an Angela.

»Gibt es etwas, das du mir vielleicht hättest sagen sollen?«

Angelas Antwort erübrigte sich, denn in diesem Moment dröhnte ihnen eine sonore Stimme entgegen: »Hallo, Kinder, wird ja Zeit, dass ihr euch endlich einmal bei mir blicken lasst.« Ein Hüne von einem Mann war auf sie zugestürmt und hatte die Tür aufgerissen.

»Hallo, Papa. Ich war doch gestern schon da«, sagte Angela.

»Du ja.« Ihr Vater sah sie vorwurfsvoll an. »Aber du hast uns immer noch nicht deine zauberhafte Freundin vorgestellt.« Mit seinen großen Pranken fasste er die völlig überrumpelte Lisa bei den Schultern und drückte sie dann fest an sich.

»Vorsichtig, Papa«, hörte Lisa undeutlich Angelas Stimme in der Tiefe der Umarmung, die ihr fast die Luft abdrückte, »sie ist nicht ganz so kräftig wie wir. Du brichst ihr noch das Rückgrat.«

Abrupt wurde Lisa losgelassen. Erschrocken blickte Angelas Vater auf sie herab, offenbar besorgt, er könnte ihr tatsächlich körperlichen Schaden zugefügt haben. Lisa lächelte ihm beruhigend zu, und sogleich fing er wieder an zu strahlen.

»Kommt mit in mein Büro«, sagte er mit einladender Geste, »Alexander ist auch schon da. Und Marianne.« Er verdrehte ein wenig die Augen.

Angela grinste breit. »Alexander ist der Detektiv, von dem ich dir erzählt habe«, flüsterte sie Lisa ins Ohr. »Und Marianne ist seine Frau. Papa und sie streiten dauernd. Das wird lustig.«

»Na, Schwesterherz, was machst du denn schon so früh in der Stadt?«

Marianne saß auf einem großen Schreibtisch aus edlem Mahagoniholz, als sie eintraten. Sie sprang ihnen sofort entgegen und umarmte die beiden Frauen stürmisch.

»Ich wurde von Mama beauftragt, sicherzustellen, dass ihr beide am Sonntag auch wirklich zum Brunch kommt.« Mit erhobenem Zeigefinger drohte sie ihrer Schwester. »Du würdest unserer Mutter das Herz brechen, wenn ihr absagen würdet. So ...« Mit einem koketten Blick in die Runde griff sie sich ihre Tasche, gab ihrem Mann einen Kuss auf die Wange und war schon auf dem Weg zur Tür. »Mission erfüllt. Dann kann ich ja Mama versichern, dass ihr da sein werdet, nicht wahr.« Und ohne auf eine Antwort zu warten, rauschte sie aus dem Büro und war verschwunden.

Sowohl Angelas Vater als auch Mariannes Mann atmeten auf. Angela prustete laut los. »Es hat sich nicht wirklich etwas geändert, oder?«

Sie nahm Lisa bei der Hand, und gemeinsam setzten sie sich auf das breite Ledersofa, das die gediegene Ausstattung des Büros vervollständigte.

Beide Männer grinsten sie fröhlich an, wurden aber schnell wieder ernst. Alle Blicke ruhten auf Lisa.

»Bist du sicher«, fragte Angela leise, »dass du diesen Schritt gehen willst?«

Lisa warf ihr einen Seitenblick zu. Angela nahm ihre Hand und drückte sie leicht. Bevor Lisa antworten konnte, sprach sie schon weiter, an die beiden Männer gewandt: »Ich habe Lisa eigentlich dazu überredet. Ich glaube, so ganz überzeugt ist sie noch nicht. Vielleicht solltet ihr ihr einmal erklären, was ihr herausgefunden habt und wie es jetzt weitergehen soll.«

Angelas Vater nickte zufrieden, und Alexander begann als Erster mit den Ausführungen. »Wir haben Zeugen ausfindig gemacht, die damals den Unfall beobachtet hatten, allerdings nie angehört wurden. Wir denken, dass dein Onkel den zuständigen Polizisten bestochen hat. Dieser Beamte ist inzwischen schon längst in Rente. Allerdings habe ich ihn besucht und mit den Vorwürfen konfrontiert. Er ist ein ziemliches Weichei, und die Gefahr, dass er wegen Bestechung seine Pension verliert, hat ihn schnell zum Reden gebracht – aber nur mit der Zusage, seinen Namen rauszuhalten. Und die Zeugen haben unabhängig voneinander und sehr detailliert viele Antworten geben können, durch die dein Onkel eindeutig als der Fahrer des schwarzen BMWs überführt ist.«

»Was heißt das im Klartext?« Angela sah ihren Schwager gespannt an.

Angelas Vater übernahm das Wort: »Das heißt, dass wir Anzeige wegen vorsätzlicher Tötung gegen ihn stellen werden. Dazu kommen noch die Anzeigen wegen Veruntreuung und auch wegen der Vernachlässigung seiner Aufsichtspflicht Lisa gegenüber.« Er wandte sich nun direkt an Lisa: »Er war als dein Vormund bestimmt, aber auch als deine Aufsichtsperson. Doch seine Aufsichtspflichten hat er nicht mal ansatzweise erfüllt. Sein Verhalten dir gegenüber hatte nichts mit den Auflagen zu tun, unter denen er überhaupt nur Zugang zu deinen Konten hatte.«

Lisa sah ihn verständnislos an.

»Es ist so«, bestätigte Angelas Vater. »Er hatte Zugang zum Geld, solange du dich in seiner Obhut befandst. Also hat er so schnell es ging die Konten leergeräumt und alles so angelegt, als wäre es seines und nicht deins. Da du so jung warst und niemand ihm auf die Finger sah, kam er damit durch. Danach warst du im Grunde überflüssig für ihn geworden, und er hat dich mehr oder weniger fortgejagt. Angela hat mir von der Anzeige wegen des angeblichen Diebstahls erzählt. Auch dafür zeichnet der heute pensionierte Polizist verantwortlich, und auch dazu hat er sich geäußert. Damit allein wird dein Onkel mächtig Schwierigkeiten bekommen.«

»Das klingt doch gut, oder?« Angela sah Lisa zufrieden an.

Die aber erwiderte Angelas Strahlen nicht. »Zu gut, um wahr zu sein ...«, wiederholte sie ihre Einschätzung vom Vortag. »Er hat sich immer rausgeredet. Er hat meine Eltern getötet, und niemand hat ihn verdächtigt ... das zeigt schon, dass er zu allem fähig ist. Er wird auch jetzt wieder irgendeinen Ausweg finden. Und dann sind wir in Gefahr. Angela, ich habe Angst. Sollen wir das wirklich durchziehen?«

Angela nahm die zitternde Lisa in den Arm. Fragend sah sie ihren Vater an. Der räusperte sich, ging vor Lisa in die Knie und legte ihr die Hand auf die Schulter.

»Ich kann deine Sorge verstehen, Lisa, glaub mir. Doch willst du ihn wirklich mit dem Mord an deinen Eltern davonkommen lassen? Dazu schuldet er dir eine ganze Menge Geld. Was er dir alles angetan hat ... Wenn jemand mir meine Familie genommen hätte, oder das heute tun würde, dann würde ich diesen Menschen umbringen. Ohne Gewissensbisse. Wir werden deinem Onkel kein Haar krümmen, aber der Verlust seines Geldes und ein paar Jahre im Gefängnis, das ist doch wohl das Mindeste, das er verdient. Oder?«

Nachdenklich sah Lisa von einem zum anderen. Alexander nickte ihr freundlich zu. Die gütigen Augen von Angelas Vater erinnerten sie zusehends an ihren eigenen Großvater. Sie schluckte ein paarmal, dann hob sie den Kopf. »Okay, wir machen es. Was muss ich unterschreiben?«

Angelas Vater reichte ihr die vorbereiteten Papiere auf einem Klemmbrett und zeigte ihr, wo sie unterschreiben musste. Dann grinste er die beiden Frauen zufrieden an.

»So, dann wollen wir mal bei Gericht vorbeisehen. Richter Parker ist heute da, er wird sich der Sache annehmen. Wenn ihr Sonntag zum Brunch kommt, kann ich euch sicher schon einiges zu der Sache sagen.«

Ein wenig später standen Lisa und Angela wieder draußen bei Angelas altem Honda und hielten ihre Gesichter in die angenehm milde Wintersonne.

»Kein Vergleich zu Afrika, aber es ist besser als nichts«, grinste Angela. »Was hältst du jetzt von dem Anwalt? Scheint doch ein fähiger Kerl zu sein, oder?«

Lisa knuffte sie in die Seite. »Du hättest ja mal erwähnen können, dass er dein Vater ist. Was macht deine Mutter, bevor ich da die nächste Überraschung erlebe?«

Angela lachte laut auf. »Mama ist Hausfrau und Mutter – und seit ein paar Jahren auch Oma aus Leidenschaft. Sie hatte mit uns mehr als genug zu tun, und nun hütet sie die lieben Kleinen meiner Schwestern.«

»Wie viele Enkel sind es denn schon?«

»Hm, mal sehen. Marianne hat drei, Esther zwei, Paula zwei, und Ingrid bekommt gerade ihr erstes Kind. Also demnächst acht Enkel.« Erneut ließ sie ihr fröhliches Lachen hören. »Wenigstens haben die anderen sie mit genug Enkeln versorgt, und sie hat mich damit in Ruhe gelassen.«

Lisa sah sie nachdenklich an: »Hättest du gern Kinder?«

Eine Weile schaute Angela grüblerisch drein, dann schüttelte sie vehement den Kopf. »Nein. Das Magazin ist mein Baby. Die verwöhnten und eingebildeten Models und die manchmal noch schlimmeren Fotografen – da habe ich mehr als genug zu tun. Nein, Kinder möchte ich nicht. Außer du hättest gern welche … dann würde ich auf jeden Fall meine Meinung ändern.«

Beruhigend lächelte Lisa ihr zu. »Keine Sorge, ich möchte auch keine. Mir reichen meine Gäste, die benehmen sich oft schlimmer als eine Horde Kinder.«

»Puh, dann wäre das ja geklärt. Komm, lass uns nach Hause fahren.«

Den folgenden Tag, den Samstag, verbrachten sie zum größten Teil im Bett. Genossen ihre Zweisamkeit, kochten sich ein leckeres Essen und liebten sich viele Male. Immer wieder entdeckten sie neue Seiten an sich, an ihrem Liebesspiel.

Doch Lisa war nicht so hundertprozentig bei der Sache wie sonst. Ständig geisterte die Überlegung in ihrem Kopf herum, wie sie Angela nach Nicki fragen konnte. Ob sie es überhaupt ansprechen sollte. Aber tief in ihrem Innern wusste sie, dass sie diese Frage ständig quälen würde, wenn sie sich nicht um Klärung bemühte.

Am Abend, als sie mit einer Tasse Kaffee auf dem Sofa saßen, fasste sie sich endlich ein Herz. Bevor sie es sich anders überlegen konnte, schoss sie ohne Vorbereitung los: »Wer ist Nicki, und was war mit euch?«

Angela warf ihr einen verdutzten Blick zu. Dann seufzte sie tief, stand vom Sofa auf und trat an das große Panoramafenster.

Lisa trat hinter sie und legte ihre Arme um sie. »Du musst es mir nicht erzählen«, sagte sie mit ruhiger, liebevoller Stimme. »Aber ich denke, irgendwann wird sie mir auf die eine oder andere Art begegnen. Und dann wäre es nur fair, wenn ich wüsste, worum es eigentlich ging.«

»Wir wollten heiraten.« Angelas Stimme klang gepresst.

Sanft zog Lisa sie mit sich zu dem großen Sofa zurück, und Angela ließ es zu, dass sie sie ebenso sanft wieder darauf hinunterzog.

»Ich habe viel gearbeitet«, begann Angela mit brüchiger Stimme zu erzählen. »Sehr viel und wahrscheinlich auch viel zu viel. Aber ich habe mir nichts dabei gedacht, und sie hat sich auch nie darüber beschwert. Im Gegenteil, sie hat meine goldene Kreditkarte zum Glühen gebracht . . . und ich dachte, dass sie das eben glücklich machen würde. Dann kam unser Hochzeitstermin immer näher, und ich wollte sie mit einer Reise überraschen.«

Ihr Kopf hob sich, und ihre Augen trafen aufeinander. Lisa erschrak, als sie die Pein in Angelas Augen sah.

Tonlos fuhr Angela fort: »An diesem Tag wurde nur ich überrascht. Ich kam früher als sonst nach Hause, direkt vom Reisebüro aus. Nicki war im Schlafzimmer, aber sie war nicht allein.« Müde fuhr sie sich mit beiden Händen durch die kurzen Haare. »Es waren zwei Models bei ihr. Junge Dinger, die sich für was Besonderes hielten. Aber bei unserem Shooting waren sie nicht gut beim Kunden angekommen, und so haben wir sie aus unserer Datei entfernt. Ich hatte mir nicht einmal ihre Namen gemerkt . . . Nicki war oft bei den Shootings dabei, sie wollte für ihr Studium irgendeine Arbeit schreiben. Ich denke, sie hat sich eher die Namen und Telefonnummern der Mädchen aufgeschrieben.« Ein weiterer tiefer Seufzer hob ihre Brust.

»Sie waren ziemlich beschäftigt, als ich ins Schlafzimmer kam.

Nicki ist erschrocken hochgefahren, hat sich noch ein Laken geschnappt und wollte mir erklären, dass es doch alles ganz anders sei, als es aussehen würde. Ich war so geschockt, ich habe kein Wort herausgebracht. Konnte nur auf das zerwühlte Bett sehen, auf die jungen Mädchen, die kreischend aufgesprungen waren. Ich habe alles ausgeblendet, Nicki und ihre jämmerlichen Versuche, mir etwas erklären zu wollen, die Mädels, die sich nackt an mir vorbeigedrückt haben, einfach alles.«

Lisa hatte mit wachsendem Entsetzen zugehört. Sie konnte Angelas Schmerz beinahe körperlich fühlen. Sanft legte sie ihr die Hand auf den Arm und flüsterte: »Es tut mir leid, Schatz, ich hätte dich nicht danach fragen sollen.«

Angelas Augen schwammen in Tränen. »Doch, du hättest nicht nur, du musstest. Denn du hast völlig recht. Hier in Berlin wird sie dir mit einiger Wahrscheinlichkeit begegnen, und es ist mehr als fair, wenn du Bescheid weißt. Warum es so zu Ende gegangen ist.«

Sie seufzte wieder, diesmal ganz leise. »*Raus,* das war das einzige Wort, das ich zu ihr gesprochen habe. Sie hat weiter versucht auf mich einzureden, aber ich habe nichts davon mitbekommen. Dann hat sie ein paar Sachen gepackt und ist doch recht schnell gegangen. Ich hätte ihr eigentlich mehr zugetraut.« Nun lachte sie bitter auf. »Als sie fort war, habe ich meine mühsam aufrechterhaltene Kontrolle verloren. Ich weiß nicht genau, was ich gemacht habe, aber am nächsten Tag musste ich ein neues Bett bestellen, und auch die Türschlösser wurden ausgetauscht. Ich habe ihr ein paar Taschen gepackt und vor die Tür geschmissen. Keine Ahnung, wer es abgeholt hat, aber am Abend war alles weg, und das war auch gut so. Ich bin ins Büro und habe mich ziemlich eklig allen gegenüber verhalten. Es hat viel Ärger gegeben, und wir haben einige gute Fotografen verloren und auch den einen oder anderen Auftrag. Aber es war mir auf einmal alles so egal. Petra war es schließlich, die mir den Kopf gewaschen hat, die mich halbwegs wieder zur Besinnung gebracht hat. Und die mich dann – leider mit Steffi – auf die Reise nach Afrika geschickt hat.«

Beim Gedanken an Steffi konnte Lisa ein leises Glucksen nicht verhindern. Angelas irritierter Blick ließ sie laut losplatzen:

»Aaron hat uns von Steffi und der Kuh erzählt.«

Da stahl sich auch auf Angelas Gesicht ein breites Grinsen. Die Sorgenfalten, die ihre Erzählung in ihre Stirn gegraben hatte, glätteten sich. »Das war vielleicht eine Marke. Sie hat die ganze Reise schon genervt. Eigentlich schon beim Abflug in Berlin. Aber das mit der Kuh, da bin ich echt ausgerastet. Wollte sie mir doch wirklich weismachen, dass sie noch nie eine lebendige Kuh gesehen hatte.«

»Na ja«, lenkte Lisa mit einem Anflug schlechten Gewissens ein. »Sie mag etwas dumm sein, dafür ist sie aber eine wunderschöne Frau mit tollen Kurven.«

Angela war perplex. »Wie kommst du denn darauf? Sie mag schlank sein, dafür isst sie auch nichts. Sie kokst lieber, damit unterdrückt sie nämlich das Hungergefühl – und zerstört so nebenbei die wenigen Gehirnzellen, die sie überhaupt hat. Und der üppige Busen, der entstammt nicht einer Laune der Natur, sondern dem Skalpell eines Schönheitschirurgen und dem dicken Bankkonto ihrer Eltern.«

»Warum hast du sie dann überhaupt mitgenommen?«, fragte Lisa verwundert.

Einmal mehr seufzte Angela tief auf. »Ich war verletzt ... und allein. Außerdem war sie gut für mein Ego. Ich, eine alternde Geschäftsfrau, kann mich mit einer so hübschen und jungen Assistentin schmücken.«

Lisa schnaubte heftig. »Alternde Frau, so ein Quatsch. Wie kommst du denn auf so einen Schwachsinn?«

»Weil es stimmt«, sagte Angela und hob die Hand, um Lisas erneutem Protest Einhalt zu gebieten. »Ich bin in einer Branche tätig, in der man in meinem Alter nicht mehr vor der Kamera steht und auch kaum noch dahinter. Es gibt wenige Frauen, die sich so ein Imperium aufbauen konnten, und noch weniger, die es behalten haben. Die Branche ist gnadenlos, schnelllebig und alles andere als gesund. Und trotzdem ... trotzdem liebe ich meine Arbeit, mein Magazin, meine Leute. Es ist mein Leben, ich habe es mir selbst geschaffen, bei Null angefangen, und heute stehe ich als äußerst erfolgreiche, aber eben nicht mehr junge Geschäftsfrau da. Ist doch was, oder?« Sie lächelte ganz leicht.

Doch für Lisa war das Thema Nicki noch nicht abgeschlossen. »Was ist denn aus Nicki geworden, weißt du das?«, erkundigte sie sich nach einer kurzen Pause.

»Nein. Ich weiß nur, dass sie weiterhin in Berlin ist. Mehr nicht, und ich will auch nichts von ihr wissen.« Angelas Stimme war hart. »Sie soll mir nur aus dem Weg gehen. Und falls sie sich doch einmal blicken lässt: Sie ist ein Nichts und Niemand und hat in meinem – unserem – Leben nichts zu suchen.«

Zärtlich schmiegte sich Lisa in ihre Arme. »Danke, dass du mir von ihr erzählt hast.« Dann hob sie den Kopf. »Darf ich dich noch etwas fragen?«

»Natürlich, Kleines, frag nur.«

»Petra und du ...« Lisa ließ die eigentliche Frage unausgesprochen in der Luft hängen.

Angelas Lachen nahm ihr jedoch sofort alle Angst. »Oh nein, da ist kein Petra und ich. Wir sind gute Freunde, eigentlich die besten Freunde – und das schon seit dreißig Jahren. Wie oft hat sie hier übernachtet, wenn sie mal wieder Stress mit ihrem Marc hatte. Und ich bin die Patentante ihrer beiden Kinder. Dazu ist sie eine gute Managerin und hat das Magazin hervorragend geleitet und betreut, als ich jetzt weg war. Das bietet uns großartige Möglichkeiten, wenn wir wieder nach Afrika zurückgehen.«

Lisas Herz wurde bei diesen Worten immer leichter. Als Angela geendet hatte, schlang sie ihr die Arme um den Hals und begann sie wild zu küssen.

»Hey, Kleines ...« Angela schob sie sanft zur Seite und sah ihr ernst in die Augen. »Ist alles in Ordnung?«

»Und wie alles in Ordnung ist. Ich liebe dich, Angela, von ganzem Herzen. Du machst mich so glücklich.«

»Aber das machst du mich doch, Schatz.« Voller Liebe sah Angela sie an. »Durch dich bin ich ein ganz anderer Mensch geworden. Sehe so vieles mit anderen Augen – mit deinen Augen. Ich bin so glücklich wie noch nie in meinem Leben.« Sie machte eine Pause, stand vom Sofa auf und zog Lisa mit sich nach oben. »Komm, Schatz ... wir haben morgen einen anstrengenden Tag bei der Inquisition. Lass uns schlafen gehen.«

»Gern.« Lisa lächelte kokett. »Obwohl ich mir noch anderes

vorstellen könnte, als nur zu schlafen.«

Hand in Hand gingen sie in ihr Schlafzimmer und liebten sich mit großer Sanftheit und Zärtlichkeit.

11

Viel zu schnell war es Sonntagmorgen. Damit begann – in Angelas Worten – der Tag der Inquisition.

Lisa brauchte lange, um ihr Outfit für den Tag auszuwählen. Mit ihrer schwarzen Hose, der grünen Bluse und dem eleganten Mantel kam sie sich völlig fremd vor.

Angela sah, wie sie sich im Spiegel düster musterte, und nahm sie lachend in die Arme. »Komm, Schatz, mach dir nicht zu viele Gedanken, es ist nur Familie. Tut mir leid, wenn ich dich kirregemacht habe. Sie werden dich toll finden, daran habe ich keinen Zweifel. Papa und Marianne hast du ja schon um den Finger gewickelt. Die anderen sind dagegen ein Klacks.«

»Bis auf deine Mutter, oder?«, fragte Lisa nervös.

Angela grinste fröhlich. »Ach was. Mama ist okay, das wirst du schnell merken. Sei einfach du selbst, dann werden dich alle ganz automatisch lieben. So wie ich.« Sie packte Lisa bei den Schultern und zog sie in ihre Arme, um ihr Gesicht mit heißen Küssen zu bedecken. Wenn nicht in diesem Moment das Telefon zu läuten begonnen hätte, wäre der Brunch in weite Ferne gerückt.

»Ja, Schwesterherz«, flötete Angela in den Hörer, »wir sind doch schon auf dem Weg. Nein, Schwesterherz, wir haben es nicht vergessen. Aber ja, Schwesterherz, wir kommen sofort.«

Schnell zog sie Lisa erneut in ihre Arme und küsste sie ganz sanft, voller Versprechen für den späteren Tag.

Angelas Eltern wohnten in einem der Außenbezirke von Berlin in einem großen, einzeln stehenden Haus. Noch während sie den kleinen Weg durch den Vorgarten darauf zugingen, öffnete sich schon die Tür. »Da seid ihr ja endlich«, begrüßte Marianne die beiden. »Alle warten nur auf euch.«

Sie nahm Lisa am Arm und zog sie hinein. »Sie sind da!«, rief sie ins Innere des Hauses. »Los, kommt und begrüßt Angela und ihre Freundin.«

Der Aufforderung hätte es gar nicht bedurft. In dem großen Wohnzimmer, in das Lisa sich mit klopfendem Herzen von Marianne führen ließ, saß die ganze Familie schon beisammen: vier Frauen und eine Menge Kinder, die Lisa nicht zählen konnte, da die meisten von ihnen am Boden herumwuselten. Eine Reihe von Augenpaaren sah sie neugierig an, und Marianne stellte sie allen vor.

Angelas Mutter stellte sich als äußerst warmherzige und freundliche Frau heraus, und schon nach dem ersten Blick in die lachenden braunen Augen verlor Lisa ihre anfängliche Scheu. Auch Angelas Schwestern empfingen sie so ungezwungen und heiter, als habe sie schon immer zur Familie gehört. Sie zogen Lisa zu sich auf die Couch und stellten ihr tausend Fragen über Afrika, die Tiere und die Farm. Das fröhliche Interview nahm sie so gefangen, dass sie Angela beinahe vergaß.

Nach einiger Zeit kam Angela zu ihnen, nahm Lisas Hand und polterte los: »Mein Baby gehört zu mir!«

Die Schwestern brüllten vor Lachen.

»Das ist aus unserem Lieblingsfilm«, erklärte Marianne der verdattert dreinschauenden Lisa, »*Dirty Dancing*. Da holt sich Johnny auch sein Baby aus der Ecke.« Sie zwinkerte ihr zu. »So was bringt echt nur Angela.«

In diesem Augenblick kam Angelas Vater ins Zimmer und strahlte Lisa an.

»Guten Morgen, ihr zwei! Schön, dass ihr gekommen seid.« Doch sofort wurde er wieder ernst und gab den beiden Frauen ein Zeichen, ihm zu folgen. Er führte sie in sein Arbeitszimmer und bedeutete ihnen, sich auf das breite Sofa zu setzen.

»Lisa, dein Onkel versucht sich bei vielem herauszureden«, erklärte er, während er ihnen gegenüber an seinem Schreibtisch Platz nahm. »Dass es sein Auto war, musste er eingestehen, aber er behauptet, dass jemand anderes gefahren sei. Das wird länger dauern. Aber dein Erbe muss er rausrücken. Wir haben die alten Unterlagen bekommen und genau geprüft, was er dir schuldet. Das ist eine ganze Menge – du wirst bald eine reiche junge Frau sein.« Er ließ diese Nachricht einen Moment lang wirken. Lisa konnte nur schlucken, brachte aber kein Wort hervor.

»Wegen der Vernachlässigung seiner Pflicht dir gegenüber«, fuhr er fort, »da schiebt er die ganze Schuld auf dich und seine Exfrauen. Aber auch da sind wir dran, und durch die Aussagen des Polizisten wurde er doch schwerer belastet, als er erwartet hätte. Alles in allem bin ich zufrieden mit dem, was wir in der kurzen Zeit erreicht haben.« Er klappte den Ordner zu, den er für seinen Bericht herangezogen hatte.

Lisa hatte endlich die Sprache wiedergefunden. »Danke, vielen Dank. Ich werde mit Freude zusehen, wie ihm alles genommen wird«, sagte sie mit fester Stimme. »Wann ist der nächste Gerichtstermin? Ich möchte gern dabei sein.«

»Das halte ich für keine gute Idee«, meinte Angelas Vater. »Je weniger präsent du für ihn bist, desto weniger wird er provoziert. Bleibt lieber zu Hause. Ihr könntet auch hier bei uns wohnen für eine Weile, das ist vielleicht sicherer.«

»Nein, wir bleiben zu Hause – in unserem Zuhause. Aber danke, Papa«, sagte Angela lächelnd und stand auf.

Lisa jedoch runzelte die Stirn. *Provoziert ... sicherer ...* Sehr ermutigend klang das alles nicht. Ihre Bedenken und Vorbehalte, die sie anfangs gequält hatten, kamen in ihrem ganzen Schrecken wieder zum Vorschein. Ihr Onkel war schon damals vor nichts zurückgeschreckt, um seine Ziele zu erreichen, und der Bericht von Angelas Vater zeigte nur allzu deutlich, dass sich das nicht geändert hatte.

Auch die nächsten Worte von Angelas Vater trugen nicht gerade dazu bei, ihre Ängste zu beruhigen: »Pass auf sie auf, Angela. Der Typ scheint wirklich gefährlich zu sein.«

»Ich lasse nicht zu, dass Lisa etwas passiert«, erklärte Angela mit Nachdruck.

»Gut, denn deine Schwestern und deine Ma würden dir den Hals umdrehen, wenn doch.« Damit stand auch er von seinem Schreibtischstuhl auf, und sie verließen das Büro.

Angela trat neben Lisa, legte ihr den Arm um die Schultern und zog sie beschützend an sich. »Wenn dir das lieber ist«, sagte sie sanft, »könnten wir wirklich eine Zeit hier wohnen. Das Haus ist groß genug.«

Da straffte Lisa die Schultern. »Ich habe nicht gegen Wilderer gekämpft, um jetzt angesichts einer möglichen Gefahr den Kopf in den Sand zu stecken«, erklärte sie. »Und wenn mein Onkel was von mir will, dann würde er mich sowieso auch hier finden. Ich will auf gar keinen Fall deine Familie in Gefahr bringen.«

Angela drückte sie fest an sich, und dann gingen sie zurück ins Wohnzimmer, wo sich inzwischen der große Tisch unter einem reichhaltigen Brunch nur so bog. Die fröhliche Stimmung und das köstliche Essen ließen Lisa die Gefahren, die möglicherweise auf sie lauerten, für eine Weile vergessen.

Auf dem Heimweg im Auto jedoch ertappte sie Angela dabei, wie diese ständig in den Rückspiegel schaute. Und auch sie selbst fragte sich bei jedem Auto, das ihnen eine Zeitlang folgte, ob das wohl ihr Onkel sein könnte. Sie konnte einen erleichterten Seufzer nicht unterdrücken, als endlich die Wohnungstür hinter ihnen ins Schloss fiel.

Erschöpft von der Anspannung ließen sie sich auf die Couch fallen. Lisa bettete Angelas Kopf in ihrem Schoß und begann ihr sanft übers Haar zu streichen. Angelas Nähe tat so gut ... wie schön wäre es, wenn sie sie ganz unvoreingenommen genießen könnte, statt sie als Kraftquelle gegen düstere Bedrohungen zu empfinden.

»Es tut mir leid, Schatz«, flüsterte sie.

»Was denn?«

»Ich hätte das nicht tun sollen.« Lisa seufzte. »Jetzt leben wir für eine ungewisse Zeit in Angst und müssen bei jedem unangemeldeten Besuch damit rechnen, dass es mein Onkel sein könnte ... das hätte ich dir nicht antun sollen.«

Angela richtete sich mit einem Ruck auf und sah sie ernst an. »Wenn überhaupt, dann tut es *mir* leid, Lisa. Ich habe dich doch erst dazu gebracht, gegen ihn vorzugehen. Du hast mir nichts angetan – im Gegenteil, ohne mich und meine Einmischung hätten wir jetzt diese Ungewissheit nicht.«

Sanft streichelte Lisa ihr über das Gesicht und lächelte verhalten. »Du hast nach bestem Wissen und Gewissen gehandelt, und ich bin dir dankbar dafür. Er hat meine Eltern getötet. Dafür allein muss er büßen. Wir schaffen das, gemeinsam, du und ich. Ja?« Mit ihren großen Augen hielt sie Angelas Blick gefangen.

Die bedeckte Lisas liebkosende Hand mit ihrer und drückte sie. »Natürlich schaffen wir das. Und denk daran, falls dir hier die Decke auf den Kopf fällt – ein Anruf genügt, und wir können zu meinen Eltern.«

In dieser Nacht fanden sie beide kaum Schlaf. Am nächsten Morgen reichte ein Blick in ihre übermüdeten Gesichter, um ihren Entschluss zu fassen. Nach einem kurzen Frühstück packten sie schnell zwei Taschen und fuhren zu Angelas Eltern hinaus.

Angelas Mutter öffnete ihnen. »Dietmar hat schon mit mir gesprochen«, sagte sie. »Ich freue mich, dass ihr hier seid. Bleibt so lange, wie ihr wollt.«

Angela ließ sich mit ihrem Laptop an dem großen Esstisch nieder, um ein wenig zu arbeiten. Lisa vertrieb sich die Zeit damit, Angelas Mutter in der Küche zu helfen, bis diese gegen Mittag ihre jüngsten Enkel aus dem Kindergarten abholen ging. Unterdessen war Angela immer unruhiger geworden. Mehrmals hatte sie Lisa angesehen, als ob sie etwas sagen wollte, dann aber verlegen wieder weggeschaut.

Lisa konnte sich das Grinsen nicht verkneifen. Angela war so süß, wenn sie unsicher war. Schließlich beschloss sie, ihre Freundin zu erlösen.

»Ist schon okay, Schatz«, sagte sie zärtlich, »geh nur ins Büro. Ich bin hier gut aufgehoben. Aber mach nicht so lange, ja? Ich vermisse dich nämlich jetzt schon.« Damit legte sie ihre Arme um Angela und drückte sie fest.

Die atmete hörbar auf. »Du bist mir nicht böse?«

»Ach, Schatz, natürlich nicht. Und jetzt los, dann bist du schneller wieder hier.«

»Ich möchte dich doch auch gar nicht so lange allein lassen«, versicherte Angela und setzte ihren Hundeblick auf.

Mit einem Lachen zeigte Lisa auf die lärmende Kinderschar, die gerade zur Tür hereinstürmte, gebändigt von Angelas Mutter: »Allein? Du bist gut. Wahrscheinlich musst du eher zu meiner Rettung wiederkommen.«

Grinsend gab Angela ihr noch einen Kuss, lief die Stufen hinunter und schwang sich hinter das Lenkrad ihres alten Hondas.

Lisa schloss die Tür hinter ihr und lächelte ein wenig. Mit der

Ruhe war es jetzt natürlich vorbei, aber es war schön, eine große Familie zu haben, wo jeder für den anderen da war. Wo man aufeinander aufpasste, einander half. Abgesehen von ihren Eltern, die ja viel zu früh aus ihrem Leben gerissen worden waren, kannte Lisa so etwas nur von Rosalie, Aaron und ihrem Großvater. Und nun hatte sie mit Angela gleich auch eine neue Familie gefunden. Welch großes Glück sie doch hatte.

Sie setzte sich im Wohnzimmer aufs Sofa und sah zwei von Angelas kleinen Nichten beim Spielen zu. Die beiden versuchten sich an einem Puzzle, das eigentlich zu schwer für sie war, und Lisa konnte nicht widerstehen, ihnen den einen oder anderen Hinweis zu geben. Die Kleinen reagierten zuerst etwas zurückhaltend – schließlich kannten sie Lisa noch kaum. Aber es dauerte nicht lange, da saß Lisa schon bei ihnen auf dem Boden, und das Bild von drei niedlichen Kätzchen war zur Hälfte fertig.

Mittendrin klingelte es an der Tür. Angelas Mutter rief aus der Küche: »Lisa, kannst du bitte nachsehen? Ich will die Kartoffeln nicht allein lassen.«

Bereitwillig stand Lisa vom Boden auf und lief zur Haustür. Durch den Türspion sah sie eine junge Frau, die sie nicht kannte. Sie öffnete.

»Ja, was kann ich für Sie tun?«

Die junge Frau betrachtete Lisa mit abschätzigem Blick. »Ich möchte zu Sibylle, meldest du mich an?«

Lisa grinste amüsiert. »Das kannst du gern selbst tun, sie ist in der Küche beschäftigt.« Damit machte sie einen Schritt zur Seite und ließ die Frau ein. Neugierig folgte sie ihr in einiger Entfernung.

»Hey, Sibylle. Lange nicht gesehen.«

Lisa, die vom Hausflur in die Küche lugte und Angelas Mutter nur von hinten sah, nahm mit Bestürzung eine Veränderung in deren Haltung wahr. Stocksteif stand sie über die Spüle gebeugt, das spitze Messer, mit dem sie gerade die Kartoffeln geschält hatte, war mitten in der Bewegung erstarrt. Langsam drehte sie sich dann zu der fremden Frau um. Ihre sonst so sanften braunen Augen blitzten mit ungewohnter Wut, als sie leise sagte: »Dass du dich überhaupt traust, hierherzukommen, Nicki.«

Der Name ließ Lisa zusammenzucken. Das also war sie. Die

Frau, die Angela hatte heiraten wollen und die sie so schmählich betrogen hatte. Aufmerksam betrachtete sie Angelas Ex. Sie war beinahe so groß wie Angela selbst, schlank, mit langen, blonden Haaren. Ihre blauen Augen, die Lisa zuvor so verächtlich gemustert hatten, hatten einen leicht wässrigen Schimmer. Ihre Kleidung sah ungepflegt aus, fiel Lisa nun auf, beinahe schmuddelig. Ein Umstand, der bei Lisa etwas wie Erleichterung auslöste. Ganz tief in ihrem Inneren hatte sie sich vor dem Gespenst der Ex gefürchtet. Hier und jetzt zu sehen, dass es nichts zu befürchten gab, ließ eine Last von ihr abfallen.

Nickis leicht näselnde Stimme weckte Lisa aus ihren Überlegungen: »Ach komm, Sibylle, wir wissen doch beide, dass Angela sich wieder einkriegen wird. Immerhin wollten wir heiraten. Und was Besseres als mich wird sie auch nie bekommen. Vielleicht könntest du mal ein gutes Wort für mich einlegen? Dann hätte ich bestimmt eine gute Chance, sie wieder für mich zu gewinnen.«

Ein gutes Wort einlegen? Lisa traute ihren Ohren nicht. Das konnte die doch nicht ernst meinen.

Sibylle hielt Nickis Blick stand. Sie zwinkerte Lisa, die stumm an der Tür lehnte und die Szene beobachtete, ganz kurz zu und deutete ein Lächeln an, was wohl bedeuten sollte, dass sie auf Lisas Seite war.

Nicki, die Lisa den Rücken zukehrte und von ihrer Anwesenheit nichts ahnte, schien jedoch anzunehmen, dass das Lächeln ihr galt. Sie trat noch einen Schritt auf Sibylle zu.

»Wir haben uns doch immer gut verstanden«, sagte sie in einschmeichelndem Ton. »Das könnte wieder so sein. Angela liebt mich noch immer, das haben mir ihre Kollegen erzählt. Sie wartet nur darauf, dass ich mich bei ihr melde. Und du möchtest deiner Tochter doch helfen, nicht wahr?«

Sibylle starrte sie ungläubig an. »Weißt du eigentlich, was du da behauptest?«

Für einen Moment schien Nicki aus dem Konzept gebracht. Ihre nächsten Worte klangen schon nicht mehr ganz so selbstsicher: »Ja, klar. Angela und ich gehören zusammen, für immer. Sie wollte mich heiraten.«

»Ja, genau, sie *wollte*«, betonte Sibylle. »Und du hast es gründlich vermasselt. Es gibt für euch keine Zukunft. Wer auch immer dir so etwas einreden wollte, der spinnt – oder hat dich auf den Arm genommen. Angela ist glücklich verliebt. Sie hat eine wundervolle neue Freundin gefunden, die wir alle sehr ins Herz geschlossen haben. Denn im Gegensatz zu dir, meine liebe Nicki, ist Lisa ein grundehrlicher Mensch.«

Bei diesen Worten begann Lisa hinter Nickis Rücken zu strahlen.

»Du aber«, fuhr Sibylle fort, »du bist nur auf deinen Vorteil bedacht. Du würdest Angela tatsächlich heiraten, nur um dich an ihrer Seite wichtig zu fühlen, von ihren Kontakten und ihrem Geld zu profitieren – und sie wieder zu betrügen, wenn es dir in den Sinn kommt. Bemüh dich nicht, dich bei uns einzuschmeicheln, denn es wird dir nicht gelingen. Durchschaut haben wir dich schon lange. Tu uns allen einen Gefallen und verschwinde, aus diesem Haus und aus unser aller Leben. Ich bin mal gespannt, was Angela sagen wird, wenn ich ihr von deinem Besuch hier erzählen werde.«

Nun war es Nicki, die erstarrte. Je länger Sibylle sprach, umso verkrampfter wirkte sie.

»Das ist nicht wahr«, keuchte sie, als Sibylle geendet hatte. »Angela ist meine einzige große Liebe. Und ich werde sie heiraten, ganz egal, ob du alte Kuh das willst oder nicht.«

Das reichte Lisa. Mit zwei schnellen Schritten trat sie zwischen die beiden Frauen, packte Nicki fest am Arm und drehte sie zur Tür hin.

»Ich denke, es ist besser, wenn du jetzt gehst«, sagte sie ruhig.

Nickis trübe Augen richteten sich verständnislos auf Lisa. Ein irritierendes Funkeln lag in ihrem Blick, und vor Wut bildeten sich kleine Schaumbläschen auf ihren Lippen.

»Fass mich nicht an«, zischte sie und versuchte erfolglos, ihren Arm aus Lisas hartem Griff zu befreien. »Wer bist du überhaupt?«

»Das ist Lisa«, antwortete Sibylle an Lisas Stelle, »Angelas Freundin und die Frau, die Angela wirklich glücklich macht. In jeder Hinsicht und ohne fiese Hintergedanken.« Aus ihrer Stimme klangen Stolz und Wärme, ganz anders als bei den Worten, die sie vorher an Nicki gerichtet hatte. Und Lisa sah diese

Zuneigung auch in Sibylles Blick, als diese kurz in ihre Richtung sah. Ihr wurde warm ums Herz.

Nickis Augen weiteten sich ungläubig. Sie musterte Lisa von oben bis unten und ließ ein kurzes, hämisches Lachen hören. »Das kann ja nur ein schlechter Scherz sein. Diese Witzfigur soll meine Konkurrenz sein?«

»Nein.« Sibylles scharfe Stimme schnitt ihr das Wort ab. »Nein, sie ist keine Konkurrenz, denn du bist schon lange aus dem Rennen, Nicki. Außerdem kannst du Lisa gar nicht das Wasser reichen. Sie ist grundehrlich, anständig, strebsam. Sie macht Angela glücklich, weil sie sie von Herzen liebt. Und das sind alles Attribute, die du nicht einmal kennst. Du denkst immer nur an dich, Nicki. Etwas anderes gibt es für dich nicht und gab es auch noch nie. Angela hat dir viel zu lange alles nachgesehen. Sie hätte sich schon viel eher von dir trennen sollen. Aber jetzt ...« Sie machte eine kleine Pause und trat neben Lisa. Die blinzelte unauffällig ein paar Tränen weg. Sibylle und vor allem Nicki mussten ihre Rührung über die Lobeshymnen nicht unbedingt mitbekommen.

»Jetzt«, setzte Sibylle ihre kleine Ansprache fort, »ist meine Tochter das erste Mal in ihrem Leben richtig glücklich. Sie hat eine äußerst liebevolle Partnerin gefunden, und wir alle heißen sie hier in unserer Familie herzlich willkommen. Etwas, das du, meine liebe Nicki, nie erreicht hast und ganz sicher nie erreichen wirst, egal, wie sehr du dich einschmeichelst. Und nun wäre ich dir dankbar, wenn du ohne weitere Verzögerungen das Haus verlassen würdest.«

Sie nickte Lisa lächelnd zu. »Würdest du sie bitte zur Tür begleiten?«

»Mit dem größten Vergnügen.« Damit packte Lisa noch ein wenig härter zu und zog die widerstrebende Nicki hinter sich her zur Haustür.

»Hey, lass los«, protestierte diese. »Ich will Angela sprechen. Sie soll entscheiden. Ich lass mich von euch doch nicht so behandeln. Schon gar nicht von so einer Tussi.« Noch immer kämpfte sie gegen Lisas Griff, aber gegen Lisas kräftige Arme hatte sie keine Chance.

»Welchen Teil von ›du sollst das Haus verlassen‹ hast du eigentlich nicht verstanden?«, fragte Lisa, immer noch ruhig. »Dies ist Sibylles Haus, und wenn sie dich hier nicht haben möchte, dann solltest du so schnell wie möglich Leine ziehen. Und ich kann mir nicht vorstellen, dass du wirklich möchtest, dass ich Angela anrufe und sie von der Arbeit hierher hole, oder?«

Bei den letzten Worten schob sie Nicki aus der Tür. Taumelnd lief die wütende Frau die Treppenstufen hinunter, dann drehte sie sich erneut zu Lisa um. Doch was immer sie noch sagen wollte – Lisa schlug ihr einfach die Tür vor der Nase zu. Sie und Sibylle hatten wahrlich genug gehört.

In der Küche stand Sibylle erneut über die Kartoffeln gebeugt. Lisa sah, wie ihre Schultern bebten. Vorsichtig näherte sie sich der älteren Frau und legte ihr die Hand auf den Arm.

»Ist alles okay, Sibylle? Soll ich Dietmar anrufen?«

»Nein, nicht doch. Es ist alles in Ordnung. Dieses undankbare Miststück. Wie kann sie es nur wagen, hier aufzutauchen und dann auch noch solche Geschichten zu erfinden. Bah!« Wütend nahm sie ein Taschentuch aus der Schürze und schnäuzte sich geräuschvoll die Nase. Dann drehte sie sich zu Lisa um, und ihre Stimme wurde warm. »Ich bin so froh, dass du in Angelas Leben getreten bist, Lisa. Durch dich ist meine Tochter ein ganz anderer Mensch geworden. Sie ist ausgeglichen, fröhlich ... Ich habe sie schon lange nicht mehr so oft lachen sehen. Wann immer sie dich ansieht, dann ist ihr Blick so voller Liebe und Zuneigung, da geht selbst mir das Herz auf. Du tust ihr gut, und das zu sehen, das macht mich sehr glücklich. Danke ...« Damit drückte sie die verblüffte Lisa an sich und wiederholte noch einmal: »Danke.«

Eine Träne löste sich aus Lisas Augenwinkel. Sie setzte zu einer Antwort an, doch in diesem Moment stürmten die Enkel in die Küche und belagerten ihre Oma. Sie fanden offenbar, dass es Essenszeit war. Grinsend ließ Lisa Sibylle mit der Invasion allein, nahm ihr Handy aus der Tasche und wählte Angelas Handynummer.

»Hallo, Schatz! Vermisst du mich schon?« Angelas fröhliche Stimme ließ ihr Herz schneller schlagen.

Lächelnd erwiderte sie die Begrüßung: »Hey, mein Schatz, ich liebe dich. Und ja, ich vermisse dich sehr.«

»Was ist passiert?« Angelas Stimme hatte ihre Leichtigkeit verloren und klang besorgt. »Ich kann doch hören, dass etwas nicht stimmt. Warum rufst du an?«

Lisa überlegte einen Moment, ob sie einfach leugnen sollte, doch Angela würde ihr das bestimmt nicht abkaufen. Also sagte sie mit leiser Stimme: »Nicki war hier.«

Eine Sekunde herrschte Stille in der Leitung. Dann schoss Angela hervor: »Ich komme. Ist sie noch da?«

»Nein. Deine Ma hat ihr unmissverständlich klargemacht, dass sie hier nicht mehr willkommen ist und es eigentlich auch noch nie war. Ich denke, sie hat es auch verstanden ... ich glaube nicht, dass sie noch einmal wiederkommen wird.«

»Dieses dumme Stück ... Wenn ich die in die Finger bekomme.« Lisa konnte Angelas Wut durch das Telefon hören. Dann sprach Angela ganz sanft weiter: »Ist wirklich alles in Ordnung?«

»Ja, natürlich. Deine Ma ist einfach toll. Du fehlst mir, das ist alles«, erklärte Lisa ein wenig verlegen.

»Ich beeil mich. Ich möchte doch auch bei dir sein. Ich liebe dich.« Bevor Lisa noch etwas sagen konnte, hatte Angela schon aufgelegt.

Lisa ging in die Küche zurück und half Sibylle dabei, eine Pizza für die Kinder in den Ofen zu schieben und den Tisch zu decken. Die Kartoffeln waren in der Spüle ziemlich zermatscht und nicht mehr brauchbar, zumindest nicht für einen Kartoffelsalat.

Kurz darauf stürmte Angela in die Küche, nahm ihre Mutter in den Arm und hielt sie fest an sich gedrückt. »Es tut mir leid, Mama. Ich hatte keine Ahnung, dass Nicki hier auftauchen würde.«

Lisa sagte rasch: »Angeblich hat ihr jemand von deinen Kollegen gesagt, dass du sie noch immer lieben würdest, und sie hat sich Hoffnungen gemacht. Deshalb wollte sie mit deiner Ma sprechen.«

Angelas Kopf fuhr zu ihr herum. »Wer würde denn auf so eine blöde Idee kommen? Ich habe schon lange keine Gefühle mehr für sie, und selbst als sie mich betrogen hat – das war eher verletzter Stolz als echte Gefühle. Liebe war da nicht wirklich, das weiß ich jetzt. Und ganz sicher wird da nie mehr welche sein. Sie hatte kein Recht, hier aufzutauchen und euch in ihre idiotischen Spielchen hineinzuziehen. Was genau ist denn passiert?«

»Sie hat deiner Ma die Ohren vollgesülzt, dass du sie lieben und brauchen würdest und all so was.«

Angela schnaubte wütend durch die Nase.

»Deine Ma hat ihr auf jeden Fall den Zahn schnell gezogen«, fuhr Lisa rasch fort, »und ihr von uns erzählt. Das hat Nicki nicht wirklich gefallen, und wir mussten ihr etwas deutlicher klarmachen, dass sie hier in diesem Haus nicht erwünscht ist.«

Angela sah sie erschrocken an. »Sie hat doch hoffentlich keine Schwierigkeiten gemacht?«

»Nein«, sagte nun Sibylle und grinste Lisa fröhlich zu. »Lisa hat sie gepackt, und da hatte sie gar keine andere Wahl, als mit ihr nach draußen zu gehen.«

Entschuldigend hob Lisa die Schultern: »Ich habe sie nur sanft an die frische Luft gesetzt. Die scheint ihr eh ein wenig zu fehlen, so bleich, wie sie aussieht.«

Angela drückte ihre Mutter erneut fest an sich, dann streckte sie ihre Hand nach Lisa aus und zog auch sie in die Umarmung hinein. »Ihr seid die wichtigsten Menschen in meinem Leben«, sagte sie beinahe feierlich. »Es tut mir leid, dass Nicki euch belästigt hat. Ich hatte keine Ahnung, dass sie oder irgendjemand sonst auf den Gedanken kommen würde, dass die Sache mit uns nicht ein für allemal aus und vorbei ist.«

Sibylle winkte belustigt ab. »Sie hat sich einfach eine Geschichte ausgedacht und wollte ein letztes Mal testen, wie weit sie damit kommt. Oder sie hat von deinem neuen Glück gehört und wollte sich selbst ein Bild davon machen. Ganz egal, was es war – sie kommt sicher nicht wieder.« Sie drehte sich zum Herd und öffnete die Ofenklappe, und aromatischer Pizzaduft stieg ihnen allen in die Nasen. »Genug von Nicki! Jetzt gibt es erst mal Futter für die hungrige Meute, und wir essen später, wenn dein Vater nach Hause kommt.«

Während die Kleinen sich begeistert über die Pizza hermachten, gingen Lisa und Angela hinaus in den Wintergarten und setzten sich zusammen in einen der großen Korbstühle. Angela zog Lisa eng an sich heran und küsste sie liebevoll auf den Mund. Eindringlich sagte sie: »Du musst immer auf dich aufpassen, hörst du?«

Überrascht sah Lisa die Sorge in den schönen Augen ihrer Freundin. »Es ist doch gar nichts passiert.«

Seufzend umschlang Angela sie noch fester. »Trotzdem. Auch wenn du dich mit wilden Tieren, Zeseln und sonstigen seltsamen Dingen auskennst ... Menschen können viel Schlimmes anrichten. Oftmals reichen auch Worte, um tief zu verletzen und böse Wunden zu schlagen. Bitte, versprich mir einfach, dass du immer auf dich aufpasst. Ich brauche dich. Du bist das Allerwichtigste in meinem Leben, und ohne dich kann ich und möchte ich nicht mehr sein. Nie wieder, hörst du?«

In ihrem Blick lag so viel Liebe, dass Lisa das Herz stockte und sich in ihrem Hals ein dicker Kloß bildete. Statt einer Antwort kuschelte sie sich ganz eng an Angela, um ihr zu zeigen, dass sie genauso fühlte.

In diesem Moment stürmten die offenbar gesättigten Nichten und Neffen den Wintergarten und setzten der stillen Zweisamkeit ein abruptes Ende. »Lisa, spielst du mit uns?«, tönte es ihnen entgegen, und: »Lisa, du musst uns weiter mit dem Puzzle helfen.«

»Lasst die beiden in Ruhe«, schalt Sibylle, die der Kinderschar gefolgt war. »Husch, rein mit euch. Ihr könnt auch ohne Lisa spielen.«

Während sie die Kleinen wieder ins Wohnzimmer scheuchte, verständigten Lisa und Angela sich mit Blicken, dass sie doch lieber keine Kinder wollten.

Da kam Sibylle auch schon zu ihnen zurück. »Habt ihr es bequem hier? Möchtet ihr etwas trinken? Oder kann ich euch sonst irgendetwas bringen?«

Die beiden versicherten, dass sie alles hatten, was sie brauchten. Aber als Sibylle zehn Minuten später erneut erschien und sich erkundigte, ob sie nicht vielleicht doch etwas für sie tun könnte, stand Lisa auf und nahm sie beiseite.

»Bitte, mach dir doch nicht solche Umstände«, bat sie. »Das ist mir richtig unangenehm. Wir beanspruchen euch schon genug dadurch, dass wir euch auf der Pelle sitzen. Du brauchst uns nicht auch noch zu betüddeln.«

»Aber wir sind doch so froh, dass ihr hier seid«, beteuerte Angelas Mutter »Und vor allem, dass du an meiner Seite warst heute Nachmittag, als Nicki hier war ... Wer weiß, ob ich sie allein so einfach losgeworden wäre.«

Lisa legte ihr die Hände auf die Schultern. »Jetzt hör mal, Sibylle – wenn hier jemand Dankbarkeit zeigen muss, dann bin ich es. Und zwar dir gegenüber.«

Auf Sibylles erstaunten Blick hin erklärte sie: »Wegen dem, was du zu Nicki gesagt hast. Wie du über mich gesprochen hast und mich verteidigt hast ... das hat mich tief berührt. Und ich bin dir und euch sehr dankbar, dass ihr alle mich so herzlich bei euch aufgenommen habt. Du ahnst gar nicht, wie gut mir das tut, wieder eine Familie zu haben. Also, wenn überhaupt, dann müsste ich hier herumrennen und dich nach deinen Wünschen fragen.«

Sibylle strahlte sie an, dann drückte sie sie fest an sich. »Ich habe jedes Wort ernst gemeint«, versicherte sie. »Du bist das Allerbeste, das Angela widerfahren konnte. Ich habe sie noch nie so glücklich gesehen. Von frühester Kindheit an war sie immer unruhig, auf der Suche nach sich selbst, nach ihrem Glück – und wir hatten eigentlich schon die Hoffnung aufgegeben, dass sich das jemals ändern würde. Aber mit dir ist sie jetzt endlich angekommen. Danke, Lisa.«

Lisa erwiderte die herzliche Umarmung, bevor sie freudestrahlend zu Angela zurücklief und sich ihrer verblüfften Freundin auf den Schoß setzte.

»Hey, Kleines, hab ich was verpasst?«

Lisas Lippen strichen sanft über Angelas Mund, dabei hätte sie sie am liebsten stürmisch geküsst. Sibylles Worte ließen das Glück, das sie mit Angela gefunden hatte, noch unglaublicher, noch überwältigender erscheinen.

»Ich wollte dir nur sagen, dass ich dich liebe und dass ich unheimlich glücklich mir dir bin«, flüsterte sie Angela zärtlich ins Ohr.

»Danke, Kleines, das kann ich gerade so zurückgeben. Ich wusste gar nicht, dass man so viel Glück empfinden kann.«

Lisa hätte ihre eigenen Gefühle nicht besser in Worte fassen können.

Das laute Knirschen von Autoreifen in der Auffahrt drang von draußen an ihre Ohren. Im nächsten Moment kam Angelas Vater ins Haus gestürzt. »Mädels, ich habe hervorragende Neuigkeiten für euch«, rief er schon im Flur.

Gespannt sahen Angela und Lisa ihm entgegen, als er in den Wintergarten heraustrat. Auch Sibylle kam aus der Küche gelaufen.

Atemlos verkündete Angelas Vater: »Das Gericht hat die Zeugen angehört und sie für glaubwürdig befunden. Die Tatsache, dass sie damals gar nicht gehört wurden, hat Richter Parker sehr wütend gemacht. Wenn er etwas hasst, dann sind das Inkompetenz und Bestechlichkeit. Und hier gab es gleich mehrfach beides. Dein Onkel, Lisa, sitzt in Untersuchungshaft wegen möglicher Fluchtgefahr. Ihm wird jetzt nicht nur der Prozess wegen der Unterschlagung gemacht, sondern auch wegen der Unfallflucht. Und da das Ganze einfach viel zu gut passt, wird er sich wegen versuchten und leider auch erfolgreichen Totschlags verantworten müssen. Seine Konten wurden eingefroren, und er wird dir das veruntreute Geld zurückzahlen müssen. Ich weiß, dass wir dir damit deine Eltern nicht wiedergeben und deine schrecklichen Jahre bei ihm nicht ungeschehen machen können, aber es gehört dir – und ich bin sicher, du kannst es für deine Farm in Afrika gebrauchen.«

Lisa hatte ihm fassungslos zugehört. Schließlich hielt es sie nicht mehr auf ihrem Sessel. Sie sprang auf und fiel zuerst Angelas Vater, dann Angela um den Hals.

Doch die rückte ein wenig von Lisa ab. »Darf ich mal fragen, von welcher Summe du sprichst, Papa?«, fragte sie.

Dietmar räusperte sich kurz, dann sah er Lisa in die Augen: »Das Erbe belief sich auf zweieinhalb Millionen Euro.«

Lisa schluckte. Neben ihr zog Angela scharf die Luft ein.

»Dazu kommen aber auch noch die Zinsen, die dir das Geld gebracht hätte«, fuhr Dietmar fort, »plus die Renditen, bei geschickter Anlage. Wir sprechen hier von mehr als fünfzehn

Jahren – also alles in allem sind es heute geschätzte vier Millionen Euro. Das wird dir dein Onkel nicht alles auf einmal zurückzahlen können. Aber die Firma, die er sich mit deinem Erbe aufgebaut hat, läuft heute ganz gut, so dass es auf jeden Fall schon jetzt eine beträchtliche Summe sein wird.«

»Wow …« Lisa ließ sich in ihrem Sessel zurücksinken, ihr war plötzlich ganz schwindlig. »Das haut mich jetzt um. Ich dachte an ein paar hundert oder tausend Euro, aber so viel … wow.«

»Das heißt ja, dass wir zurück in unsere Wohnung können, oder?«, warf Angela ein.

Ihr Vater nickte. »Vor dem Onkel seid ihr jetzt jedenfalls sicher. Aber ihr müsst natürlich nicht.«

Lisa gähnte. Mit einem Mal fühlte sie sich schwach nach den Aufregungen des Tages – erst Nicki und dann diese überwältigenden Neuigkeiten. »Ich denke, heute Nacht gehen wir nirgends mehr hin, oder?«, murmelte sie und lehnte sich gegen Angelas Schulter.

Verblüfft merkte sie, wie sich ihre Freundin versteifte, und löste sich wieder von ihr. Doch ihrem fragenden Blick wich Angela aus.

Beim Abendessen herrschte eine seltsam gedrückte Stimmung zwischen den beiden Frauen. Doch da Angelas Eltern aufgeregt die Ermittlungen gegen Lisas Onkel in allen Einzelheiten Revue passieren ließen, fiel ihnen nicht auf, dass Angela nur einsilbige Antworten gab und auch Lisa abwesend wirkte.

Nachdem sie sich auf ihr Zimmer zurückgezogen hatten, fuhr Lisa zu Angela herum, kaum dass sich die Tür hinter ihnen geschlossen hatte: »Was ist los mit dir? Auf einmal siehst du mich nicht mehr an, berührst mich nicht mehr. Wenn ich etwas falsch gemacht habe, dann sag es mir doch bitte. Aber ignorier mich nicht einfach, das tut weh.« Ihre Stimme bebte. Nur mühsam konnte sie die aufsteigenden Tränen zurückdrängen.

»Es tut mir leid, Kleines«, sagte Angela dumpf, »das war heute etwas viel. Ich muss einiges erst noch verarbeiten.«

»Zum Beispiel? Was hat dich denn so umgehauen? Bitte, sag es mir.«

Angela fuhr sich mit den Händen durch die Haare. Dann steckte sie eine Hand in die Tasche ihres Blazers, schien etwas darin zu befühlen und zog die Hand dann langsam wieder heraus. Mit glänzenden Augen sah sie Lisa an, als sie ihr einen wunderschönen Diamantring hinhielt.

»Den wollte ich dir heute anstecken … dich fragen, ob du mich vielleicht heiraten möchtest. Aber jetzt – jetzt weiß ich nicht mehr, was ich machen soll.«

Lisa starrte sie an, dann den Ring, dann wieder Angela. In ihr tobte ein wilder Sturm. Angela wollte sie heiraten … nein, sie *hätte* sie heiraten wollen … und jetzt *wusste* sie es nicht mehr?!

»Was meinst du denn damit, dass du jetzt nicht mehr weißt, was du tun sollst?«, fragte sie, und Verzweiflung und Wut kämpften in ihrer Stimme um die Vorherrschaft. »Was ist jetzt auf einmal anders als heute Morgen? Bitte, erklär es mir, bevor ich verrückt werde.«

Angela seufzte leise auf. »Heute Morgen warst du Lisa, meine Freundin – die Frau, mit der ich alt werden wollte, den Rest meines Lebens verbringen. Und jetzt …« Erneut seufzte sie, und es schien aus tiefstem Herzen zu kommen. »Jetzt bist du eine schwerreiche Frau. Und ich frage mich, ob ich dir überhaupt gerecht werden kann.«

Lisas Augen weiteten sich immer mehr. Wieder starrte sie Angela an, ungläubig, fassungslos. Sah verständnislos auf die Träne, die Angela aus dem Augenwinkel kullerte. »Spinnst du eigentlich?«

»Ich versteh nicht …«, stammelte Angela.

»Ach, du verstehst nicht. Heute Morgen war alles okay, du hast geplant mich zu fragen, ob ich dich heiraten möchte. Hm, lass mal überlegen, wer weiß denn, ob ich dir gerecht werden konnte, so ohne Geld und ohne alles. Und jetzt, wo ich durch dich und deinen Vater mein Erbe zurückbekomme, jetzt auf einmal weißt du nicht mehr, ob ich gut genug für dich bin, oder was?« Bebend vor Zorn funkelte Lisa Angela an.

Die hielt sie am Arm fest. »Hey, das stimmt doch so nicht. Nicht du, sondern *ich* frage mich, ob ich noch gut genug für dich bin.«

Doch Lisa hörte kaum richtig zu. Sie riss sich aus Angelas

Griff los. »Ich sollte einfach wieder nach Afrika zurückfliegen. Da gehöre ich wirklich hin, da sind meine Freunde und meine Familie, und die werden nicht lange überlegen, ob ich gut genug für sie bin.«

»Lisa, bitte«, flehte Angela, »du hast das falsch verstanden, es geht doch um mich, nicht um dich.«

»Ist doch egal. Du wolltest mich heiraten, jetzt willst du nicht mehr. Ich packe meine Koffer und nehme den nächsten Flieger, dann hat sich das erledigt. Ganz einfach.« Lisa spie die Worte förmlich. Dann rannte sie an der völlig erschütterten Angela vorbei aus dem Zimmer, die Treppen hinunter und aus dem Haus.

»Lisa, bitte, warte!« Barfüßig rannte Angela ihr nach, humpelte über die Steine in der Auffahrt und musste die Verfolgung nach wenigen Metern mit schmerzverzerrtem Gesicht aufgeben. Lisa war einfach zu schnell für sie.

In Tränen aufgelöst war Lisa aus dem Haus gerannt. Sie hörte Angelas Rufe, doch sie ignorierte sie. In ihrem Kopf drehte sich alles. Wie konnte Angela sie nur für so oberflächlich halten. Sie kannte sie doch – oder zumindest hatte sie angenommen, dass Angela ihr Wesen richtig einschätzte. Immer wieder hatte sie ihre Bodenständigkeit und Ehrlichkeit gelobt. Und nun das … Leere Worte waren es gewesen. Nichts wusste Angela von ihr.

Wie gejagt rannte sie weiter, einzig und allein von dem Gedanken getrieben, nach Hause zu gehen. Zurück in *ihr* Zuhause. Zu Rosalie, Aaron und den anderen.

Wie konnte Angela nur so von ihr denken? Wütend wischte sie sich die Tränen von den Wangen. Angela verdiente es nicht, dass sie um sie weinte.

Da bemerkte sie Angelas alten Honda, der langsam neben ihr herfuhr. Sie schnaubte zornig, ohne den Kopf zu wenden.

Angela kurbelte das Fenster hinunter und rief Lisa zu: »Schatz, bitte – das ist ein riesengroßes Missverständnis. Bitte, steig ein. Lisa, ich liebe dich doch. Ich lass dich nicht so einfach gehen. Ich kann die ganze Strecke neben dir herfahren – oder du steigst ein, und wir bereden alles in Ruhe.«

Lisa blickte stur nach vorn und lief weiter. »Was gibt es da noch zu bereden«, sagte sie kalt. »Du hast schon genug gesagt, meinst du nicht?«

»Bitte, Kleines«, kam es flehend zurück, »wenn ich mich falsch ausgedrückt habe, dann tut mir das sehr leid. Ich habe doch nicht von dir gesprochen. Ich meinte, dass *ich* dir jetzt vielleicht nicht mehr genüge.«

Abrupt blieb Lisa stehen und funkelte sie wütend an. »Und du denkst, das macht es besser? Für wie oberflächlich hältst du mich eigentlich? Ich bin nicht so wie deine früheren Tussis. Ich liebe dich – um deiner selbst willen. Und genau deshalb hätte ich heute Morgen und auch heute Abend voller Freude und Glück deinem Antrag zugestimmt. Aber jetzt, nachdem ich ja weiß, was du von mir hältst und wie du mich wirklich siehst, da hat das doch alles keinen Sinn mehr. Lebe wohl, Angela. Ich hoffe, du findest noch dein Glück.«

Sie wandte sich ab und setzte sich wieder in Bewegung, verbissen und unerbittlich. Einen Moment hörte sie das Auto noch neben sich, hörte Angela nach ihr rufen, um Entschuldigung bitten. Doch sie blendete ihre Stimme aus und lief. Angelas alter Honda blieb mit laufendem Motor am Straßenrand zurück.

Die Entfernung machte Lisa nichts aus, sie war eine gute Langstreckenläuferin. Nur die Richtung war schwierig zu bestimmen. Da sie immer nur als Beifahrerin neben Angela gesessen hatte, hatte sie sich die Straßenführung nicht eingeprägt. Es kostete sie einige Minuten, doch schließlich fand sie den richtigen Weg zu Angelas Wohnung.

Schnell packte sie ihre Sachen, überprüfte, dass sie ihren Reisepass hatte, und zählte das Geld, das Angela ihr vor wenigen Tagen noch zugesteckt hatte. Bitter lachte sie auf: Sie würde es ihr zurückzahlen. Sie konnte es ja von ihrem Erbe abziehen.

Blind vor Tränen verließ Lisa die Wohnung. Sie stieg gerade in ein Taxi, als Angela vor der Tür hielt.

Am Flugplatz ergatterte Lisa noch einen Platz in der nächsten Maschine nach Frankfurt. Sie hatte Glück: Der nächste Flug von dort nach Johannesburg war nicht überbucht, und sie würde noch rechtzeitig zum Abflug ankommen.

Erschöpft und unfähig, einen klaren Gedanken zu fassen, ließ sie den Kopf gegen das Flugzeugfenster sinken und verbarg das

Gesicht in den Händen. Von dem kurzen Flug nach Frankfurt bekam sie kaum etwas mit.

Am Frankfurter Flughafen rief Lisa auf der Farm an, um ihre Rückkehr anzukündigen. Rosalies Stimme erschien ihr in diesem Moment wie ein rettender Strohhalm, ein winziger Lichtstreif am düsteren Horizont.

»Ist alles in Ordnung, Lisa?«

»Ja, alles prima. Ich komme mit dem nächsten Flug nach Hause, dahin, wo ich hingehöre. Vielleicht kann Aaron mich ja abholen.«

»Selbstverständlich wird er da sein. Ich freue mich auf dich. Kommt Angela auch mit?«

Diese Frage war zu viel für Lisa. Schluchzend legte sie auf.

Während des Fluges versuchte sie sich ein wenig zu beruhigen, nach vorn in die Zukunft zu sehen und an die positiven Seiten ihres Lebens zu denken. Doch so ganz gelang es ihr nicht. Egal, woran sie dachte, immer tauchte Angelas Gesicht vor ihr auf.

Wütend zerknüllte sie ihre Serviette in der Hand. Warum nur, fragte sie sich immer wieder. Wie hatte Angela sich nur ein derart falsches Bild von ihr machen können? Sie brauchte das Geld nicht, weder ihr Erbe noch Angelas Geld. Sie war schon immer allein zurechtgekommen. Mit viel Arbeit würde sie die Farm und die Gästelodge auch weiterhin am Leben erhalten und sich und ihre Angestellten damit ernähren können. Mehr brauchte sie nicht.

Außer Angela … Erneut brach sie in Tränen aus. Sie liebte sie so sehr. Der Gedanke, sie vielleicht nie wiederzusehen, brach ihr das Herz. Was war nur geschehen? Wie hatte ihre wunderschöne Liebesgeschichte einen so schrecklichen Verlauf nehmen können?

Immer wieder spielte sie die Szene in ihrem Kopf ab. Angela hatte sie zutiefst verletzt, daran gab es nichts zu rütteln. Und sie hatte es einfach nicht einsehen wollen. Warum nicht? Sie hatten sich doch geliebt. Und von einem Moment auf den anderen war alles zerbrochen.

Die Tränen liefen ihr unaufhörlich übers Gesicht, als wollten sie nie mehr versiegen.

Als sie aus dem Zollbereich des Flughafens trat, stand Aaron schon da. »Willkommen zu Hause, Miss Lisa.« Seine weißen Zähne blitzten in dem dunklen Gesicht, und er nahm sie freundlich in die Arme. »Kommen Sie, ich bring Sie nach Hause. Rosalie wartet schon auf Sie.«

Lisa folgte ihm zu dem kleinen Bus. Zu ihrem Leidwesen hatte sie ihn nicht für sich allein; es waren neue Gäste eingetroffen, die schon abfahrbereit dasaßen und ihr neugierig entgegenblickten. Aaron verstaute schnell die Taschen, dann stieg auch er ein und fuhr los.

Lisa setzte sich in die hinterste Bank, starrte aus dem Fenster und versuchte sich auf die wunderschöne Landschaft zu konzentrieren. Sie war zu Hause, dies war ihre Welt, hier gehörte sie hin ... Doch statt sie zu beruhigen und ihr Geborgenheit zu vermitteln, schnürte ihr dieser Gedanke die Luft ab. Sie war allein, einsam und unglücklich. Die Schönheit und Vertrautheit der Natur hatten keine Bedeutung mehr. Sie hatte die einzige, große und, wie sie geglaubt hatte, wahre Liebe verloren – was hatte ihr Leben jetzt noch für einen Sinn? Je näher sie der Farm kamen, umso schwerer wurde ihr Herz. Wenn sie doch einfach sterben könnte ...

Von weitem sah sie schon Rosalie. Beide Hände in die Hüften gestemmt, stand sie da und sah dem Bus entgegen.

Lisa schluckte heftig. Rosalies Gesicht wirkte grau und eingefallen, das hatte Lisa noch nie an ihr bemerkt. Ihre mütterliche Freundin schien in der kurzen Zeit, die Lisa fort gewesen war, um Jahre gealtert.

Ohne große Worte begrüßte Rosalie die neuen Gäste und ließ sie von Aaron zu ihren Hütten bringen. Dann trat sie langsam auf Lisa zu. Mit ihren wachen Augen erfasste sie deren Gemütszustand sofort und zog sie fest in ihre Arme. »Mein Kind«, sagte sie sanft, »was ist passiert?«

Das gütige Mitgefühl ließ alle Dämme brechen. Heftige Weinkrämpfe schüttelten Lisas schmalen Körper. Schluchzend klammerte sie sich an Rosalie und ließ den Tränen freien Lauf, weinte so bitterlich, wie sie noch nie geweint hatte.

Es dauerte lange, bis das Schluchzen langsam abebbte. Rosalie hielt sie die ganze Zeit wortlos fest. Endlich löste sich Lisa schniefend von ihr und sah sie etwas verlegen aus rotgeweinten Augen an.

»Willst du darüber reden, Kind?« Liebevoll strich Rosalie ihr ein paar Tränen aus dem Gesicht.

»Noch nicht«, murmelte Lisa. »Ich kann noch nicht.«

Die warmen, braunen Augen ruhten ernst auf ihr. »Das ist in Ordnung. Du weißt, wo ich bin, du kannst jederzeit zu mir kommen. Ich bin immer für dich da, hörst du?«

Erneut flossen Lisa die Augen über. Sie nickte nur.

»Ich muss mich um das Essen für die neuen Gäste kümmern. Kann ich dich allein lassen?«

Abermals nickte Lisa. »Ja, mach mal. Ich komm schon zurecht.«

Sie sah Rosalie nach, wie sie in der Küche verschwand. Dann lief sie zum Stall. Sie wollte nicht allein sein, und die Gesellschaft ihrer Lieblingspferde war allemal besser zu ertragen als die lärmende Schar der Gäste mit ihren Fragen und Ansprüchen.

»Hey, Jungs. Schön, euch zu sehen. Freut ihr euch auch?«

Lightning kam sofort zu ihr und ließ sich die Nüstern kraulen. Sanft stupste er Lisa an der Schulter an, als wolle er sie zu einem kleinen Ausflug auffordern.

Warum eigentlich nicht? Lisa tätschelte ihm den Hals, sattelte ihn und ritt langsam in den Park hinaus.

Die Luft war herrlich frisch. Es musste geregnet haben, denn der kleine See war schon etwas größer geworden. Bald würde die Regenzeit beginnen und die Bäche wieder zu reißenden Flüssen heranwachsen lassen. Die hohen Berge in der Ferne grüßten leuchtend in der warmen Nachmittagssonne.

Sanft gab sie Lightning Druck mit dem Schenkel, und das treue Pferd fiel in einen leichten Trab. Doch schon bald zügelte Lisa ihn wieder. Ohne es zu wollen, hatte sie den Weg zum Marulabaum eingeschlagen, unter dem sie mit Angela gelegen hatte, nur wenige Wochen zuvor.

Der Anblick des majestätischen Baumes trieb ihr die Tränen in die Augen. Damals schon hatte sie sich in die große Frau verliebt. Und jetzt ...

Sie schüttelte energisch den Kopf und klopfte Lightning auf

den Hals. »Wer braucht das schon. Ich bin allein doch viel glücklicher. Außerdem habe ich ja euch, meine geliebten Tiere.«

Laut wiehernd warf Lightning den Kopf zurück, und Lisa wurde das Gefühl nicht los, dass das Pferd sie verhöhne. Seufzend stieg sie ab, lockerte den Sattelgurt und setzte sich auf den harten Boden. Mit dem Rücken lehnte sie sich gegen den dicken Stamm. Die Wärme, die von dem Holz ausging, schien in ihren Körper zu dringen, sie einzuhüllen wie eine Decke ... Erschöpft schloss sie die Augen. Sekunden später war sie eingeschlafen.

Im Traum sah sie Angela, durchlebte noch einmal Szenen aus ihrer gemeinsamen Zeit. Sie spürte Angelas Nähe, hörte ihre klangvolle Stimme, die nach ihr rief. Ja, Angela war bei ihr, gleich würde sie sie in den Arm nehmen, sie küssen ...

Sie schreckte hoch. Angelas Stimme rief immer noch nach ihr: »Lisa!« Dann sah sie direkt in Angelas graue Augen, die sie voller Liebe ansahen.

Träumte sie noch? Sie blinzelte ein paarmal. Nein, Angela war tatsächlich da. Und Thunder graste ein paar Schritte entfernt neben Lightning.

»Du bist hier«, stammelte Lisa. »Du bist wirklich hier.«

»Lisa, meine süße, kleine Lisa ... Ich liebe dich so sehr. Bitte, lass mich dir alles erklären.«

Obwohl sie es eigentlich nicht wollte, obwohl sie noch immer wütend und enttäuscht war, kuschelte sich Lisa in Angelas starke Arme. Genau diese Arme waren es doch, wo sie in Wahrheit hingehörte ... Ein tiefer Seufzer löste sich aus ihrer Brust.

Sie konnte Angelas Herz rasen hören. »Kleines«, sagte Angela mit rauer Stimme, »ich wollte dich nicht verletzen, wirklich nicht, dich am allerwenigsten von allen Menschen auf dieser Welt. Du bist mein Leben, meine große Liebe, mein Glück. Bitte, Lisa, verzeih mir. Ich habe das alles nicht so gemeint, wie ich es gesagt habe. Es ist ein riesiges Missverständnis ... Bitte, Kleines, sag etwas.«

Lisa löste sich aus Angelas Armen, um ihr ins Gesicht zu sehen. Ernst sagte sie: »Du hast mich sehr verletzt, Angela. Und du hast noch nicht einmal eingesehen, was du getan hast. Es ging nur um dich, was du empfindest, aber was ist mit mir? Hast du daran einmal gedacht?«

»Oh, Lisa, ich habe den ganzen Flug hierher an nichts anderes gedacht. Schau mich an, Kleines, bitte.« Sanft legte Angela einen Finger unter Lisas Kinn und hob ihr Gesicht an. »Die Welt, in der ich lebe, ist bestimmt durch Geld, durch Macht, durch Gier nach noch mehr Geld und Macht. Missgunst und Neid bekommt man weitaus öfter zu spüren als Ehrlichkeit und Mitgefühl. Eine Frau wie dich habe ich in dieser Welt niemals kennengelernt. Du bist das, was ich in Berlin gesucht und nie gefunden habe. Ehrlich, anständig, voller Empathie, zufrieden mit dir und deinem Leben und nicht durch Geld verdorben. So etwas kenne ich aus meinen Geschäftskreisen nicht. Und Freunde ...«, sie zuckte mit den Schultern, »echte Freunde habe ich kaum. Petra ist die Einzige. Aber auch bei ihr weiß ich nicht, wie sie mit so viel Geld umgehen würde.«

Sie machte eine Pause, und ihre grauen Augen glänzten feucht. »Lisa, ich habe für einen Moment einfach vergessen, dass du so völlig anders bist. Ich hatte Angst, große Angst, dass du mich auf einmal nicht mehr brauchen könntest. Dass ich nicht mehr gut genug sein würde für dich und für dein neues Leben.« Abwehrend hob sie die Hand, als Lisa protestieren wollte. »Bitte, lass mich aussprechen. Ich bin einfach ganz automatisch von dem ausgegangen, was ich kenne, von all den Menschen, die ich kenne. Das war mein Fehler – dass ich dadurch plötzlich nicht mehr wirklich an dich geglaubt habe. Obwohl ich doch hätte wissen müssen, dass du so völlig anders bist. Und als du davongelaufen bist, da war mein Leben auf einmal so leer, so nichtssagend, so nutzlos. Ich war wie gelähmt, wusste einfach nicht mehr weiter ... und so fühle ich auch jetzt noch. Vielleicht sollte ich das nicht sagen, aber ein Leben ohne dich ist kein Leben für mich. Bevor ich auch nur einen Tag einsam und ohne dich verbringen muss, würde ich eher zu dem großen Hippopool reiten und mich vor die Nilpferde werfen.«

Je länger Angela sprach, umso mehr füllten sich Lisas Augen mit Tränen. All der Schmerz, der sie zuvor gequält hatte, wandelte sich in Liebe und große Erleichterung. Angelas letzte Worte ließen sie leise auflachen.

»Du bist süß«, sagte sie lächelnd, nachdem Angela geendet hatte. »Und die Nilpferde müssen erst einmal warten. Denn auch ich habe dir einiges zu sagen.« Fast ein wenig zaghaft strich sie Angela über die kurzen Haare. »Der Gedanke, auf einmal so reich zu sein, der machte und macht mir noch immer Angst. Damit hatte ich überhaupt nicht gerechnet. Aber natürlich war ich in diesem Moment unsäglich glücklich. Durch dich und deinen Vater wird der Tod meiner Eltern gesühnt, und auch für mich wendet sich durch euch sehr viel zum Guten. Aber dann warst du auf einmal so komisch, so distanziert, ohne mir zu sagen warum. Und dann, dann kam deine Erklärung, und ich hatte das Gefühl, dass du mir mein Herz herausreißt.«

Erschüttert bat Angela: »Oh Kleines, verzeih mir bitte, das war so dumm von mir.«

»Ich war so wütend, so verletzt und so enttäuscht«, fuhr Lisa leise fort, »ich wollte nur noch weg. Es war einfach alles zu viel, zuerst diese große Freude, dann dieser Schock ... Ich wollte nach Hause, zu meinen Tieren, zu Rosalie. Aber ...« Sie schluckte und konnte nun nicht mehr verhindern, dass ihr die Tränen übers Gesicht liefen. »Aber auf der Reise hierher habe ich gemerkt, dass ich dich über alles liebe, dass ich nie mehr ohne dich sein will. Dass ein Leben ohne dich nichts wert ist. Du hast mir die Liebe in mein Leben gebracht und ein Glück, das ich mir niemals hätte vorstellen können – und nun auch noch ganz viel Geld, mit dem wir hier so viel Gutes tun können. Ich hatte solche Angst, dass ich dich vielleicht nie mehr wiedersehen würde ... und dieser Gedanke war noch weitaus schlimmer als der Schock über deine Erklärung. Bitte, Angela, lass mich nicht allein.«

Da drückte Angela sie so fest an sich, dass Lisa nach Luft schnappte. »Ich lass dich nicht mehr gehen«, erklärte sie. »Du bist das Allerbeste in meinem Leben.« Dann ließ sie Lisa los, kniete sich vor ihr auf den Boden und nahm ihre Hand.

»Lisa«, sagte sie feierlich, »willst du mich heiraten? Du würdest mich zur glücklichsten Frau der Welt machen, wenn du ja sagen würdest.« Aus ihrer Hosentasche kramte sie den Ring, den sie Lisa schon in Berlin gezeigt hatte. Vorsichtig hielt sie ihn an Lisas Finger und sah sie fragend an.

Lisa lachte und weinte gleichzeitig. »Ja, oh ja! Oh, Angela.« Sie strahlte über das ganze tränennasse Gesicht.

Lachend streifte ihr Angela den Ring über, zog sie wieder in ihre Arme und küsste sie zärtlich, liebevoll und doch voller Leidenschaft und Verlangen.

Lange lagen sie Arm in Arm unter dem großen Marulabaum, küssten sich immer wieder, sahen sich tief in die Augen und versuchten das Glück zu begreifen, das ihnen beiden doch noch vergönnt war. Bis Angela sich aufrichtete, auf den Ellbogen stützte und Lisa sanft durch die dicken Locken strich.

»Ich liebe dich, mein Engel«, sagte sie, »von ganzem Herzen. Es tut mir so leid, dass ich dich mit meiner blöden Bemerkung verletzt habe. Du bist wirklich etwas ganz Besonderes.«

Lisa strahlte sie an.

»Und den Ring ...« Angela grinste sie spitzbübisch an. »Den habe ich übrigens schon ziemlich lange. Erinnerst du dich noch an unseren Ausflug zu den Löwenbabys und dem Markt? Ich musste ewig mit dem Verkäufer handeln, dass er mir den Ring überhaupt verkauft hat.«

»Ja, natürlich erinnere ich mich. Er ist wunderschön.« Lisa ließ den Diamanten bewundernd im blutroten Licht der tief stehenden Sonne funkeln. »Und du bist einfach nur süß. Ich liebe dich, Angela.«

Sie legte die Hand in Angelas Nacken und zog ihren Kopf zu sich heran. Weiche Lippen trafen aufeinander, feuchte Zungenspitzen schlängelten hervor, berührten sich. Sie verloren sich völlig in diesem Kuss, bis Angela nach einiger Zeit stöhnend ihre Beine streckte.

»Ist nicht so richtig bequem, der Boden hier.«

Lisa grinste sie an. »Wie, beleidigst du etwa meinen Baum?«

Abwehrend hob Angela die Hände. »Ich würde nicht einmal im Traum daran denken.«

Lachend sprang Lisa auf, hielt Angela ihre Hand hin und zog sie nach oben. »Komm, lass uns nach Hause reiten. Es wird bald dunkel. Und ich kenne einen Ort, der sicher bequemer ist als der harte Boden.«

Während sie zurück zur Farm ritten, sagte Angela plötzlich: »Ich muss dir noch etwas sagen. Ich bin nicht allein hier.«

Lisa runzelte fragend die Stirn.

»Petra bestand darauf, mitzukommen«, klärte Angela sie auf. »Du hättest sie erleben sollen. Ich glaube, die Mitarbeiter der Fluggesellschaft haben nach ihren Auftritten allesamt eine Kur beantragt.« Lachend erzählte sie Lisa von Petras Telefonaten, mit denen sie den Mitarbeiter an den Rand des Wahnsinns getrieben hatte, von ihrem nicht minder chaotischen Auftritt am Ticketschalter und dann auch noch davon, wie sie die Uhrzeit verwechselt hatte.

»Ich habe noch nie gesehen, dass Petra hektische Flecken im Gesicht hatte. Aber da war sie feuerrot und einem Zusammenbruch nahe.« Auf Lisas erwartungsvollen Blick hin fuhr Angela fort: »Der Mann am Telefon hatte ihr versichert, dass wir den Flug in London auf alle Fälle bekommen würden. Doch dann saßen wir im Flugzeug nach London, und unsere Ankunftszeit war eine halbe Stunde später als die neue Abflugszeit.«

»Oh je. Und dann?«

»Petra hatte übersehen, dass London in einer anderen Zeitzone ist als Deutschland und wir also tatsächlich eine halbe Stunde *vor* dem Abflug landen würden.« Angela lachte. »Die arme Stewardess war völlig fertig mit den Nerven, als wir endlich in London ankamen. Ich weiß nicht, wer den Whiskey eher brauchte, Petra oder sie. Auf jeden Fall hat dann in London alles funktioniert, und Petra konnte sich endlich entspannen. Obwohl, entspannen – sie hat es sogar geschafft, dass sie ins Cockpit durfte.«

Lisa sah sie überrascht an. »Ich dachte, das ist nicht mehr erlaubt.«

Lachend schüttelte Angela den Kopf. »Was erlaubt ist, ist für Petra eh uninteressant. Sie sucht die Herausforderungen ... das war spätestens dann mehr als deutlich, als sie angefangen hat, die Flüge zu buchen.«

»Und wie hast du mich jetzt gefunden?« Die Frage hatte Lisa schon einige Zeit beschäftigt.

Angelas graue Augen strahlten sie an. Dann tätschelte sie Thunders Hals. »Ich habe ihm gesagt, dass er mich zu meiner Frau bringen soll, und das hat er brav getan. Dafür hat er eine extra Karotte verdient. Obwohl ...« Angela ließ ihre Blicke zwischen den beiden Pferden hin und her gleiten. »Ich glaube, er war mehr daran interessiert, seinen Stallbruder wiederzufinden, und dass ich dadurch bei dir gelandet bin, war eher Zufall. Aber egal, ich habe dich wieder, und ich werde dich niemals wieder hergeben.«

Sie brachten die Pferde zu Wally in den Stall, dann gingen sie Hand in Hand zu der großen Terrasse. Von weitem schon hatten sie den Feuerschein gesehen, und das fröhliche Gelächter der neuen Gäste schallte ihnen entgegen.

Beim Näherkommen hörten sie vor allem Petras Stimme. Sie schien völlig in ihrem Element und unterhielt die ganze Gruppe mit Anekdoten und Erzählungen aus der Modewelt.

»Glaubt ihr kein Wort«, sagte Angela, als sie mit Lisa in die Runde trat, »in Wahrheit ist alles noch viel schlimmer.«

Petras Kopf fuhr zu ihnen herum. Mit einem lauten Schrei sprang sie auf, war mit einem Satz bei ihnen und nahm sie nacheinander in die Arme.

»Macht so etwas nie wieder mit mir, hört ihr?«, drohte sie mit erhobenem Zeigefinger. »Wenn ihr mal wieder ein Missverständnis habt, dann redet darüber, von Frau zu Frau. Holt mich von mir aus auch als Vermittler dazu – aber bitte, bitte, macht nie wieder so einen Scheiß und rennt einfach davon. Ihr habt mir eine Menge grauer Haare zugefügt. Und du weißt ja, wie teuer Alfonso ist.«

»Danke«, sagte Lisa nur, nahm die verblüffte Petra in den Arm und gab ihr einen Kuss auf die Wange.

»Wofür ist der denn?«

»Dafür, dass du mir meine Frau zurückgebracht hast. Dass du mit ihr die weite Reise gemacht hast. Und dass du einfach du bist.«

Kaum zu glauben, Petra war verlegen. »Was werdet ihr jetzt tun?«, lenkte sie rasch ab. »Ihr bleibt doch zusammen, oder?«

»Ja, das werden wir. Wir werden sogar heiraten.«

Petras erneuter, noch spitzerer Schrei scheuchte die Tiere in der Dunkelheit aus ihrem Schlaf. »Ist das euer Ernst? Oh, wie schön, das freut mich so sehr. Darf ich planen? Bitte, bitte!«

Lächelnd warf Lisa einen Blick zu Rosalie hinüber, die ihr

freudestrahlend zunickte. Zu Petra sagte sie: »Aber nur, wenn du dich mit Rosalie absprichst. Sie ist die Chefin, was das Essen angeht.«

»Klar, das kriegen wir hin.« Petra hob den Daumen in Rosalies Richtung. Dann sah sie Angela lange an. »Und wo werdet ihr leben?«

Angela schaute Lisa tief in die Augen. Über diese Frage hatten sie noch nicht gesprochen. Aber Angelas Antwort war genau das, was auch Lisa dachte: »Ich denke, hier und da. Wir werden sicher viel Zeit hier auf der Farm verbringen, dann musst du mir eben in Berlin zur Hand gehen. Und ab und an werden wir natürlich auch nach Deutschland kommen. Meine Familie wäre am Boden zerstört, wenn sie Lisa nicht mehr sehen könnten. Ich bin nicht so wichtig, aber meinen Schatz hier haben alle in ihr Herz geschlossen.« Sie drückte Lisa an sich.

Glücklich schmiegte sich Lisa an ihre Freundin. Dann ließ sie ihre Blicke über die Gästegruppe schweifen. Während der überschwänglichen Unterhaltung mit Petra hatte sie fast vergessen, dass sie für die neuen Gäste ein Unterhaltungsprogramm der besonderen Art boten. Tatsächlich waren sechs Augenpaare fasziniert auf sie gerichtet, und sie schaute in freundliche, wohlwollende Gesichter. Nur der siebte Gast lächelte nicht. Seine kalten Augen blickten aus dem Schatten, in dem er saß, starr in ihre Richtung. Etwas unheimlich Vertrautes lag in diesem Blick.

Lisa spürte, wie sich ihre Nackenhaare langsam aufrichteten, und ein Schauer lief ihr über den Rücken. Instinktiv wandte sie sich ab. Sie wollte gar nicht wissen, warum dieser Fremde so merkwürdig bekannt schien. Als Angela ihr den Arm um die Schultern legte, zuckte sie zusammen.

»Das ist doch sicher ganz in deinem Sinne, oder?«

Lisa musste sich räuspern. »Entschuldige, was hast du gesagt?«

Irritiert betrachtete Angela sie. »Ist alles in Ordnung mit dir? Du siehst aus, als hättest du ein Gespenst gesehen.«

»Nein, es ist alles okay, ich bin nur noch etwas durcheinander. So viel auf einmal ... Was hast du gesagt, mein Schatz?«

»Die Gruppe hier will morgen die große Wildwassertour machen. Da habe ich gesagt, ich bin sicher, dass du gern mitwillst.«

Lisa quälte sich ein Lächeln ab. Sie wurde das mulmige Gefühl, das der Gast mit dem kalten Blick ausgelöst hatte, nicht los. »Natürlich. Und du, kommst du auch mit?«

Angela zuckte mit den Schultern. »Mal sehen ... du weißt ja, dass Wasser nicht so mein Element ist. Aber ich kann ja Aaron Gesellschaft leisten und mit ihm im Auto mitfahren.«

»Das klingt gut.« Lisa konnte nicht verhindern, dass ihre Stimme belegt klang.

Angela drehte sie zu sich herum und legte ihr den Finger unter das Kinn, um ihr in die Augen zu sehen. »Was ist los, Kleines? Irgendetwas stimmt nicht. Willst du mir nicht sagen, was dich bedrückt?«

Lisas Blick glitt erneut zu dem seltsamen Gast, doch zu ihrer großen Erleichterung war er gerade in ein Gespräch mit seinem Nachbarn vertieft. Ihre Anspannung löste sich. »Es ist alles in Ordnung, aber ich bin übermüdet. Komm, lass uns zu Bett gehen.« Damit griff sie Angelas Hand und zog sie mit sich fort zu ihrer Hütte.

Lisa war als Erste fertig und lag bereits im Bett, als Angela aus dem Bad kam. Sie legte sich neben Lisa und zog sie vorsichtig in ihre Arme. »Ich liebe dich so sehr, mein Schatz«, flüsterte sie Lisa zärtlich ins Ohr. »Ich weiß wirklich nicht, was ich ohne dich tun sollte. Du gibst meinem Leben Glanz, Freude, Liebe und Glück. Lisa, du *bist* mein Leben. Ich hatte keine Ahnung, dass ich so tief für einen anderen Menschen empfinden kann, dass ich so lieben kann. Bei dir stimmt einfach alles für mich. Und ich hoffe, dass ich auch dir das zurückgeben kann, was du mir gibst.«

»Oh, Angela ...« Tränen der Rührung stiegen Lisa in die Augen. Vergessen war der merkwürdige Gast mit den kalten Augen, jetzt gab es nur noch sie und Angela und ihr wiedergefundenes Glück. »Du bist wundervoll, in jeder Hinsicht. Ich kann dir gar nicht sagen, wie glücklich du mich machst. Ich kann es kaum abwarten, deine Frau zu werden. Ich liebe dich.«

Eng aneinandergekuschelt schliefen die beiden Frauen ein.

12

»Also, hast du dir jetzt überlegt, ob du mitkommst oder nicht?« Lisa sah Angela mit herausforderndem Lächeln an. Sie waren eben bei der Wildwasserstation angekommen. Lisa und Angela standen noch mit Aaron neben dem Bus, während die übrigen Gäste vom Tourguide bereits ihre Einweisung zum Boot und der Ausrüstung erhielten.

Verschämt grinsend fuhr sich Angela durch die Haare. »Ich halte mich, denke ich, an Aaron. Er kann mir sicher noch die eine oder andere Anekdote aus deinem Leben erzählen.«

»Untersteh dich!« Lisa drohte Aaron spielerisch mit dem Finger. Sanft fragte sie dann: »Warum hast du so eine Abneigung gegen das Wasser?«

Angelas Gesicht verdunkelte sich. »Ich bin als Kind beinahe ertrunken. Mein Bruder hat mich in letzter Minute gerettet.«

Lisa sah sie überrascht an. »Von einem Bruder hast du bisher nichts erzählt.«

Mit gesenktem Kopf nickte Angela. »Er ist gestorben. Er hat mir damals das Leben gerettet, aber es hat ihn seins gekostet.«

Einen Moment stand Lisa vor Entsetzen und Mitgefühl wie erstarrt. Dann nahm sie Angela fest in die Arme. »Oh Angela, das tut mir so leid … ich hatte ja keine Ahnung. Wie alt warst du da, wenn ich fragen darf?«

»Ich war sechs und Guido zehn.«

Betreten sagte Lisa: »Es tut mir wirklich leid, mein Schatz. Ich hätte dich nicht mitschleppen sollen. Es wäre doch völlig in Ordnung gewesen, wenn du bei Rosalie und Petra auf der Farm geblieben wärst.«

»Nein …« Angela lächelte ganz leicht. »Ich möchte doch immer bei dir sein, so nahe es eben geht. Ich hoffe nur, dass du verstehst, warum ich nicht mitfahren will.«

Lisa umarmte sie noch einmal. »Natürlich verstehe ich das. Und ich verstehe jetzt auch, warum du bei der ersten Fahrt so verkrampft warst … Warum hast du das überhaupt auf dich genommen?«

Angelas Augen glänzten mit einem Mal feucht. »Ich wollte dir nahe sein. Wir hatten uns doch ein bisschen gestritten ... und ich hatte Angst, dass ich dich verlieren könnte, dass du dich von mir entfernen könntest. Ich habe dich da schon so sehr geliebt, dass ich versucht habe, meine Ängste zu überwinden, um bei dir zu sein. Aber ich sage dir, es hat mich ganz schön mitgenommen und viele verdrängte Erinnerungen wachgerüttelt.«

Im Nachhinein hatte Lisa ein ganz schlechtes Gewissen. »Es tut mir wirklich leid, mein Engel«, wiederholte sie noch einmal. »Dann fahr du mit Aaron, und wir sehen uns gleich am Ende der Tour. Ich freue mich auf dich.« Sanft küsste sie Angela auf die Lippen.

Angela und Aaron blieben noch so lange am Uferrand stehen, wie die Gäste brauchten, um die Schwimmwesten und Helme anzuziehen. Der Tourguide gab ihnen die letzten Instruktionen, und dann stiegen alle in das große Schlauchboot ein.

Lisa drehte sich noch einmal zum Ufer zurück, um Angela zuzuwinken. Doch diese nahm gerade ihr Telefon ans Ohr und sah den Gruß nicht. Dann waren sie auch schon um die erste Biegung, und Lisa konzentrierte sich auf die Fahrt.

Der Guide gab ihnen die nötigen Anweisungen, ließ sie das Boot nach rechts und nach links wenden und war zufrieden mit dem emsigen Gepaddel der Gäste. Auch Lisa freute sich über den Ausflug. Sie hatte das Wasser schon immer geliebt, und die Naturgewalt der Stromschnellen faszinierte sie. Schade, dass Angela diese eine Leidenschaft nicht teilen konnte.

Wenn sie sich nicht gerade auf das Paddeln konzentrieren musste, beobachtete Lisa ihre Gäste. Der Mann, der sie gestern Abend so beunruhigt hatte, saß neben ihr. Die Erinnerung an seinen starren, kalten Blick ließ sie auch jetzt noch ein wenig frösteln. Sie vermied es, ihn anzusehen.

Doch aus den Augenwinkeln konnte sie erkennen, dass er immer wieder zu ihr herübersah. Das Frösteln wurde stärker. Dann hörte sie seine zischende Stimme.

»Ist wohl schon zu lange her, oder?«

Verblüfft drehte sie sich nun doch zu ihm um. Der offenkundige Hass, der ihr aus seinen Augen entgegensprühte, ließ sie zusammenzucken. Mit mühsam beherrschter Stimme fragte sie: »Entschuldigung, kennen wir uns?«

Ein kaltes Lachen war die Antwort, das ihr einen eisigen Schauer über den Rücken jagte. »Das sollte man meinen. Immerhin hast du lange genug deine Füße unter meinem Tisch gehabt.«

»Du ...« Fassungslos starrte Lisa auf ihren Onkel. Jetzt, da sie ihm zum ersten Mal im vollen Tageslicht ins Gesicht sah, musste sie sich fragen, warum sie ihn nicht gleich wiedererkannt hatte. Allerdings hatten ihm die jüngsten Ereignisse sichtlich nicht gutgetan. Seine Züge waren eingefallen, grau und von Hass verzerrt.

»Ja, ich«, gab er bedrohlich leise zurück. »Und welch glückliche Fügung des Schicksals, dass auch du hier bist. Ich dachte, du wärst noch in Berlin. Aber umso besser. So kannst du die Zerstörung von allem, was dir lieb ist, mit eigenen Augen ansehen.«

Lisas Herz setzte aus. »Was hast du getan?«, fragte sie, die Augen vor Entsetzen geweitet.

»Das wirst du sehen. Oder ...« Ein gefährliches Funkeln trat in seine Augen. »... vielleicht auch nicht.«

Bevor Lisa reagieren konnte, richtete er sich halb auf und rammte ihr das Paddel in den Bauch. Die Luftkammern der Schwimmweste federten einiges von dem Schlag ab, doch Wut und Hass verliehen dem dünnen Mann ungeahnte Kraft. Der Hieb ließ Lisa aufstöhnen. Sie krümmte sich vor Schmerz. Es zischte laut, als die Luft aus den Kammern der Schwimmweste entwich.

Erneut schlug ihr Onkel zu. Dieses Mal zog er ihr das Paddel über den Kopf.

Nun merkten auch die anderen Tourteilnehmer, dass etwas nicht stimmte. Der Tourguide brüllte Lisas Onkel an, dass er sich setzen solle. Doch der reagierte überhaupt nicht. Wie in einem Rausch holte er erneut mit dem Paddel aus.

Ein lauter Schrei ertönte hinter ihnen.

Der Onkel geriet aus dem Gleichgewicht. Sein Kopf ruckte herum, und er schwankte ein wenig. Aber schon hatte er sich wieder gefangen und hob sein Paddel erneut.

Da kamen die Stromschnellen. Das ohnehin schon unruhige Boot wurde hin und her geworfen, und Lisa, die sich keuchend vor Schmerz auf der Bank zusammenkauerte, konnte sehen, wie ihr Onkel abermals um seine Balance kämpfte. Doch seine eisigen Augen ruhten noch immer auf ihr, und er packte das Paddel mit drohender Entschlossenheit.

Die nächste Welle brachte ihn jedoch endgültig zu Fall. Er ließ das Paddel los und krallte sich stattdessen im Sturz in Lisas Schwimmweste fest. Verzweifelt versuchte Lisa sich zu befreien, doch als er über die Bootswand fiel, zog er sie mit sich ins Wasser.

Der harte Aufprall presste ihr die Luft aus den Lungen. Ihr Onkel klammerte sich immer noch an ihre Schwimmweste, und sein Gewicht drückte sie vollständig unter die Wasseroberfläche. Mit Entsetzen spürte Lisa, wie ihr die Luft knapp wurde. Sie kämpfte um ihr Leben, endlose Sekunden lang, und nach einer gefühlten Ewigkeit konnte sie ihn endlich von sich stoßen.

Gierig nach Atem japsend tauchte sie auf – nur um gleich darauf zum Spielball der heftigen Stromschnellen zu werden. Mit einem harten Klacken prallte sie mit ihrem Helm gegen einen Stein. Dann verlor sie sich in tiefer Dunkelheit.

Würgend erbrach sie einen Riesenschwall an ekligem Wasser.

»Schsch … alles ist gut, Kleines. Ich bin hier. Alles ist gut.« Angelas sanfte Stimme genügte, damit Lisa sich sicher fühlte. Erschöpft ließ sie sich in die Arme ihrer Freundin sinken.

»Was ist passiert?«, fragte sie tonlos, mit geschlossenen Augen.

Angela bedeckte ihr Gesicht mit zarten Küssen. »Oh, mein kleiner Engel. Ich hatte so große Angst um dich. Ich dachte, ich hätte dich verloren.«

Lisa musste all ihre Kraft zusammennehmen, um den Kopf zu heben und die Augen zu öffnen. Sie lag in Angelas Armen im Gras am Flussufer. Eindringlich sah sie Angela an. »Bitte erzähl mir, was geschehen ist.«

Ernst sagte Angela: »Dein Onkel ist hier.«

Lisa erschauerte. »Ja, ich weiß. Er war mit im Boot. Er hat versucht, mich umzubringen.«

»Aber wie konnte er wissen, dass du hier bist?«, fragte Angela, während sie Lisa zärtlich eine nasse Haarsträhne aus dem Gesicht strich. »Ich meine, wir wussten doch selbst nicht, dass wir so schnell nach Afrika zurückkehren würden.«

»Nein.« Lisa schüttelte den Kopf. Die Bewegung schmerzte. »Das war Zufall, er wusste es nicht. Das hat er mir noch gesagt, bevor er wie ein Irrer auf mich eingeschlagen hat. Er hat ...«

Ihr stockte der Atem. *Die Zerstörung von allem, was ihr lieb war* ... das hatte er auch noch gesagt. Verzweifelt versuchte sie sich aufzurichten. »Wir müssen zur Farm, schnell ... er hat etwas getan, ich weiß nur nicht was. Bitte.«

Beruhigend legte Angela ihr die Hand auf den Arm. »Aaron hat dort schon angerufen. Es ist alles okay, es geht allen gut. Was immer dein Onkel geplant hat, er hat es offensichtlich nicht vollenden können.«

Lisa sah sie verständnislos an. »Woher wusstet ihr, dass er ...?«

»Paps hat angerufen. Vorhin, an der Wildwasserstation, als ihr gerade losgepaddelt wart. Er hat mir erst einmal die Hölle heiß gemacht, weil wir so einfach abgehauen sind und weil ich bei meinem Kavalierstart vor dem Haus ein paar Steinchen hochgeschleudert habe ... das hat wohl den teuren Lack seines BMWs etwas zerkratzt. Aber egal, er wollte uns warnen. Er hat gesagt, dass dein Onkel aus der Untersuchungshaft abgehauen ist. Alexander hat sich an seine Fersen gehängt, doch die letzte Spur hat sich in Zürich verloren.« Angela strich Lisa sanft über die Wange und sah sie liebevoll an, bevor sie weitererzählte: »Er dachte, dass wir hier sicher sein müssten, denn wenn sich dein Onkel an dir rächen wollte, dann hätte er ja eigentlich in Berlin bleiben müssen. Doch dann wurde ich misstrauisch. Da war ein Gast bei uns, der mir die ganze Zeit schon so seltsam vorkam. Er hat dich immerzu angestarrt, und auch vorhin, als ihr mit dem Boot los seid, da hat er dich so voller Hass angesehen.«

Lisa nickte. Dass Angela die kalten Blicke auch bemerkt hatte, gab ihr nachträglich das Gefühl, seinem Rachedurst nicht allein und schutzlos ausgeliefert gewesen zu sein.

»Ich habe Aaron gefragt, ob etwas mit den Gästen ungewöhnlich war«, fuhr Angela fort, »und er konnte mir bestätigen, dass eigentlich nur sechs angemeldet waren und dieser Typ kurzfristig noch zu der Gruppe hinzugestoßen ist. Da habe ich mir das nächste Boot geschnappt, und Aaron hat die Polizei verständigt. Dann sind wir euch hinterhergefahren. Ich konnte sehen, wie er aufgestanden ist und auf dich eingeschlagen hat ... Oh Lisa, ich hatte so große Angst um dich. Ich dachte, er bringt dich um. Und wir waren noch so weit von euch entfernt, wir konnten nichts tun ... Ich habe geschrien und gebrüllt, und dann ist euer Boot ins Schwanken geraten, und er hat das Gleichgewicht verloren und ist mit dir zusammen ins Wasser gestürzt.«

Lisa sah sie mit brennenden Augen an. »Du hast mir das Leben gerettet.«

»Und das nicht nur einmal«, klang eine tiefe Stimme hinter ihnen.

Überrascht schauten beide Frauen auf. Der junge Tourguide war vom Wasser her, wo er den übrigen Gästen beim Aussteigen und Ablegen der Schwimmwesten geholfen hatte, zu ihnen herübergekommen. Lisa stellte fest, dass dort beim Boot auch zwei Polizisten standen, die die Gäste augenscheinlich zu den Ereignissen befragten.

»Wie ... wie meinst du das?«, fragte sie ihn mit heiserer Stimme.

»Nun, wir haben uns ein ganzes Stück von dir entfernt, nachdem du über Bord gegangen warst. Wir haben gepaddelt wie die Wilden, aber wir wurden abgetrieben. Also ist sie ins Wasser gesprungen.« Der junge Mann deutete mit dem Kopf auf Angela. »Ist dir hinterhergeschwommen und hat dich aus den Stromschnellen gezogen.«

Ungläubig starrte Lisa nun Angela an. Erst jetzt fiel ihr auf, dass diese ebenso tropfnass war wie sie selbst. »Du bist was ...? Aber ... deine Angst vor Wasser ...«

»Na ja.« Angela zuckte gespielt gleichgültig mit den Schultern. »Die Angst, dich zu verlieren, war dann doch um einiges größer.«

»Und das war auch noch nicht alles«, ließ sich der Tourguide erneut vernehmen. »Als wir dich an Land gezogen haben, da warst du ohne Bewusstsein und ohne Atmung. Wir haben dich reanimiert, und Angela hier, sie hat die Beatmung übernommen.«

Nun war Angelas Gesicht feuerrot angelaufen. Lisa musste grinsen, als sie es sah.

Entschuldigend hob Angela die Hände: »Ich konnte doch nicht

zulassen, dass dich jemand anderes als ich küsst.«

Lisa zog ihren Kopf zu sich heran und gab ihr einen liebevollen Kuss. »Nein, das konntest du sicherlich nicht. Danke, meine Lebensretterin, danke.« Sie schmiegte sich in Angelas starke Arme, die so viel Geborgenheit vermittelten. In diesen Armen konnte ihr nichts und niemand etwas anhaben, das war spätestens jetzt klar.

Doch da kam ihr ein anderer Gedanke. Sie schreckte hoch. »Wo ist mein Onkel denn jetzt? Ist er entkommen?« Die Vorstellung, dass er nach all den Schrecken der letzten paar Stunden wieder auf freiem Fuß sein und die ganze Angst und Ungewissheit von vorn beginnen könnte, machte sie ganz krank. Die Kälte und der Hass in seinen Augen, als er wie irr auf sie eingeschlagen hatte, sprachen eine mehr als deutliche Sprache: Wenn er konnte, dann würde er seinen Rachefeldzug zu Ende führen, koste es, was es wolle.

Aber Angela beschwichtigte ihre aufsteigende Panik. »Die Polizei hat ihn weiter unten aus dem Wasser gezogen«, berichtete sie. »Seine Schwimmweste war ja intakt, daher ist er nur etwas durchgeschüttelt worden. Im Gegensatz zu dir, die du unter Wasser gedrückt worden warst. Als ich nach dir im Wasser gesucht habe, da ist er sogar ganz dicht an mir vorbeigetrieben. Aber er war mir egal, ich wollte nur dich finden, und so habe ich ihn weiter flussabwärts treiben lassen. Doch Aaron und die Polizisten kennen sich ja hier gut aus und konnten genau abschätzen, wo sie ihn aus dem Wasser ziehen konnten. Das hat auch funktioniert, und er ist jetzt auf dem Weg in ein Gefängnis. Später wird er dann sicher nach Deutschland ausgeliefert werden.«

Seufzend ließ sich Lisa in Angelas Arme zurücksinken. So gut die Neuigkeiten auch waren, völlig beruhigt war sie nicht. »Ich wünschte fast, er wäre ertrunken«, murmelte sie. »Dann wäre wenigstens alles vorbei. So müssen wir doch immer damit rechnen, dass er wieder ausbricht. Hört das denn niemals auf?« Ein leiser Schluchzer drang aus ihrer Brust.

Angela drückte sie fest an sich. »Alles wird gut, mein Schatz. Du lebst, das ist schon mal das Allerwichtigste. Und dein Onkel wird nicht noch einmal davonkommen. Nach seinem Ausbruch und dem Mordversuch wird er unter Sicherheitsverwahrung kommen. Für die nächsten Jahre sind wir also auf jeden Fall sicher vor ihm. Und danach ...« Angela machte eine vage Handbewegung. »Ich denke, er wird für sehr viele Jahre ins Gefängnis müssen, das wird ihm seinen Hass auf dich hoffentlich austreiben. Und falls nicht, dann musst du nur daran denken, dass du nie mehr allein bist. Wir alle sind bei dir und stehen immer an deiner Seite. Er muss erst einmal an unserer ganzen Familie vorbei, bevor er dir jemals wieder nahe kommen kann. Okay?« Sanft legte sie Lisa den Finger unter das Kinn und hob ihr Gesicht an. »Ich lasse dich niemals mehr allein. Ich passe immer auf dich auf. Ein Leben lang, das verspreche ich dir.«

In diesem Moment kam Aaron angerannt, keuchend vor Anstrengung. »Miss Lisa, geht es Ihnen gut? Ich habe mir so große Sorgen um Sie gemacht. Als Miss Angela den Anruf bekam ...« Er konnte nicht weitersprechen.

Lisa bedeutete Angela, dass sie ihr aufhelfen solle. Es dauerte eine Weile, aber schließlich trat sie auf wackligen Beinen zu Aaron und nahm ihn kurzerhand in die Arme. »Es ist alles gut«, versicherte sie ihm. »Mir ist nichts passiert, das siehst du doch. Können wir jetzt nach Hause? Ich muss sehen, dass alles in Ordnung ist.«

Angela und Aaron tauschten einen Blick. »Du wärst beinahe gestorben, Schatz«, wandte Angela ein. »Du solltest zuallererst in ein Krankenhaus. Wir müssen dich durchchecken lassen.«

Doch Lisa wollte nichts davon wissen. Zu groß war ihre Sorge um die Menschen und Tiere auf der Farm. »Das ist nicht nötig«, winkte sie schnell ab, »mir geht's gut, wirklich. Ich muss zur Farm. Ich muss wissen, dass es allen gutgeht. Mein Onkel hat so seltsame Andeutungen gemacht ... ich habe Angst, dass etwas passiert ist.«

Angela musterte sie zweifelnd. Doch als sie sah, dass Lisa zwar langsam, aber ohne zu humpeln gehen konnte und offenbar tatsächlich nicht mehr als einige böse Prellungen abbekommen hatte, ließ sie sich erweichen. »Okay – aber nur, wenn du mir versprichst, dass du dich schonst. Die nächsten zehn Jahre mindestens. Kein Pferdesturz mehr, keine Wasseraktionen, einfach gar nichts. Versprochen?«

Als Antwort lächelte Lisa nur. Aber das Lächeln drang nicht bis zu ihren Augen. Sie konnte ihre Angst nicht ganz verbergen.

Aaron holte den Bus, in dem die anderen Gäste bereits Platz genommen hatten, und schweigend fuhren sie zur Farm zurück. Auch den Touristen saß der Schreck über den versuchten Mord noch in den Knochen, und niemandem war nach sorglosem Plaudern zumute.

Lisa und Angela saßen auf der hinteren Bank, in dicke Decken gehüllt und eng umschlungen. Lisas Herz tat weh vor Ungewissheit und Furcht vor dem, was sie vielleicht auf der Farm erwarten würde. Der einzige, wenn auch kleine Trost war, dass es Aaron und auch Angela offensichtlich genauso ging.

Kaum dass der Bus auf dem Hof zum Stillstand kam, sprangen Aaron, Lisa und Angela auch schon hinaus. Lisa lief als Erstes zum großen Haupthaus.

»Rosalie, wo bist du? Wally! Petra!«

Doch ihre Rufe hallten durch leere Räume. Niemand antwortete.

Lisa war einer Ohnmacht nahe. Das konnte nur bedeuten … nein, oh nein, es durfte nicht …

»Sie sind hier, Miss Lisa!«, drang Aarons Stimme an ihr Ohr. »Kommen Sie, sie sind hier draußen.« Er stand bei den Stallungen und winkte ihr und Angela energisch zu.

Angela nahm Lisa beim Arm, und sie gingen zu ihm hinüber. Je näher sie kamen, umso schwerer wurde es Lisa ums Herz. Es war so still wie sonst nie auf der Farm. Auf dem großen Hof war niemand zu sehen. Sie schluckte krampfhaft. Vermutlich war es besser, sich auf das Schlimmste gefasst zu machen.

Langsam betraten sie den Stall – und da standen Rosalie, Petra und Wally. Lisa hätte vor Erleichterung am liebsten laut gejubelt.

Doch in diesem Moment drehte sich Petra zu ihnen um. Ihre Augen schimmerten eigenartig, als sie ihnen entgegensah. Konnte das sein – Petra weinte …?

Sollte die Freude verfrüht gewesen sein?

Lisa hielt den Atem an, als sie sich der Gruppe näherten, versuchte sich erneut zu wappnen. Dann begann sie plötzlich zu strahlen.

Vor ihnen im Stroh lag eine große Kuh, die gerade gekalbt hatte. Rosalie hatte sich hinuntergebeugt, um das neugeborene Kalb mit dem Stroh abzureiben. Die Mutterkuh beobachtete argwöhnisch jeden ihrer Handgriffe und beeilte sich dann, ihr Kälbchen selbst trocken zu lecken.

»Wie wundervoll ...«, flüsterte Petra, und noch immer liefen ihr die Tränen über die Wangen. »Ich habe noch nie bei einer Tiergeburt dabei sein dürfen. Und das hier ... das ist etwas ganz Besonderes.«

Das war es wirklich – vor allem im Vergleich mit Lisas Befürchtungen. Sie lachte glücklich, und ihr gerade noch so schweres Herz war nun so leicht, dass sie fast zu schweben meinte. »Ist sie nicht eine tolle Mutter?«, grinste sie.

»Wen meinst du?«, fragte Angela zurück. »Die Kuh oder Petra?«

»Na hör mal!« Petra hatte die gemurmelten Worte deutlich gehört.

Lisa ging nur zu gern auf das fröhliche Geplänkel der beiden Freundinnen ein. »Natürlich beide, ist ja wohl klar. Aber ich meinte doch mehr die Kuh.«

Noch immer lächelnd trat sie dann zu Rosalie und legte ihr die Hand auf die Schulter. »Ist bei euch alles in Ordnung?«, fragte sie leise. »Ich habe mir große Sorgen gemacht. Es gibt einiges zu erzählen.«

»Ja, das denke ich auch.« Rosalies braune Augen ruhten noch einen Moment sanft auf der Kuh und ihrem Kalb. Dann drehte sie sich zu Lisa um und nahm sie fest in die Arme. »Ich hatte große Angst um dich. Geht es dir gut?«

Bevor Lisa antworten konnte, mischte sich Petra ein, stotternd vor Aufregung: »W...was ist denn überhaupt geschehen? Wir waren hier alle ganz schön nervös. Bisher wissen wir nur, was Aaron uns erzählt hatte, nämlich dass dein Onkel hier sei. Wo ist er jetzt – und warum seid ihr beide so nass? Wart ihr etwas im Fluss baden?« Sie konnte ja nicht ahnen, dass ihre scherzhaft gemeinte Frage der Wahrheit so nahe kam.

»Vielleicht sollten wir in die Küche gehen«, schlug Lisa vor. »Ich könnte Wasser und einen Kaffee gebrauchen.«

»Oh, Miss Lisa«, meldete sich da Wally, unruhig von einem

Fuß auf den anderen tretend, »wir müssen den Brunnen reinigen lassen. Das Wasser ist schlecht.«

Lisa erstarrte. »Was meinst du damit, Wally? Wieso ist das Wasser schlecht?«

»Es tut mir leid, Miss Lisa. Ich weiß nicht, was passiert ist. Aber als ich heute Morgen frisches Wasser für die Pferde aus dem Brunnen geholt habe, war in dem Eimer eine tote Ratte. Da habe ich das Wasser lieber weggeschüttet. War das falsch?«

Für einen Moment stand Lisa ganz still da. *Alles, was dir lieb ist, zerstören* ... Das war es also, was er geplant hatte. Und offenbar hatte er den Plan auch bereits durchgeführt – um ein Haar erfolgreich. Ohne dass sie es merkte, lief eine Träne über ihre Wange. »Habt ihr danach noch Wasser geholt?«, flüsterte sie.

Rosalie legte ihr beschwichtigend die Hand auf den Arm. Lisa konzentrierte sich auf den sanften, warmen Druck. Sonst wäre sie schon wieder ohnmächtig geworden.

»Als Wally mir von der Ratte erzählte, war ich erst wütend auf ihn«, sagte Rosalie. »Ich dachte, er hätte den Eimer mal wieder nicht gereinigt oder so. Doch dann rief Aaron hier an und sagte, dass dein Onkel einer der Gäste sei und dass er wohl irgendein Verbrechen plane. Da habe ich eins und eins zusammengezählt und sofort die Leitungen gesperrt. Niemand bekommt mehr Wasser aus dem Brunnen. Ich habe schon jemanden ins Dorf geschickt, um jede Menge Flaschen zu kaufen für unsere Gäste. Wenn der Brunnen wirklich vergiftet ist, wird also niemand darunter leiden. Viel wichtiger ist, dass du uns endlich erzählst, was es mit deinem Onkel auf sich hat. Ist er wirklich hier? Und was will er von dir?«

Doch Lisa hatte die eindringlichen Fragen gar nicht richtig gehört. »Warum?«, fragte sie mit müder Stimme. »Warum hat er das getan? Er war doch nur hinter mir her. Aber er wollte alle hier töten, die Tiere und die Menschen. Euch alle ... alle, die mir wichtig sind. Wie kann ein Mensch nur so ein Monster sein.«

»Kleines«, sagte Angela sanft, »er war besessen von seiner Rache an dir. Er wusste, dass er dich damit am schlimmsten treffen konnte. Aber jetzt ist es vorbei, Kleines. Sein Plan ist nicht aufgegangen, und er wird für immer aus unserem Leben verschwinden, da bin ich ganz sicher. Noch einmal wird er dir nicht nahe kommen. Denn vorher bringe ich ihn um, das verspreche ich dir.«

Sie nahm die zitternde Lisa in die Arme und drückte sie fest. Dann führte sie sie in die große Küche, und die anderen folgten. Rosalie bedeutete ihnen, sich um den Tisch zu setzen, und begann Kaffee zu kochen. Auf Angelas fragenden Blick zeigte sie stumm auf die Wasserflaschen, die neben der Maschine standen.

Petra ergriff als Erste das Wort. »Könntet ihr mich jetzt mal aufklären? Ich blick schon ziemlich lange nicht mehr durch.«

»Papa hat mich am Handy erreicht«, übernahm Angela die Berichterstattung, »gerade als Lisa mit den anderen im Boot losgefahren ist. Er hat mir erzählt, dass Lisas Onkel aus der U-Haft abgehauen ist und sich seine Spur erst einmal in Zürich verloren hat. Und dann hat Aaron gesagt, dass der letzte Gast nicht angekündigt war. Damit war für mich klar, dass es nur Lisas Onkel sein konnte.«

Petras Blicke gingen von Angela zu Lisa und wieder zurück zu Angela, dann nickte sie. Offenbar wusste sie, von wem Angela sprach.

»Ich habe Aaron losgeschickt, die Polizei zu informieren. Selbst habe ich mir das nächste Schlauchboot mit Führer geschnappt«, fuhr Angela fort. Auffordernd sah sie zu Aaron, um ihn zu ermuntern, seine eigenen Erlebnisse beizutragen.

Bereitwillig erzählte Aaron: »Und ich bin dann mit dem Bus losgefahren. Nachdem ich die Polizei angerufen hatte, habe ich es immer wieder auf der Farm versucht, bis endlich Rosalie ans Telefon kam. Ich konnte ihr alles erzählen und sie warnen, dass etwas nicht in Ordnung war.«

Wieder nickte Petra. Die Sache mit dem vergifteten Brunnen hatte sie ja mitbekommen.

»Ja«, sagte nun wieder Angela, »und mit dem Boot kamen wir dann noch rechtzeitig, um Lisa zu helfen.«

Lisa schnaubte: »Das ist die größte Untertreibung, die ich je gehört habe.«

»Ach, Kleines. Hauptsache, dir ist nichts passiert.«

Der zärtliche Kuss, den Angela Lisa geben wollte, wurde durch Petra mitleidlos unterbrochen: »Nein, nein, so geht das nicht. Ich will jetzt die ganze Geschichte hören.« Herausfordernd funkelte sie Angela an.

Die gab Lisa widerstrebend frei und erzählte noch einmal in allen Einzelheiten, wie sie in ihrem Boot Zeugin der Attacke des Onkels auf Lisa geworden war, wie sie ihn durch ihren Schrei aus dem Konzept gebracht hatte und dann selbst ins Wasser gesprungen war, um die über Bord gegangene Lisa zu suchen. An dieser Stelle starrte Petra sie fassungslos an.

»Du bist *was?* Ich glaub es nicht. Das nenne ich wahre Liebe.«

»Das hätte doch wohl jeder getan«, sagte Angela bescheiden und beeilte sich, ihren Bericht fortzusetzen.

»Und was ist nun mit deinem Onkel?«, fragte Petra an Lisa gewandt, nachdem Angela geendet hatte. »Ich hoffe, er ist ertrunken.«

»Nein, den Gefallen hat er uns nicht getan. Die Polizisten haben ihn aus dem Wasser gezogen. Er sitzt jetzt im Gefängnis in Pretoria und wartet dort auf das, was kommen mag.«

»Könnte man ihn dort nicht einfach vergessen?« Petra grinste böse. »Wenn ihn keiner nach Deutschland holt ... Immerhin hat er versucht, hier alle zu töten. Und bei dir fehlte nicht viel, und er hätte es wirklich geschafft. Also könnte man ihn doch einfach hier vermodern lassen, oder?«

Angela zuckte mit den Schultern. »Das werden die Behörden untereinander ausmachen müssen. Die deutsche Justiz ist ja auch an ihm interessiert.«

»Jedenfalls hat er es hier im Gefängnis bestimmt nicht ganz so schön wie in Deutschland«, sagte Petra. »Und das gönne ich ihm von Herzen. Nach allem, was er dir angetan hat, Lisa.«

13

Sie saßen noch lange um den Küchentisch. Rosalie ging zwischendurch hinaus, um sich um die anderen Gäste zu kümmern. Die Küche bot immer genug Speisen, doch da sie sich erst einmal um den vergifteten Brunnen hatte kümmern müssen und deshalb nicht zum Kochen gekommen war, fiel das Angebot nicht ganz so reichhaltig aus wie sonst.

Lisa lehnte ihren Kopf an Angelas Schulter. Sie ließ sich in deren Wärme fallen, sich davon einhüllen und fühlte sich geborgen wie noch nie in ihrem Leben. Gerade als ihr die Augen zufallen wollten, wurde die Tür krachend gegen die Wand geschlagen. Sie fuhr zusammen und alle anderen am Tisch mit ihr.

Wally war der Urheber des Lärms. »Miss Lisa«, rief er mit fassungslosem Gesichtsausdruck, »das müssen Sie sehen. Kommen Sie schnell.« Bevor Lisa fragen konnte, worum es ging, war er auch schon wieder draußen im Hof.

»Du solltest ins Bett, Schatz«, wandte Angela besorgt ein. »Du bist müde, und außerdem brauchst du Ruhe. Lass mich dich in unsere Hütte bringen.«

»Gern, Angela.« Liebevoll strich Lisa ihr über die Haare. »Aber ich muss erst sehen, was Wally so aufregt. Vielleicht hat mein Onkel noch mehr angestellt ... Ich möchte kein Risiko eingehen. Du kannst ja mitkommen.«

Das Argument schien Angela zu überzeugen. Aber zur Sicherheit legte sie einen Arm um Lisa, als sie aus der klimatisierten Küche hinaus in die Hitze des Tages traten. Wally stand am Stall und winkte ihnen ungeduldig zu. Als sie sich ihm näherten, legte er den Finger auf die Lippen und zeigte hinter sich in die Stallung, in der die Mutterkuh lag.

Lisa registrierte mit Erleichterung, dass die neue Aufregung offenbar keinem weiteren Verbrechen ihres Onkels geschuldet war, und neugierig trat sie mit Angela an die Box heran. Es dauerte einen Moment, bis sich ihre Augen an das Dämmerlicht in dem Stall gewöhnten.

»Was um Himmels willen ist das?« Angela starrte verdattert auf das riesige Etwas, das vor der Kuh im Stroh lag und an ihr zu saugen schien.

Lisa lachte leise. Ihr Herz hüpfte. Auch sie hatte so etwas noch nie gesehen. »Das ist ein Babynilpferd.«

»Du machst Witze, oder? Das kann doch gar nicht sein.«

Lisa antwortete nicht, sondern betrachtete weiter die friedliche Szene vor sich im Stroh. Das Kalb lag neben der Mutterkuh und schien sich in keiner Weise daran zu stören, dass das Nilpferd von der Milch trank.

»Das ist ja unglaublich«, sagte Lisa, und plötzlich waren all die schlimmen Ereignisse der letzten Stunden in weite Ferne gerückt. »Wally, woher kommt das Nilpferd?«

Wally grinste verlegen. »Haben wir Ihnen das nicht erzählt? Sie waren so lange weg und sind erst gestern wiedergekommen ... Peters Männer haben es gebracht. Sie haben es im Busch gefunden, allein und hungrig. Wir wissen nicht, wo seine Mutter ist. Wir vermuten, dass sie ihn verstoßen hat, denn von einem toten Nilpferd wissen wir nichts. Peter dachte, dass Rosalie sich um den Kleinen kümmern könnte. Wir haben ihm die letzten Tage immer die Flasche gegeben, aber das war nicht so das Wahre. Er hat wenig getrunken und war sehr unruhig.«

»Wahrscheinlich hat ihm der Körperkontakt gefehlt.« Lisa konnte den Blick nicht von den Tieren im Stroh abwenden. »Und wie kam das hier zustande?«

Fröhlich sagte Wally: »Ich wollte dem Kleinen in seiner Box die Flasche geben, aber da fing die Kuh an zu kalben. Ich bin hierhergerannt und habe wohl vergessen, seine Tür fest zu schließen. Als ich jetzt gerade wieder nach ihm sehen wollte, da war er hier und hat bei ihr getrunken.«

Angela kam aus dem Staunen nicht heraus. »Ist das denn gesund für ihn?«, erkundigte sie sich mit ungläubiger Stimme.

Ihr umfangreiches Wissen, das sie für alle Fragen ihrer Gäste rüstete, ließ Lisa fast automatisch antworten: »Oh ja, die Kuhmilch hat fast den gleichen Nährwert wie die Milch einer Nilpferdmutter. Das passt also gut.«

»Ich bin trotzdem fasziniert, dass die Kuh ihn akzeptiert.« Angela schüttelte den Kopf.

»Die Natur kann uns viele Dinge lehren. Vor allem, dass es für sie keine Vorurteile gibt. Denk an den Zesel, der in beide Gruppen integriert ist. Und das hier –«, Lisa zeigte mit dem Finger auf die friedlichen Tiere, »das ist einfach nur eine Mutter, die nun eben zwei Junge füttert. Das Kalb hat auch keine Probleme damit, dass der kleine Dicke ihm etwas von der Milch wegnimmt, solange genug für beide da ist.«

Strahlend nahm sie Angela am Arm. »Danke, Wally, dass du uns geholt hast. Das ist wirklich eine schöne Geschichte. Da haben sich Freunde fürs Leben gefunden, scheint mir.« Sie warf noch einen letzten, glücklichen Blick auf die eigentümliche Familie, dann führte sie Angela aus dem Stall.

»Komm, Schatz«, sagte diese, wie auf Kommando, »es wird Zeit, dass du dich ausruhst. Das war ein anstrengender und sehr aufreibender Tag.«

Widerstandslos ließ sich Lisa in die richtige Richtung bugsieren. Erst jetzt spürte sie wieder, wie erschöpft sie war. In der Hütte fiel sie wie ein Stein aufs Bett. Ihr T-Shirt über den Kopf zu ziehen, ging fast über ihre Kräfte.

»Autsch ...« Sie keuchte vor Schmerz. »Ich glaube, wir müssen Rosalie um ihre Wundersalbe bitten.«

Entsetzt starrte Angela auf den blauen Fleck, der sich quer über Lisas Bauch zog. »Um Himmels Willen, Lisa, warum hast du denn nichts gesagt? Das sieht ja furchtbar aus. Mein armer Schatz, was musstest du nur alles erleben?« Mit sanftem Finger strich sie die Umrisse der Prellung entlang.

»Autsch«, japste Lisa erneut.

»Tut mir leid, Kleines«, sagte Angela betreten, »ich hol schnell die Salbe.«

Augenblicke später kam sie mit dem Tiegel in der Hand zurück. »Leg dich auf den Rücken«, bat sie, »dann schmier ich dir die Salbe auf deine Prellung.«

Liebevoll und vorsichtig strich sie die streng riechende Salbe auf Lisas Bauch, wobei sie bei jedem Laut von Lisa innehielt, um noch behutsamer vorzugehen. Nachdem sie sich vergewissert hatte, dass die Verletzung versorgt war, half sie Lisa, ihr Schlafshirt anzuziehen. Gemeinsam kuschelten sie sich unter die Bettdecke.

Angela hielt Lisa ganz fest, sorgsam darauf bedacht, der Prellung nicht zu nahe zu kommen. Immer wieder strich sie Lisa zärtlich übers Haar und über den Rücken.

»Ich hätte dich beinahe verloren, Kleines«, murmelte sie heiser. »Ich weiß nicht, was ich ohne dich tun sollte. Ich durfte nicht daran denken. Aber ich glaube, wenn ich dich im Wasser nicht gefunden hätte, dann hätte ich einfach die Schwimmweste ausgezogen und wäre dir nachgefolgt.«

»Oh, Schatz«, flüsterte Lisa, »das darfst du nicht sagen. Du hast doch deine Familie, deine Freunde, deine Firma. Alle, die dir wichtig sind, für die du wichtig bist.«

»Aber du bist am allerwichtigsten. Du machst das Leben lebenswert. Ohne dich geht es nicht mehr.«

Die letzten Worte hörte Lisa kaum noch. Sie war eingeschlafen, eng an Angela geschmiegt.

Am nächsten Tag kamen die beauftragten Inspektoren, um sich den Brunnen vorzunehmen. Es dauerte einige Stunden, bis sie das vergiftete Wasser abgepumpt, den ganzen Brunnen chemisch gereinigt und danach mehrfach gespült hatten. Das verseuchte Wasser wurde in einem großen Tanklaster zur Entsorgung in eine spezielle Anlage transportiert.

Lisa und Angela standen Arm in Arm auf der Terrasse ihrer Hütte und sahen den Männern bei der Arbeit zu.

»Ohne mein Erbe hätten wir das jetzt nicht regeln können«, sinnierte Lisa. »Nur die Aussicht auf das Geld hat mir bei der Bank einen Kredit beschert. Ich muss mich bei deinem Vater für all seine Hilfe noch bedanken.«

»Ups ...« Angela war plötzlich zusammengezuckt und zog mit rotem Kopf ihr Handy aus der Tasche. Auf Lisas fragenden Blick hin sagte sie betreten lächelnd: »Ich habe ihm versprochen, dass ich ihn anrufe. Aber das habe ich gestern in der ganzen Aufregung total vergessen.« Sie wählte die Nummer und runzelte die Stirn. »Anrufbeantworter. Na ja, er wird mal wieder in einer Besprechung sein.«

»Oder auch nicht ...« Lisa begann über das ganze Gesicht zu grinsen.

Verblüfft folgte Angela ihrem Blick. Der kleine Bus hatte gerade auf dem Hof angehalten. Heraus stiegen Angelas Eltern, Marianne und Alexander und sahen sich neugierig um.

»Mama, Papa! Was macht ihr denn hier?« Ungläubig strahlend rannte Angela auf ihre Eltern zu und schloss sie in die Arme.

»Na, was wohl ...« Ihr Vater klopfte ihr auf den Rücken, sichtlich amüsiert über ihre Verwunderung. »Nachdem wir gestern nichts mehr von euch gehört hatten, haben wir uns natürlich große Sorgen gemacht. Wir hatten ja allen Grund zu der Annahme, dass Lisas Onkel hierherkommen und irgendeinen Racheakt verüben würde. Also sind wir mit dem nächsten Flieger nach Johannesburg und haben uns hierherfahren lassen. Der Fahrer hat uns unterwegs schon beruhigt, dass es allen hier gutgeht.« Sein Blick war wieder ernst geworden, und er musterte erst seine Tochter, dann Lisa. »Wir sind froh, euch wohlauf zu sehen. Aber ist seit unserem letzten Telefonat noch etwas passiert? Dieser merkwürdige Gast, der dir aufgefallen ist, Angela – war das wirklich Lisas Onkel?«

»Kommt doch erst einmal herein«, mischte sich Lisa ein. »Wir erzählen euch alles in der Küche bei einer Tasse Kaffee.«

Auf der Treppe kam ihnen Rosalie entgegen. »Noch mehr Gäste«, meldete Lisa ihr entschuldigend.

»Kein Problem.« Rosalie lächelte den Neuankömmlingen einen Willkommensgruß zu. »Die Hütten sind wie immer vorbereitet, das weißt du doch«, sagte sie an Lisa gewandt.

Angela übernahm die Vorstellung: »Rosalie, das sind meine Eltern, dann meine Schwester Marianne und ihr Mann Alexander.«

Rosalies Lächeln wurde noch breiter. »Willkommen auf der *Mabula Lodge.* Kommen Sie herein, der Kaffee ist schon fertig.«

Bei Kaffee und Kuchen erzählte Angela erneut ihre Geschichte. Sie begann mit ihrem Streit in Berlin und dem Grund für die Lackschäden am Auto ihres Vaters. Als sie dann von der wilden Jagd durch die Stromschnellen berichtete, bekamen alle den Mund vor Staunen und Entsetzen nicht mehr zu. Stolz klopfte ihr Vater Angela auf die Schulter.

Angelas Mutter hingegen nahm ihre Tochter in den Arm, zitternd vor Erleichterung und nachträglichem Schrecken. »Ich bin so froh, dass euch beiden nichts passiert ist.«

Alexander, ganz der professionelle Ermittler, erkundigte sich sachlich bei Lisa: »In welchem Gefängnis ist dein Onkel?«

»Er wurde nach Pretoria gebracht.«

»Und es wäre uns ganz recht, wenn er dort verrotten würde«, warf Petra ein, die der Kaffeeduft inzwischen auch in die Küche gelockt hatte.

Angela schien etwas einzufallen. Sie erstarrte plötzlich, sah auf ihre Uhr und runzelte die Stirn. »Entschuldigt, Leute, aber ich muss noch einmal zu der Wildwasserstation. Da ist ein junger Mann, dem ich noch Geld schulde.« Die fragenden Blicke aus der Runde beantwortete sie mit einem verlegenen Grinsen. »Ich habe doch sein Boot gekapert und ihm dadurch die Tour vermasselt. Das würde ich gern noch klären.«

»Wir kommen mit dir mit«, erklärte ihr Vater sofort und stand auf. »Dann können wir einmal bei den zuständigen Behörden vorbei und ihnen die Unterlagen aus Deutschland geben. Damit sollten beide Seiten ausreichend Material an der Hand haben, um sich angemessen um den Verbrecher zu kümmern.«

Als Lisa sich erhob, um sie zu begleiten, drückte Angela sie sanft auf ihren Stuhl zurück. »Nein, Kleines, bitte bleib hier. Du brauchst immer noch Ruhe. Wir sind bald wieder da, und dann lass ich dich nie mehr los.« Sanft strich sie ihr über die Haare, gab ihr einen zärtlichen Kuss und stieg zu Dietmar, Alexander und Aaron in den Bus, der gleich darauf vom Hof rollte.

Wie um sie für Angelas Abwesenheit zu entschädigen, trat Sibylle zu Lisa und nahm sie fest in die Arme. »Ihr habt uns beide große Sorgen bereitet. Erst, dass ihr so schnell verschwunden seid ... Dietmar war einem Nervenzusammenbruch nahe, als er die Kratzer an seinem Heiligtum gesehen hat.« Ihr gutmütiges Lachen nahm den Worten die Schärfe. »Aber noch viel schlimmer, dass ihr einfach weg wart. Wir wussten ja überhaupt nicht, was passiert war. Und als Alexander dann noch von der Flucht deines Onkels erzählt hat, da sind wir alle fast gestorben vor Angst um euch.«

Lisa erwiderte die Umarmung dankbar. »Es tut mir leid«, sagte sie, und das meinte sie auch so – wenn sie eines an ihrer überstürzten Flucht aus Berlin bereute, so waren es die Ängste, die Angelas Eltern ihretwegen hatten ausstehen müssen. »Dass wir einfach verschwunden sind, war gemein. Aber zum Glück hatte mein Onkel ja nichts damit zu tun. Von seinem Ausbruch haben wir erst durch Dietmars Anruf erfahren. Und von da an ging alles so schnell.« Dann ließ sie Sibylle los und sah sie, Marianne und auch Petra auffordernd an: »Aber jetzt kommt, ich muss euch doch die Farm und unsere Tiere zeigen.«

Stolz führte sie die Frauen durch ihr kleines Reich: erst das Haupthaus und die große Terrasse, dann die Hütten, in denen sie übernachten würden, und schließlich die Stallungen.

»Ihr habt auch Pferde!« Marianne strahlte Lisa an. »Ich liebe Pferde.«

Lisa erwiderte das Lächeln. »Ja, wir bieten unter anderem auch Reitsafaris an. Oder eine Kutschfahrt durch die Savanne. Aber noch viel schöner ist das, was neben den Pferden liegt ... Wollt ihr es sehen?«

Erwartungsvoll folgten ihr die drei Frauen ins Innere des Stalls. Lisa bedeutete ihnen, leise zu sein, dann trat sie zu der ungewöhnlichen Familie, die sich dort zusammengefunden hatte.

»Das gibt es ja gar nicht ...«

»Wunderschön.«

»Einzigartig.«

Es dauerte eine ganze Weile, bis sich die Frauen von ihrem ungläubigen Staunen erholten. Lisa strahlte von allen am glücklichsten. Dass sie Angelas Familie – *ihre* Familie – und Angelas beste Freundin für ihre Welt begeistern konnte, erschien ihr wie ein kostbares Geschenk.

Nach ein paar Stunden – Lisa, Petra, Sibylle und Marianne saßen auf der Terrasse des Haupthauses – kamen Angela und die anderen zurück. Gespannt sahen ihnen die Frauen entgegen.

»Gibt es schon Neuigkeiten?«, begrüßte sie Lisa.

»Ja, einige«, ergriff Dietmar das Wort. »Zuerst gibt es einen sehr glücklichen jungen Mann, der mit dem Geld heute Abend seine Freundin zum Essen ausführen will.« Er zwinkerte Angela zu. »Dann haben wir mit der Polizei gesprochen. Dein Onkel brüllt Zeter und Mordio, aber alle Gäste der Lodge hier haben übereinstimmend beschrieben, wie er versucht hat, dich aus dem Boot zu prügeln. Und den vergifteten Brunnen konnten sie ihm auch schnell nachweisen. Das wiegt hier anscheinend fast noch schwerer als der Mordanschlag auf dich, Lisa.«

Lisa hatte vor Aufregung die Luft angehalten. Nun stieß sie sie hörbar aus. »Ja, Wasser ist kostbarer als ein einzelnes Menschenleben. Damit hat er sich auf keinen Fall einen Gefallen getan – nicht hier in Afrika. Was genau bedeutet das denn für das weitere Vorgehen?«

»Es wird ihm hier in Südafrika der Prozess gemacht«, erklärte Dietmar. »Das wird einige Zeit dauern. Und wenn ich den

Staatsanwalt richtig verstanden habe, dann wird die Strafe ziemlich hoch ausfallen. Danach können die deutschen Behörden ihn haben, sofern sie noch gegen ihn vorgehen wollen – aber auch daran gibt es keinen Zweifel. Also wird er für eine sehr lange Zeit im Gefängnis bleiben, erst hier und dann auch noch in Deutschland.«

Erleichtert ließ sich Lisa gegen Angela sinken. »Dann ist es wirklich vorbei?«

»Ja«, sagte Angela und küsste sie auf die Nase. »Das ist es, mein Schatz. Jetzt fehlt nur noch eines.«

Lisas grüne Augen trafen auf Angelas graue. Auch ohne weitere Worte wusste sie, was Angela ihr sagen wollte. Sie nickte strahlend.

»Mama, Papa und der Rest ...« Bedeutungsvoll sah Angela in die Runde. »Wir werden heiraten. Und zwar so bald wie möglich, was so in etwa morgen bedeutet.«

In den Gesichtern mischten sich Freude und eine gewisse Ernüchterung: »Was, morgen schon? Aber das geht doch gar nicht ... da kann man doch gar nichts vorbereiten ...«

Beschwichtigend hob Angela die Hand. Nachdem sich das Stimmengewirr gelegt hatte, stellte sie klar: »Wir werden auf alle Fälle morgen hier heiraten und später noch einmal in Deutschland, damit alles seine Richtigkeit hat.«

Nun gewann die Begeisterung die Oberhand. Lisa und Angela wurden von der freudestrahlenden Familie fast erdrückt.

»Herzlichen Glückwunsch, wir freuen uns so für euch!«

»Willkommen in der Familie, Lisa. Es ist so schön zu sehen, dass ihr beide so glücklich seid.«

Marianne stupste Petra an, die offenbar auch in der Familie für ihre Tatkräftigkeit bekannt war: »Und wann und wo steigt die Party?«

Die Angesprochene zuckte nur die Schultern. »So schnell kann man doch keine Party organisieren.«

Angela verschaffte sich noch einmal Gehör. »In Anbetracht der ganzen Umstände denke ich, dass wir alle auf eine große Party verzichten können. Die können wir gern später noch nachholen. Aber morgen ist unser Tag, und den möchten wir gern nach unseren Vorstellungen gestalten. Die nötigen Vorbereitungen sind schon erledigt. Wir würden uns freuen, wenn ihr uns zu unserer Hochzeit begleiten könntet.«

Von den Vorbereitungen hörte Lisa zum ersten Mal. Neugierig sah sie Angela von der Seite an.

»Natürlich«, kam es von allen Seiten, »wir kommen gern, keine Frage. Was habt ihr denn vor?«

»Ihr werdet schon sehen«, sagte Angela geheimnisvoll, und mehr konnten ihr auch Lisas bohrende Blicke nicht entlocken.

Wenig später in ihrer Hütte nahm Lisa Angela in die Arme, drückte sich fest an sie und begann in schmeichelndem Tonfall: »Sagst du mir, was wir vorhaben? Immerhin ist es auch meine Hochzeit. Da sollte ich doch wissen, was mich erwartet.«

Angela schob sie ein kleines Stück von sich weg und sah ihr tief in die Augen. »Vertraust du mir?«

»Natürlich vertraue ich dir.« Ernst erwiderte Lisa den Blick. »Mit meinem Leben, Schatz.«

»Dann lass dich überraschen«, bat Angela mit feinem Lächeln.

Lisa war sich nicht ganz sicher, was sie davon halten sollte. »Also, eigentlich mag ich ja keine Überraschungen. Aber gut … dann bin ich mal gespannt.«

Angela setzte sich aufs Bett und zog Lisa auf ihren Schoß. »Kleines«, sagte sie leise, »du weißt, ich würde nichts tun, von dem ich nicht sicher bin, dass es dir gefällt. Und weißt du eigentlich auch, wie überglücklich ich bin? Noch nie in meinem Leben habe ich eine Frau wie dich getroffen. Durch dich lebe ich viel bewusster, intensiver, glücklicher. Ich hätte nie geglaubt, dass ich das je würde sagen können, aber mit dir und durch dich fehlt es mir an nichts. Ich war immer rastlos, immer auf der Suche nach mehr, nach dem Besonderen, nach der einzigen und richtigen Frau für mich … All das und noch viel mehr habe ich mit dir gefunden. Du bist die wundervollste Frau der Welt. Und ich werde morgen die absolut glücklichste Frau der Welt sein, wenn ich dich heiraten darf.«

Lisas Augen hatten sich während Angelas sanfter, aber eindringlicher Ansprache mit Tränen gefüllt. Nachdem Angela geendet hatte, schloss sie kurz die Lider und kuschelte sich noch enger an ihre Freundin, die bald auch ihre Frau sein würde.

Erst nach einer kleinen Pause antwortete sie: »Mir geht es genauso, Angela. Nur dass ich gar nie wusste, was ich suchte oder suchen sollte. Aber du hast mich von Anfang an berührt wie nichts und niemand zuvor, und wenn ich daran denke, wie nervös du mich gemacht hast ...« Sie lachte leise bei der Erinnerung.

»Wie, ich habe dich nervös gemacht?« In Angelas Stimme klang Verblüffung durch. »Du, die unabhängige, mit beiden Beinen fest im Leben stehende Frau, die nicht ruhelos auf der Suche ist, sondern glücklich und mit sich im Reinen ... Wenn, dann doch eher umgekehrt.«

Nun war Lisa ihrerseits verdutzt. Dass Angela sie so wahrgenommen hatte, hätte sie nie für möglich gehalten. »Und wie du mich nervös gemacht hast, mein Schatz. Ich habe mich benommen wie ein verstörter Teenager – und dann auch ziemlich schnell wie ein verliebter Teenager. Hast du nicht gemerkt, dass ich die ganze Zeit versucht habe, dich auf mich aufmerksam zu machen? Ich wollte dir gefallen, dir imponieren.«

»Oh, Schatz, als wenn du das nötig gehabt hättest.« Angelas Lachen klang tief und rau. »Du hast mir von Anfang an gefallen. Vom ersten Moment an war ich hin und weg von dir. Mein kleiner Wildfang ... Ich gebe zu, ich habe dich dann mit Absicht ein wenig provoziert. Ich hoffte so sehr, dass ich mich nicht getäuscht hatte – dass du eben auch an mir interessiert warst. Aber der erste Kuss war unglaublich, spätestens da war ich mir sicher ... und jeder neue Kuss seitdem ist noch viel unglaublicher. Ich liebe dich so sehr, Lisa.«

Lisa lehnte ihren Kopf gegen Angelas Brust und atmete tief den Duft ihres Parfums ein, der inzwischen so vertraut und doch immer noch aufregend war. »Ich hatte so große Angst«, murmelte sie. »Angst, dass ich mich lächerlich machen würde.«

»Schatz, wie kommst du nur auf so was?« Ehrliches Erstaunen schwang in Angelas Stimme mit.

»Na ja ... ich hatte so gar keine Erfahrung, und ich wollte doch nichts falsch machen. Es war mir so irrsinnig wichtig, dass ich dir gefalle und dass ich alles richtig mache.«

»Ach, Kleines ... du bist ein Naturtalent. Ist dir das noch gar nicht aufgefallen?«

Auf Lisas verlegenes Kopfschütteln hin hob Angela ihr Kinn zu sich nach oben und küsste sie sanft, zuerst auf die Nasenspitze, dann auf die Lippen. »Und was für ein Naturtalent. Einfach deshalb, weil alles an dir so echt ist, so ehrlich und unverfälscht. Weil du küsst, um zu küssen, nicht, um irgendwas damit zu erreichen ... Du bist wunderschön, innen wie außen. Dein Charakter, deine Seele, dein ganzes Wesen – so etwas in einer Frau vereint zu finden, das ist wie den Jackpot im Lotto zu knacken. Ich habe alles mit dir gefunden, was ich jemals erträumt habe, und noch so viel mehr. Ich bin unsäglich stolz darauf, dass ich dich morgen heiraten darf.«

Statt einer Antwort küsste Lisa sie zärtlich. Ihre Zungen tanzten miteinander, streichelten einander, erforschten Lippen und Zähne. Bis Angela Lisa vorsichtig auf das Bett legte und sich neben sie schob.

»Ich will dir niemals wehtun«, sagte sie liebevoll, »und ich bin sicher, dass du noch große Schmerzen hast. Sag mir also bitte, wenn du lieber deine Ruhe haben möchtest. Das wäre völlig in Ordnung.«

»Nein, wäre es nicht. Komm sofort zu mir und liebe mich.« Damit zog Lisa die überraschte Angela zu sich heran und verschloss ihr den Mund mit ihren Lippen.

Ihr Liebesspiel war geprägt von tiefer Zärtlichkeit, aber auch von dem wilden Bedürfnis, einander und sich selbst ihre Lust und ihr Verlangen zu befriedigen. Sie ließen sich viel Zeit, erkundeten einander wie zum ersten Mal, entdeckten die Gefühle und die Wünsche der anderen und erfüllten diese mit großer Geduld. Es war schon früh am Morgen, als sie schließlich erschöpft, aber glücklich einschliefen.

14

Nach einem kurzen Frühstück stiegen Petra, Sibylle, Marianne, Alexander, Rosalie und Dietmar auf Angelas Geheiß zu Aaron in den Bus. Als Lisa hinterklettern wollte, hielt Angela sie zurück. Mit lautem Hupen fuhr der Bus davon.

»Und wir?«, fragte Lisa perplex. »Wie kommen wir jetzt zu unserer Hochzeit?«

»Na, was denkst du denn, mein Schatz? So, wie es sich für eine Prinzessin gehört.« Damit legte Angela ihr lachend die Hände über die Augen und führte sie ein Stück zur Seite, bevor sie ihre Hände wieder wegnahm.

»Steig ein, mein Herz.«

Lisa öffnete die Augen. Vor ihr stand die Kutsche mit Wally auf dem Kutschbock, der ihr stolz zugrinste. Geschirr und Zaumzeug der beiden Kutschpferde waren mit Blumengirlanden geschmückt.

»Ich hätte ja gern Thunder und Lightning genommen«, sagte Angela bedauernd, »aber Wally meinte, dass sie sich nicht so für die Kutsche eignen würden. Und so ist es doch ein wenig stilvoller, wenn ich dich zum Altar führe, oder?«

Strahlend vor Glück drehte sich Lisa zu ihr um. Aus Angelas Augen leuchtete ihr so viel Liebe entgegen, dass sie schlucken musste.

»Du bist so wunderschön«, flüsterte Angela. »Ich kann es kaum fassen, dass ich dich heiraten darf.« Ehe sie in Lisas Augen versinken konnte, gab sie sich einen sichtbaren Ruck: »Jetzt sollten wir uns aber wirklich beeilen, sonst kommen wir noch zu spät.«

Lachend ließ sich Lisa von ihr in die Kutsche helfen, und Wally schnalzte den Pferden zu, die sich sogleich in Bewegung setzten. »Was für eine süße Idee, Angela.«

Angela grinste, offenbar sehr zufrieden über die gelungene Überraschung. »Ich dachte mir, so eine romantische Kutschfahrt . . . Noch eine letzte Chance für dich, nein zu sagen.«

»Bist du verrückt? Das kommt ja gar nicht in Frage. Oder hattest du etwa darauf gehofft?«

»Tja, was, wenn ich jetzt auf einmal kalte Füße bekomme und lieber absage?«

»Tut mir leid, Schatz, zu spät. Ich lass dich nicht mehr los, nie mehr.« Lisa umarmte Angela so stürmisch, dass die Kutsche ein klein wenig ins Wanken geriet. »Ohne dich geht es schon lange nicht mehr.«

Angelas graue Augen funkelten sie voll Liebe und Freude an. »Nein, das stimmt, es geht schon lange nicht mehr ohne dich. Ohne uns. Du und ich, wir gehören zusammen.«

In diesem Moment zügelte Wally die Pferde, und Angela warf einen Blick aus dem Kutschenfenster. »Wir sind da, mein Herz. Jetzt wird's ernst.«

Kichernd schwang sich Lisa aus der Kutsche – und blieb wie angewurzelt stehen. Sie wusste gar nicht genau, was sie erwartet hatte, aber jedenfalls nicht *das.* »Wow ... das ist unglaublich. Wie hast du das alles geschafft?«

Unter dem majestätischen Marulabaum waren unzählige Decken ausgebreitet. Darum verteilt standen Bänke und Tische, voll beladen mit allen möglichen Köstlichkeiten aus Rosalies Küche. Lampions und Girlanden hingen in den Ästen, dazu jede Menge Luftballons. Rosalie, Aaron, Petra und alle anderen standen oder saßen schon bereit und grinsten belustigt über Lisas Verblüffung.

»Ich war nicht allein«, erklärte Angela, während Lisa immer noch mit offenem Mund dastand. »Dafür muss ich mich noch bei Wally und Aaron bedanken. Sie haben gestern schon alles hierhergeschafft und aufgebaut.«

»Wow. Ich fass es einfach nicht.« Das war für eine ganze Weile alles, was Lisa sagen konnte.

Angela nahm sie bei der Hand. »Ich dachte, dies ist für uns beide ein besonderer Ort. Und ich kann mir nichts Schöneres vorstellen, als dich hier zu meiner Frau zu nehmen – wenn du mich willst.«

Endlich kam wieder Leben in Lisa. »Oh Angela, welche Frage. Natürlich will ich dich, und wie.«

»Na, dann ...«, Angela grinste, »... können wir unsere kleine Party ja steigen lassen. Musik!«

Wally beeilte sich, seinen iPod an zwei kleine Boxen anzuschließen, und so tönte bald schon laute Rockmusik durch den Busch.

»Äh, hast du auch andere Lieder ...?«, erkundigte sich Angela vorsichtig.

»Ich glaube nicht.« Wally lief unter seiner dunklen Haut rot an.

»Macht nichts, dann muss es eben auch so gehen.« Lachend wirbelte Angela Lisa in einem improvisierten Tanzschritt um ihre eigene Achse: »Nicht wahr, mein Schatz?«

Für die Trauungszeremonie war ein Priester aus dem nahegelegenen Dorf gekommen. Er bedeutete der Hochzeitsgesellschaft nun, auf den Bänken Platz zu nehmen, und nachdem Wally noch schnell die Musik leiser gestellt hatte, begann er seine Ansprache. So gefühlvoll ging er auf das Brautpaar, ihre Liebe füreinander und ihr künftiges Eheleben ein, dass sich die Augen der Anwesenden immer wieder mit Tränen füllten. Als Angela Lisa endlich küssen durfte, brachen alle in lauten Beifall aus.

»Du bist wunderschön, Lisa«, flüsterte Angela, und das war nur für die Ohren ihrer Braut bestimmt.

»Und du erst.« Lisa strahlte Angela an, schwindlig vor Glück. »Himmel, ich kann es gar nicht glauben ... wir sind verheiratet.«

Lachend fielen sie sich in die Arme. Dann waren die anderen an der Reihe, sie zu beglückwünschen. Und wenig später kamen die ersten ernsten Fragen auf sie zu.

»Wo werdet ihr denn in Zukunft leben?« Dietmar blickte nachdenklich von einer zur anderen.

Angela hielt Lisa fest in ihren Armen. Sah ihr tief in die Augen, suchte und fand ihr Einverständnis.

»Das können wir so nicht genau sagen«, gab sie ihrem Vater zur Antwort. »Ich denke, dass wir die meiste Zeit hier sein werden. Allein schon weil wir beide hier so glücklich sind. Die Firma kann ich mit Petras Hilfe und dem Internet auch von hier aus weiter lenken, das ist also kein Problem. Aber für Lisa gibt es in Deutschland einfach wenig, das sie zurückzieht.«

Ihr Vater nickte verständnisvoll, kam aber nicht umhin einzuwenden: »Deiner Mutter wird es schwerfallen, wenn ihr nicht ab und an mal zu Besuch kommt.«

Angela lächelte. »Das kriegen wir schon hin. Und ihr könnt mit der ganzen Enkelschar ja auch mal hierherkommen. Die Kleinen werden von den ganzen Tieren begeistert sein.«

»Ja, das klingt nach einem anständigen Vorschlag. Und die, die sich nicht benehmen können, die stecken wir zu den Löwenbabys und lassen ihnen von denen Benimm beibringen.«

»Na, ob das so eine gute Idee ist, das wage ich zu bezweifeln ... aber zu verlockend, um sie ganz außer Acht zu lassen.« Fröhliches Lachen hallte über die Savanne.

Als die Sonne langsam unterging und die Lampions ihr warmes Licht verströmten, legte Lisa beide Arme um ihre Frau. »Du bist unglaublich, weißt du das eigentlich?«

»Warum das denn«, winkte Angela ab, »ich habe doch gar nichts getan.«

»Das alles hier nennst du nichts?«

»Nun ja ... ich hatte fleißige Helfer.«

»Das ändert nichts an der Tatsache, dass du dir große Mühe mit allem gegeben hast und etwas auf die Beine gestellt hast, das ich mir nicht schöner hätte vorstellen können. Und ...« Lisa sah Angela in die Augen, voller Wärme und Liebe. »... dass du mich gerade geheiratet hast.«

»Okay, das stimmt allerdings.«

Sie tauschten einen langen, tiefen Blick, der bis in ihr Innerstes drang, alles sah und zugleich alles preisgab. Das ganze Glück der Welt offenbarte sich den beiden Frauen, die sich so über alles liebten, in diesem Blick.

An diesem magischen Platz, unter dem Marulabaum.

ENDE

Weitere Titel bei édition el!es

Mirjam Hoff: Einhundert Absagen

Handyroman

Die übermächtige Angst, sich eine Absage zu holen, hält Franzi stets davon ab, auf Frauensuche zu gehen. Eines Tages können ihre Freundinnen das nicht mehr mitansehen und entwerfen einen Plan: Als Therapie soll sich Franz einhundert Absagen holen, um ihre Angst zu besiegen. Doch in der Praxis muss die Richtige gar nicht erst gefragt werden . . .

Jenny Green: Über den Dächern der Stadt

Roman

Nach jahrelanger Beziehung von ihrer Freundin verlassen, steht Emma vor einem Scherbenhaufen. Ein beruflicher Wechsel bringt sie mit der Geschichtslehrerin Lisa zusammen, die den Trennungsschmerz lindert. Doch Emma ist nicht bereit für eine neue Beziehung, und so einigen sie sich auf eine Freundschaft mit Extras. Die wieder aufkreuzende Ex und tragische Geschehnisse aus der Vergangenheit scheinen jedoch die Freundschaft dauerhaft zu sabotieren . . .

Ruth Gogoll: Wachgeküsst

Roman

Es war einmal . . . Hadockville, Maine: Avalon Hadock ist die ungekrönte Königin der Stadt. Die neue Polizeichefin Ryleigh Grant lässt sich jedoch nichts befehlen, vor allem nicht, wenn es um die Aufklärung eines fünfzehn Jahre zurückliegenden Mordes geht, in den die Familie Hadock anscheinend verwickelt war. Während der Ermittlungen fühlen Ryleigh und Avalon sich trotz aller Differenzen recht schnell voneinander angezogen – zunächst körperlich, doch Ryleigh verliebt sich, während die Liebe in Avalon erst wachgeküsst werden muss . . .

Nadine C. Felix: Gefühle kommen ohne Voranmeldung

Roman

Nach Jahren treffen sie sich wieder: Mona und Lisa kommen sich dabei näher, als ihnen beiden lieb ist. Lisa scheint nur an Sex interessiert, während bei Mona tiefere Gefühle im Spiel sind. Kaum, dass Lisa merkt, dass sie ein Paar sind, ist sie auch schon weg. Aber Mona gibt nicht auf, um Lisa zu zu kämpfen, doch Lisa plagen bald auch noch ganz andere Sorgen – und es scheint, als gäbe es keine gemeinsame Zukunft für sie ...

Terry Waiden: Diesmal für immer

Roman

Josi wähnt sich glücklich in ihrem Leben allein, da holt ihre Vergangenheit sie plötzlich ein: Ihr Pflegevater liegt im Sterben. Sie kehrt in die alte Heimat zurück und stellt entsetzt fest, dass Sonja, die Tochter ihres Pflegevaters, sie immer noch liebt. Aber Josi will nicht erneut enttäuscht werden und weist Sonja zurück, doch die lässt diesmal nicht mehr los ...

Julia Schöning: Mit Herz und Skalpell

Roman

Die neue Assistenzärztin Linda verliebt sich im Krankenhaus in die unnahbare Oberärztin Alexandra. Obwohl Alexandra keine Beziehung eingehen will, kommen sie sich näher. Der Kampf um die Stelle als Leitende Oberärztin und Alexandras Ex stehen jedoch wie eine Mauer zwischen ihr und Linda – aber Linda gibt nicht auf, um Alexandras Liebe zu kämpfen ...

Anne Wall: Immer diese Sehnsucht

Roman

Kerstin und Andrea scheinen ein glückliches Paar zu sein, doch die Beziehung kriselt: Andrea lebt nur für ihre Arbeit, und Kerstin vermisst die Zweisamkeit. Da tritt die braungebrannte Abenteurerin Pat in Kerstins Leben und schenkt ihr die Aufmerksamkeit, die sie von Andrea vermisst. Nach einem schrecklichen Streit von Andrea tief verletzt folgt Kerstin Pat nach Südafrika, wo sie ein neues Leben beginnt; Andrea bleibt ahnungslos zurück. Doch unter der heißen Sonne Afrikas wächst in Kerstin die Sehnsucht nach Andreas Liebe . . .

Laura Beck: Der letzte Liebesdienst

Roman

Lara und Maja sind ein ebenso glückliches Paar wie Anke und Fiona. Doch das Schicksal entreißt Lara und Fiona ihre geliebten Frauen und lässt sie trauernd zurück. Sowohl Fiona als auch Lara glauben, nie wieder lieben zu können.
Nach ihrem Hinscheiden gerät Maja in eine Zwischenwelt, in der sie Anke trifft. Sie stecken dort fest, denn sie haben noch eine Aufgabe zu erfüllen: Ihre Frauen sollen wieder glücklich werden, und zwar miteinander. Und so versuchen die beiden (noch nicht ganz) Verblichenen ihre zurückgebliebenen Frauen miteinander zu verkuppeln, was sich als schwieriger erweist, als es zunächst den Anschein hat . . .

Claudia Lütje: Über den Wolken fand ich dich

Roman

Petra und Anja, Stewardess und Pilotin bei derselben Fluggesellschaft, lernen sich im Dienst auf einem Flug nach Miami kennen und verbringen im Hotel intensive Stunden miteinander. Es könnte der Anfang einer wunderbaren Beziehung werden, wenn Anjas Ex-Freundin Beate nicht wäre: Denn die heckt einen gemeinen Plan aus, um die beiden Liebenden auseinanderzubringen, indem sie ihnen Schmuggelware unterjubelt. Doch die Anstrengungen, Anjas Karriere zu retten, schweißen Petra und Anja nur noch mehr zusammen – auch wenn Beate weiterhin nichts unversucht lässt, Anja zurückzugewinnen . . .

Ina Sembt: Im Garten der Gefühle

Roman

Für eine brisante Reportage erhält Alexandra den Auftrag, undercover intime Details über die Mode-Magnatin Susanne von Saalfeld herauszufinden. Alexandra gibt sich als Gartenarchitektin aus und kommt Susanne näher als geplant. Doch noch bevor Alexandra ihren wahren Beruf beichten kann, prangen bereits skandalträchtige Schlagzeilen in der Boulevardpresse – Susanne zieht sich wütend zurück. Alexandra versucht verzweifelt alles Menschenmögliche, um Susanne von ihrer Liebe zu überzeugen . . .

Mirjam Hoff: Gefährliche Geheimnisse

Roman

Zuerst knackt Helen Lils Türschloss, dann ihr Herz. Es könnte eine wunderbare Beziehung werden, wenn Helens Geheimnisse nicht immer wieder für unangenehme Überraschungen sorgen würden. Lil weiß im Grunde nichts über die wilde und leidenschaftliche Helen, erfährt nur immer wieder durch Zufall Details aus Helens Leben. Das stellt die Beziehung auf eine harte Probe, denn eines Tages wird Lil nicht mehr verzeihen können . . .

Claudia Westphal: Die Schwester der Braut

Roman

Als Alicia heiratet, lernt deren Schwester Alex auf dem Junggesellinnenabschied die ältere Dana kennen und fühlt sich von Anfang an zu ihr hingezogen. Nur ist Dana die beste Freundin von Alex' Mutter, und die Mutter weiß nichts von der Vorliebe ihrer Tochter für Frauen. Und auch sonst spricht so einiges gegen eine Beziehung zwischen Dana und Alex. Doch die Gefühle sind stärker als die Vernunft, und so nehmen die Geschehnisse bis zum Happy End ihren Verlauf . . .

Terry Waiden: Neptuns Tochter

Roman

Mika zieht den Zorn einer schönen Fremden auf sich, als sie in der Firma die Sprinkleranlage in Gang setzt – für einen guten Zweck. Die Überraschung ist groß, als Mika der Fremden wiederbegegnet, denn sie ist die Tochter von Mikas neuer Arbeitgeberin. Doch ›Neptuns Tochter‹, wie sie von Mika insgeheim getauft wird, schreitet auf dem Kriegspfad, so scheint es; fatal, denn Mika hat sich unsterblich verliebt . . .

Lucy van Tessel: Traum von Amsterdam

Roman

Der Durchbruch als Künstlerin lässt auf sich warten, die Langzeitbeziehung gescheitert – in Lenkas Leben läuft einiges schief. Und auch ein vielversprechender Flirt mit Studentin Naomi endet im Rauswurf am nächsten Morgen. Doch Lenka kriegt Naomi nicht aus dem Kopf, während die Studentin den mit ihrer Ex geträumten Traum von Amsterdam nicht aufgeben will. Eine gemeinsame Zukunft kann es jedoch nur geben, wenn sich Naomi fürs Bleiben entscheidet . . .

Manuela Kühn: Verborgene Liebe

Roman

Nach der Trennung von ihrer großen Liebe fällt Leonie in ein tiefes Loch der Trauer. Die Qual scheint endlos, bis ihr bester Freund Tobias einen Unfall hat. Denn im Krankenhaus entflammen leidenschaftliche Gefühle für die große, starke Krankenschwester Irene. Aber im Verborgenen wächst in Leonie eine Liebe für eine ganz andere Frau heran . . .

Maren Frank: Liebe an Bord

Roman

Krankenschwester auf einem Kreuzfahrtschiff: Das klingt zu gut, um wahr zu sein. Diana wagt das Abenteuer und verliebt sich prompt in die große, dunkelhaarige Kapitänin Valerie. Viel Zeit, um herauszufinden, ob die Gefühle erwidert werden könnten, bleibt allerdings nicht: Das Schiff wird vom Ersten Offizier mit Hilfe fremder Seeleute gekapert, Diana und Valerie in einem Ruderboot auf See ausgesetzt – der gemeinsame Überlebenskampf beginnt . . .

Ruth Gogoll: Widerstand ist zwecklos

Drei galaktische Geschichten in einem Band

Ein Handyroman, eine Fanfiction und ein utopisches Experiment – in diesem *el!es-Spezial* sind drei Geschichten von Ruth Gogoll zusammengefasst, die sich bereits als eBooks großer Beliebtheit erfreuen.
Widerstand ist zwecklos stellt eine Professorin fest, als sie sich erfolglos gegen die erotische Anziehung ihrer Assistentin wehrt;
Galaktische Gefühle hegt Captain Alyson McGuire für eine zur perfekten Frau umgewandelten Cyborg;
Neue Welt ist ein Planet voller Frauen, auf dem die von der Erde gesandte Corey ganz neue Erfahrungen macht . . .

Claudia Westphal: Zeig, mir was Liebe ist

Roman

Äußerlich die Vorzeige-Lipsticklesbe, innerlich die größte Butch: Jefferson Fynn passt in keine Schublade. Im Beruf erfolgreich, das Privatleben in einen Schrank gesperrt. Doch eines Tages werden die Sehnsucht nach Liebe und der Wunsch nach Familie groß genug, so dass Jefferson ihre Karriere an den Nagel hängt und in ihre Heimat zurückkehrt. Wo neben neuen familiären Herausforderungen auch tatsächlich die große Liebe auf sie wartet . . .

Anne Wall: Nur ein Blick von dir

Roman

Silke, frisch getrennt, lernt die Sozialpädagogin Marina kennen. Obwohl Silke immer wieder betont, dass Marina nicht ihr Typ ist, lässt sie sich nach einer Weile doch auf eine Beziehung ein, ohne Verpflichtungen, ganz locker, jederzeit kündbar. Aber die Idylle wird jäh unterbrochen, als Marina plötzlich verschwindet und Silke sich ihrer wahren Gefühle endlich bewusst wird.

Toni Lucas: Gefährliche Sehnsucht

Roman

Aufstiegschance Katze! In einer Welt, die von der Furcht vor Seuchen beherrscht wird, ist Anais Munroe froh, einen gutbezahlten Job als Katze in einem reichen Haushalt erhalten zu haben. Sumati Divari, eine einflussreiche Managerin eines Pharmakonzerns, bringt ihr jedoch zunächst nur wenig Sympathie entgegen. Erst, als Anais schwer verletzt wird, entspinnt sich zwischen ihnen ein Liebesverhältnis. Bald jedoch müssen beide feststellen, dass nicht nur ihre Beziehung, sondern auch das Leben vieler Menschen bedroht ist. Nur gemeinsam kann es ihnen gelingen, eine Katastrophe zu verhindern.

Jenny Green: Die Nacht, die es niemals gab

Liebesroman

Bevor Lena mit der Journalistin Meike nach Schweden zu einer Geschäftsreise aufbricht, kommt es zwischen ihr und ihrer besten Freundin Jacky zu einem Kuss – der Anfang einer schier endlosen Reihe von Verwicklungen. Während Lena sich auf der Reise auf Meike einlässt und jegliche Gedanken an Jacky zu verdrängen versucht, verzehrt sich Jacky wegen neu entfachter Gefühle nach ihr. Doch als Lena merkt, welches falsche Spiel Meike spielt, ist es fast schon zu spät. Im Gewirr von Missverständnissen scheint es unmöglich, dass Lena und Jacky endlich glücklich werden.

Julia Schöning: Klassentreffen

Liebesroman

Ein Klassentreffen führt Meike und Franziska, die sich in der Schule einmal geküsst hatten, wieder zusammen. Während Franziska seither offen lesbisch lebt, hat Meike einen Studienkollegen geheiratet. Romantische Gefühle flammen auf, bringen beide jedoch in Schwierigkeiten: Meike kann sich nicht eingestehen, lesbisch zu sein, und Franziska meint, ihre seit zwei Jahren tote Lebensgefährtin zu betrügen. Ein Hin und Her mit ungewissem Ausgang beginnt.

Toni Lucas: Geliebte Fremde

Liebesroman

Paula verschwindet aus Susannes Leben genauso plötzlich, wie sie erschienen war. Wütend, verletzt aber auch voller Sehnsucht macht sich Susanne auf die Suche nach ihr. Doch je länger diese Reise ins Ungewisse dauert, desto fremder und faszinierender erscheint ihr diese Frau, mit der sie einmal den Rest ihres Lebens verbringen wollte. Als sich die Spur zu verlieren droht, ändert ein unerwarteter Anruf alles . . .

Christine Volkmer: Entgleisungen

Liebesroman

Als Zugbegleiterin sieht Doreen täglich viele Menschen – und so trifft sie bei einer Fahrscheinkontrolle auf die Theaterschauspielerin Melina, deren graublaue Augen sie nicht mehr loslassen. Mit Doreens Partnerin Carmen liegt schon länger einiges im argen, so dass Doreen sich immer mehr zu Melina hingezogen fühlt, während sie sämtliche Aufführungen im Theater besucht . . .

Kay Rivers: Küsse unter Palmen

Liebesroman

Dale Richards, ehemalige Offizierin der US-Army, rettet Kelly Bennett auf einem Supermarktparkplatz vor Rowdys, die sie überfallen wollen – und verschwindet sogleich in der Dunkelheit. Es scheint, als würden sich beide nicht mehr wiedersehen. Kelly, die gerade erst nach Miami gezogen und noch immer auf Jobsuche ist, macht sich keine großen Hoffnungen. Da erhält sie plötzlich eine Einladung für ein Vorstellungsgespräch . . .

Ruth Gogoll: Nachts, wenn du schläfst

Liebesroman

Braungebrannt auf einem Segelschiff – Jachtunternehmerin Val scheint die Personifizierung ihres Berufes zu sein. Als Kira die große, dunkle Frau in einer Bar kennenlernt, fühlt sie sich sofort von ihr angezogen. Kiras Liebe ist jedoch für eine andere Frau reserviert.
Als Kira bei Val einzieht, stellt sie fest, dass Val nachts oft abwesend ist. Warum, bleibt ihr Geheimnis. Schließlich sind sie beide ja kein Liebespaar . . . Statt dessen gehen sie getrennte Wege – Kira versucht ihre Jugendliebe Melanie zurückzuerobern, Val scheint hundert Geliebte zu haben.
Aber sind es wirklich nur andere Frauen, die Val nachts so oft von Kira fernhalten? Und ist Liebe zwischen Kira und Val tatsächlich kein Thema?

Jenny Green: Milchkaffee in New York

Liebesroman

Von Liebeskummer geplagt erhält Sophia die Chance, ein Praktikum in New York zu absolvieren. Begeistert stürzt sie sich ins Abenteuer: als Co-Trainerin einer aufstrebenden Frauenfußballmannschaft. Doch das Chaos läßt nicht lange auf sich warten. Fußballerin Nina verliebt sich in Sophia, während Sophia Gefühle für Flo entwickelt . . . Wird Nina tatenlos zusehen, wie die Beziehung zwischen Sophia und Flo immer leidenschaftlicher wird?

Heike Fremmer: Herz verschenkt

Liebesroman

Verliebt in eine verheiratete Frau – aber Sarahs Hoffnung, Isabel würde Doris für sie verlassen, erfüllt sich nicht. Ein paar Liebesnächte, dann beendet Isabel die Affäre. Mit gebrochenem Herzen bleibt Sarah am Boden zerstört zurück. Doch eines Tages erreicht sie ein Anruf aus dem Krankenhaus, Isabel ist etwas Furchtbares zugestoßen. Sarah ist sofort zur Stelle, um Isabel zu pflegen und zu hoffen, daß ihre Gefühle diesmal erwidert werden – aber wird Isabel jemals *Ich liebe dich* zu Sarah sagen?

Verena Schall: Scherben bringen Liebesglück

Liebesroman

Nelly wird jäh aus ihrem idyllischen Leben gerissen, als ein Schuß sie nur knapp verfehlt. Ihre Retterin Sascha bietet sich als Leibwächterin an, denn Nellys treusorgender Vater hat krumme Geschäfte gemacht und damit ihr Leben in Gefahr gebracht. Die Nähe zu Sascha entfacht in Nelly ganz neue Gefühle. Immer stärker fühlt sie sich von Sascha angezogen, und als sie sich endlich ihren Gefühlen stellt, kommt Sascha in Schwierigkeiten: Das Rätsel um den Mordanschlag auf Nelly ist noch immer ungeklärt, und wie ist Sascha eigentlich in die ganze Sache verwickelt?

Juliette Bensch: Last Minute Liebe

Liebesroman

Die Trennung von Anne hat Teresa noch nicht so recht überwunden, da gelangt sie durch einen Zufall an ein Flugticket nach London. Teresa ergreift die Chance und stürzt sich in die Londoner Frauenszene. Bei der Schauspielstudentin Raphaela funkt es, leidenschaftliche Nächte folgen ... aber zurück in Deutschland macht sich Ernüchterung breit. War das nur ein Urlaubsflirt? Das erneute Auftauchen Annes und deren Versuche, Teresa zurückzugewinnen, festigen nur die Gewißheit: Teresa kann nur mit Raphaela glücklich werden.

Corina Ehnert: Eine WG zum Verlieben (Band 3: »Danie«)

Liebesroman

Daniela Breuer zieht in die Lesben-WG, um ihr Liebesleben endlich in Gang zu bringen. Mit tatkräftiger Unterstützung der alterfahrenen Mädels bahnt sich recht schnell eine Beziehung zu Mitstudentin Rebecca an. Doch damit gehen die Probleme erst richtig los: Danies Mutter kommt zu Besuch und soll eine heile Heterowelt vorgespielt bekommen, während sich die WG um den Preis »Verrückteste Wohngemeinschaft« bewirbt, Franzi und Paula Gefühle füreinander entwickeln und Sanny eifersüchtig wird ...

Catherine Fox: Zu wissen, es ist für immer

Liebesroman

Das Liebesleben von Staranwältin Evelyn verläuft genauso nach Plan wie ihre Karriere. Doch eines Tages stürzt sie bei einem Ausritt vom Pferd und wird von einer jungen Frau gerettet. Andie ist das Gegenteil von Evelyn, respektlos, planlos, bar jeder Manieren. Trotzdem nimmt Evelyn Andie bei sich auf, denn sie hat sich in sie verliebt. Doch die Unfälle häufen sich – und immer ist Andie in der Nähe. War die Rettung gar kein Zufall? Hatte Andie den Unfall geplant? Evelyn will das nicht glauben, doch Zweifel beginnen an ihr zu nagen . . . Sie muß das Geheimnis um Andie auf jeden Fall lüften.

Ruth Gogoll: In der Hitze der Nacht

Erotischer Liebesroman

Ein heißes Abenteuer im Rhein in einer schwülen Sommernacht . . . mehr sollte es gar nicht sein. Doch als Tina eine Anwältin braucht, fällt ihr niemand außer Mar ein. Dabei kommen unerwartet auch noch andere Gefühle ins Spiel als nur die für die Suche nach den richtigen Paragraphen.
Tina will davon jedoch nichts wissen, denn noch immer steht *»Es war nur Sex, keine Liebe«* wie eine Wand zwischen ihnen. Können sie diese Mauer irgendwann niederreißen?

Tala Storm: Das neue Leben

Erotischer Amazonen-Liebesroman

Alles könnte so schön sein: Kallisto und Cay-La leben gemeinsam unter einem Dach im Amazonenreich und genießen den Frieden, ihr Beisammensein in lustvollen Stunden. Doch dann geschieht etwas Schreckliches: Cay-La wird von Leandra, einer Sklavenhändlerin, entführt. Leandra ist für ihre Brutalität bekannt und dafür, dass sie sich nimmt, was sie möchte. Wieder vereint, ist Cay-La nicht mehr die Gleiche. Nicht nur äußerlich hat sie tiefe Wunden davongetragen. Kallisto ist verzweifelt. Wird es ihr gelingen, ihre junge Kriegerin wieder zum Lachen zu bringen?

Julia Schöning: Diagnose: Liebe

Erotischer Liebesroman

Recherchen führen die Journalistin Sophie in die Krankenhaus-Notaufnahme zur Internistin Dr. Hannah Rehfeld. Es funkt zwar zwischen den beiden, aber Sophie will ihrer Fernbeziehung Alina nicht untreu werden, obwohl es schon länger kriselt. Ein unerwartetes Wiedersehen endet dann doch im Bett, da steht plötzlich Alina vor der Tür – Hannah flieht, und Sophie muß sich entscheiden . . .

Ruth Gogoll: Ein paar Tage Zärtlichkeit

Erotischer Liebesroman

Gina und Teri sind kein Liebespaar. Sagt Gina zumindest. Nur der Zufall hat sie zusammengeführt, über den Wolken, als sie nebeneinander im Flugzeug saßen. Obwohl Teri nicht auf kurzzeitige Affären aus ist, gibt es einen besonderen Grund, warum sie an Weihnachten nicht allein sein will. Deshalb läßt sie sich auf die Affäre mit Gina ein. Sie verleben eine berauschende Weihnachtszeit miteinander, danach gehen sie wieder getrennte Wege. Doch Teri hat sich verliebt, während Gina mühelos in die üblichen Affären zurückzugleiten scheint. Waren »ein paar Tage Zärtlichkeit« wirklich alles, was Teri erwarten konnte?

Maren Frank: Irischer Liebessommer

Erotischer Liebesroman

Als Zeugin eines Verbrechens wird Stefanie Gardner ins Zeugenschutzprogramm aufgenommen. Zusammen mit ihrer Leibwächterin Gundula, genannt Gun, wird Steffi für einige Zeit in Irland versteckt. Die Leichtigkeit des irischen Sommers läßt Gefühle entstehen, gegen die sich beide nicht lange wehren können ... die Tage vergehen voller erotischer Abenteuer. Da trifft die Nachricht ein, daß die Täter gefaßt seien und Steffi wieder gefahrlos nach Deutschland zurückkehren könne. Wird sie ihre Leibwächterin nun tatsächlich nicht mehr brauchen?

Catherine Fox: Der Liebe auf der Spur

Erotischer Liebesroman

Während eines Praktikums im Morddezernat lernt die Studentin Karen die Kommissarin Diane kennen. Beide verstehen sich auf Anhieb. Die Aufklärung des Mordanschlages auf einen Stadtratsabgeordneten bringt sie auch privat näher. Doch Karens manchmal äußerst merkwürdiges Verhalten bringt Diane immer wieder durcheinander, bis Karen eines Tages spurlos verschwindet. Die Kommissarin beginnt fieberhaft zu ermitteln . . .

Sal Mathews: Stan und Lea

Erotischer Liebesroman

Die Malerin Stan verliebt sich Hals über Kopf in die attraktive Goldschmiedin Lea und bittet sie, ihr für ein Bild Modell zu sitzen. Dabei kommen die beiden sich näher, aber Lea ist immer noch hetero. Oder wird sich das auf ihrer gemeinsamen Reise nach Schottland ändern? Denn Lea spürt zwar die Anziehungskraft, die Stans Liebe auf sie ausübt, aber sie war noch nie mit einer Frau zusammen und will Stan keine Versprechungen machen, die sie vielleicht nicht halten kann . . .

Alison Barnard: Spaziergang im Regen

Erotischer Liebesroman

Es ist eine eine einmalige Chance für ihre Karriere: Schauspielerin Shara Quinn soll in einem Film die faszinierende, offen lesbisch lebende Dirigentin Jessa Hanson verkörpern. Während der Vorbereitungen auf die Rolle kommen sich Shara und Jessa unerwartet nah, aber eine Liebesbeziehung zwischen ihnen würde allem widersprechen, was die Welt von ihnen erwartet. Zudem ist Shara doch zweifellos hetero . . . oder vielleicht doch nicht?

Julia Schöning: Lass es Liebe sein

Erotischer Liebesroman

Um ihrem Leben nach einer Trennung eine neue Richtung zu geben, beschließt die Versicherungskauffrau Sarah sich von ihren langen Haaren zu trennen, nicht ahnend, dass der Friseurbesuch ihr Leben gehörig durcheinanderbringen wird. Denn die rationale und konservative Sarah verliebt sich in ihre völlig gegensätzliche Friseurin, die unkonventionelle, impulsive und freiheitsliebende Katja. Einige Zufälle führen dazu, dass die beiden eine leidenschaftliche Nacht miteinander verbringen, doch danach wird deutlich, dass Katja nicht an einer Beziehung interessiert ist. Sarah ist verzweifelt, denn sie wünscht sich, dass es auch bei Katja Liebe sein möge . . .

Toni Lucas: Zeit der Versuchung

Erotischer Liebesroman

Der Australienexpertin Sarah Jansen werden zwar die Fördergelder für ihr neuestes Projekt nicht bewilligt, doch sie erhält unerwartet die Chance, sich gemeinsam mit der attraktiven, aber seltsam distanzierten Fotografin Florentine auf eine Reise quer durch den australischen

Kontinent zu begeben. Beide kommen sich näher und scheinen durchaus füreinander geschaffen, wenn da nicht noch Carmen, Sarahs langjährige Partnerin, und Marisol, Florentines tote Geliebte, wären. Es beginnt eine Zeit der Versuchung, in der sich jede der Frauen darüber klarwerden muss, was wirklich für sie wichtig ist.

Annette Schniter: Mach mal halblang, Babe

Erotischer Liebesroman

Celines Vorgesetzte ist ungemein attraktiv, aber offensichtlich hetero. Dennoch spielen Celines Hormone bei jeder Begegnung verrückt. Gleichzeitig ist da noch eine Chatbekanntschaft, die Celine auf eine andere Art in ihren Bann zieht. Als die Zeit gekommen ist, endlich die virtuelle Welt zu verlassen, wissen beide, daß nun ganz neue Schwierigkeiten auf sie zukommen werden. Mit den tatsächlich eintretenden Problemen hat jedoch keine gerechnet . . .

Victoria Pearl: Aller Anfang geht daneben

Erotischer Liebesroman

Als Simone sich in die umwerfend attraktive Autorin Bettina verliebt, ahnt sie nicht, was noch auf sie zukommen wird. Sie und Bettina verleben eine wundervolle, berauschende Zeit, die jedoch durch das plötzliche Auftauchen von Bettinas Exfreundin Linda jäh gestört wird. Linda lässt sich bei Bettina häuslich nieder. Braucht sie nach einer schweren Zeit wirklich nur etwas freundschaftliche Unterstützung von ihrer Exfreundin, oder verfolgt sie andere Ziele?

www.elles.de